LES MAÎTRES DU PAIN

Bernard Lenteric est né à Paris, il y a bientôt un demi-siècle. Son école : la rue.
Boxeur, danseur mondain, camelot, puis dirigeant d'une multinationale et producteur de films : Le Dernier Amant romantique, Plus ça va, moins ça va, Les 7 jours de janvier, Le Cœur à l'envers, Un type comme moi ne devrait jamais mourir.
Après trois ans passés à Hollywood, il devient scénariste puis écrit des best-sellers : La Gagne, La Nuit des enfants rois, Voyante, La Guerre des cerveaux, Substance B, Les Enfants de Salonique, La Femme secrète, Diane, Vol avec effraction douce, Ennemi. Les Maîtres du pain *a fait l'objet, fin 1993, d'un feuilleton sur* France 2 *qui a obtenu un très grand succès.*

A Perpezac, les hommes et les femmes vivent dans l'insouciance. La douceur de vivre s'est installée un jour dans ce village de Corrèze et ne l'a jamais quitté, même à l'approche de la Seconde Guerre mondiale.
Entre l'église et la place du village, Jérôme Corbières, mêlant la farine, le levain, le sel et l'eau en une alchimie connue de lui seul, pétrit, façonne et cuit le meilleur pain de la région.
Maître Adeline, le maître boulanger, a recueilli cet orphelin et, au fil des années, lui a enseigné le secret du pain, faisant de lui le dernier maillon d'une chaîne qui remonte si loin dans l'histoire des hommes qu'on n'en connaît plus l'origine.
Autour de Jérôme Corbières tout est bonheur. L'odeur des foins coupés, les femmes au lavoir, les truites chapardées dans la rivière, les lapins pris au collet et les secrets du fournil...
Et puis Jeanne. Sa femme belle et douce comme un soir d'été. Jeanne qui attend un enfant. Le fils du boulanger.
Pourtant, le malheur est tapi dans l'ombre. Le destin de Jérôme Corbières est lourd de menaces... Jérôme Corbières de Perpezac pourra-t-il transmettre son art et préserver son bonheur malgré les tumultes qui s'annoncent ?

Dans Le Livre de Poche :

BERNARD LENTERIC

Les Maîtres du pain

PLON

À ma mère,
À mon père.

Chapitre I

Cette nuit-là, la nuit du 27 au 28 février 1930, Jérôme Corbières était heureux. Cette nuit-là, par-delà tous les malheurs et toutes les souffrances qui accablent l'humanité depuis l'aube des temps, il lui semblait qu'une puissance bienveillante régissait l'univers tout entier.

Une volonté positive tirait le monde vers le beau et le bien, vers le bonheur et l'harmonie, et ce n'était pas sa faute s'il lui fallait affronter sans cesse une volonté contraire, génératrice de laideur, de douleur et de mort. Cette nuit-là, le champion du bien était en train de l'emporter, fût-ce momentanément, sur son ténébreux adversaire.

Jérôme Corbières éprouvait cette victoire dans toute son ampleur, dans son esprit et dans son corps. En l'honneur de ce simple boulanger de village, dans un coin du ciel, les sphères cosmiques tournaient avec un ronronnement feutré de belle mécanique. Accessoirement, en tournant, elles produisaient de gros flocons de neige, légers et moelleux, qui descendaient sur le monde dans un grand tournoiement paisible. Cette vision de sérénité et d'harmonie ne concernait pas la terre entière, et cela n'allait sans doute pas durer très longtemps, mais dans un rayon de quelques kilomètres autour de Jérôme Corbières, on pouvait estimer que tout était en ordre, que tout était conforme à la volonté du mystérieux architecte.

Cette nuit-là comme toutes les autres, un pain doré et savoureux, le meilleur pain du département, allait sortir des mains carrées de Jérôme Corbières. Mais aussi, tel un petit pain de pur froment croustillant à souhait, à quelques mètres, un petit Corbières intelligent et vigoureux allait sortir du ventre de Jeanne Corbières comme d'un four aux parois de chair. Le moment venu, il prendrait au fournil la relève de son père, et de cette façon, l'équilibre et la paix de cette portion de monde seraient perpétués.

Jeanne était en train d'accoucher de l'autre côté de la cour de la Louverie. La maison, une ancienne ferme, s'appelait comme ça parce que, au siècle précédent, son propriétaire avait apprivoisé des louveteaux orphelins qu'il avait découverts un matin sous un taillis. C'était une des premières choses que Maître Adeline avait montrées à Jérôme, dans le temps : la niche des loups, une sorte de cabanon en pierres grossièrement assemblées. Jérôme en avait fait son antre. Il y avait beaucoup joué quand il était gosse.

Il fallait à Jérôme toute sa patience d'artisan qui sait que les choses se font à leur rythme à elles et non au nôtre pour se tenir à peu près tranquille devant son pétrin. Son envie était grande de traverser la cour à tout bout de champ pour demander à la vieille Astérie où ça en était et s'il n'était pas temps d'appeler le docteur. Mais un enfant qui naît, ça ne se bouscule pas plus qu'une pâte à pain qui monte. Rien de bon ne peut arriver si on essaie d'aller trop vite. Et d'ailleurs, Astérie l'aurait chassé comme elle l'avait fait bien souvent quand il était enfant et qu'il venait quémander des crêpes ou des rissoles avant l'heure. Non, il n'y avait qu'une chose à faire : continuer à pétrir comme si de rien n'était, comme si cette nuit, cette merveilleuse nuit de février, n'avait rien de plus que toutes les autres nuits. Une nuit de boulange, quoi ! Et Dieu sait s'il les aimait, ces nuits de travail solitaire. Il avait alors l'impression de veiller, comme un guetteur au créneau d'une ville assiégée. Tout le monde dort, mais lui reste debout, et c'est grâce à lui que tout le monde peut rêver au fond de son lit… Pourtant, en ce début des années 30, aucun danger particulier ne menaçait la profonde et douce campagne française.

Ce qu'il y a de bien à Perpezac, disait parfois Astérie, c'est qu'en mourant, pour gagner le Paradis, on n'aura pas loin à aller : c'est la porte à côté !

Il y avait sans doute beaucoup d'endroits plus beaux que Perpezac sur la terre, mais il ne devait pas y en avoir beaucoup d'aussi paisibles. Pour les habitants de Perpezac, la crise n'était qu'une rumeur lointaine. On en entendait des échos dans le poste, ou bien le journal en parlait. On se disait : « Vaï ! quel monde ! » Et puis on n'y pensait plus l'instant d'après, parce que les écrevisses et les truites pêchées dans la rivière de Perpezac n'étaient pas moins succulentes qu'hier, ni le petit vin du pays, ni le pain de Jérôme Corbières… Mais ça ne fait rien, Jérôme avait tout de même l'impression de veiller seul au salut de tous, à sa façon à lui.

En cette nuit qui s'annonçait comme la plus heureuse de sa vie, il ne put s'empêcher de repenser au passé. Comme on se retourne en arrivant en haut d'une colline, pour voir le chemin parcouru. Les moments les plus durs avaient été les premiers pas, les premières années. Les dix premières. Mine de rien, ça compte. Et puis aussi les dix dernières, pendant lesquelles, avec Jeanne, ils avaient attendu l'enfant qui s'apprêtait à naître. Ces dix années-là avaient été dures, habitées à la fois par l'espoir et par son contraire. Si vous avez une femme que vous aimez et qui vous aime aussi, et si vous êtes jeunes tous les deux, vous espérez qu'un enfant va venir sceller tout ça pour la vie. Et si l'enfant ne vient pas, vous désespérez, vous souffrez. Tout en pétrissant énergiquement la pâte à pain, Jérôme haussa les épaules. C'était fini, tout ça, l'attente, les coups au cœur quand Jeanne laissait entendre que peut-être, cette fois… Et puis la tristesse quand la voix lasse, les yeux baissés, elle avouait que non, finalement, non, ça n'était pas encore pour cette fois. Fini ! Cette fois-ci était la bonne. L'enfant était là, dans le ventre de Jeanne, sur le point de venir au monde. Tout allait bien, assurait le docteur Delmas à chacune de ses visites. On ne savait pas encore si ça serait une fille ou un garçon, mais il n'était séparé de Jérôme et de Jeanne que par une porte. Cette porte allait s'ouvrir, et l'enfant entrerait dans la vie. Et au bout du compte, ça n'était pas, plus mal de l'avoir attendu dix ans, parce que au moins on l'aimerait celui-là !... Ou celle-là... Ça pouvait aussi bien être une fille. Alors là, une fille... Une fille au fournil, hein ? Il se mordit les lèvres. Une fille au fournil, ça ne s'était jamais vu. Eh bien, foi de Jérôme Corbières, si Jeanne accouchait cette nuit d'une fille, et s'ils n'avaient pas d'autre enfant, on en verrait une seize ans plus tard, de fille au fournil ! Il lui mettrait le goût du pain dans le sang, à sa fille. Il lui apprendrait le métier exactement comme si c'était un garçon, et voilà tout. C'était un dur métier, mais il n'en connaissait pas de meilleur. Et puis, bon, c'est dur, les sacs, le pétrin, le bois, le four, mais si elle s'y mettait, elle pourrait confier toutes ces tâches à un commis. La boulange, c'était autre chose, c'était le choix de l'eau, le coup d'œil pour les proportions, la maîtrise du temps et de la température... C'était un art, et une fille, du moment qu'il s'agissait de sa fille à lui, Jérôme Corbières, s'en tirerait aussi bien que n'importe quel garçon ! Mais de toute façon, s'il pensait à tout ça, c'était juste pour s'occuper en attendant l'instant fatidique, parce que ça serait un garçon, il en était sûr, ça ne pouvait pas être autrement.

Il avait mérité un garçon. Il fallait bien que le ciel lui rembourse d'une façon ou d'une autre ses dix premières années de misère, son enfance de chien battu. Le nouveau petit Corbières rattraperait tout. Jérôme lui ferait une enfance de roi. Celui-là ne connaîtrait pas les cris d'ivrogne de son père, ni les supplications de sa mère terrifiée, ni l'odeur de vin vomi qui avait empesté sa propre enfance. Il ne passerait pas des nuits entières chez une voisine compatissante pour échapper aux coups de ceinture, il ne supporterait pas les rires moqueurs des autres enfants à l'école. On ne l'appellerait pas « le fils du poivrot ». Et surtout, surtout... Jérôme Corbières serra les dents malgré lui, et ses mains puissantes se mirent à malaxer la pâte avec une frénésie maladive... Surtout, son père n'étranglerait pas sa mère sous ses yeux, une nuit de beuverie. Il se traita d'imbécile, et ses larges épaules s'affaissèrent un instant, tandis qu'il arrêtait de pétrir. Il ne fallait pas repenser à ça. Ce souvenir-là devait rester enfoui au plus profond de sa mémoire, sous des couches et des couches de bonheur.

Jérôme leva les yeux sur la vieille horloge ronde, tout enfarinée, qu'il avait accrochée bien des années auparavant au-dessus du pétrin. Il ne s'était même pas écoulé une demi-heure depuis qu'Astérie lui avait rappelé de sa voix aigre qu'il ferait mieux de se mettre au travail plutôt que de rôder autour de la chambre. « Dans quelques heures... », avait-elle dit. Quelques heures ! Mais en quelques heures, il avait largement le temps de devenir fou. Il fallait absolument s'occuper l'esprit, avec des souvenirs plus agréables que... Il haussa les épaules. Dans son enfance, il n'y avait pas beaucoup de bons souvenirs. En fait, le premier, ç'avait été la voix de Maître Adeline. Une voix grave et douce à la fois. Légèrement voilée, avec une diction posée d'homme qui cherche toujours un peu son souffle. Forcément, la farine ! La farine, le boulanger en respire autant qu'il en mange. Maître Adeline était boulanger, lui aussi. C'était lui qui avait fait de Jérôme ce qu'il était aujourd'hui. En entendant cette voix qu'il ne connaissait pas, Jérôme avait levé les yeux. D'habitude, il les gardait obstinément baissés, mais là il les avait levés, pour voir à quel visage appartenait cette voix si différente des autres. Les maîtres et les surveillants n'étaient pas spécialement méchants, à l'orphelinat, mais il fallait tout de même qu'ils se fassent obéir de quelques centaines de gaillards dont tous n'étaient pas des anges. Le plus souvent ils pàrlaient sec et froid, un peu comme à l'armée. C'était déjà mieux que les beuglements du poivrot et que les râles de sa victime, mais ça ne suffisait pas à réchauffer le cœur d'un orphelin de dix ans. Alors cette voix comme tombée du ciel, ou en tout cas d'un autre monde où les humains ne grommelaient pas des injures, n'aboyaient pas des ordres... En levant les yeux, Jérôme avait vu une moustache grise tachée de nicotine juste sous le nez. Fort, le nez. Un sacré nez d'Auvergnat, qu'il avait, Maître Adeline, mais dépourvu des veinules violacées qui dénoncent le buveur. Et puis des yeux. Des yeux bleu clair. Pensivement bons. On voyait tout de suite que cet homme-là pensait. Ça n'est pas évident chez tout le monde, dans tous les regards. Maître Adeline pensait aux êtres qu'il regardait. Il ne se contentait pas de les voir, comme des proies ou comme des obstacles posés sur sa route par le hasard. Il les voyait comme des êtres humains, avec leur complexité et leur potentiel de souffrance... Et la moustache qui cachait la bouche s'était remise en mouvement, et la voix s'était fait entendre à nouveau, aussi grave et chaude, aussi mystérieusement réconfortante que la première fois :

– Eh toi, là, bonhomme, ça te dirait d'apprendre la boulange avec moi ?

– Oui.

Avant de répondre, Jérôme n'avait même pas consulté du regard le directeur de l'orphelinat qui les avait mis en présence. Il s'était dit qu'il n'avait rien à craindre ni rien à perdre quoi qu'il arrive, parce que si l'homme qui avait cette voix-là était aussi décevant que les autres, alors ça ne vaudrait pas la peine de s'attarder sur la terre.

– Je m'appelle Maître Adeline, avait repris la voix. Si tu es d'accord, va chercher ton baluchon, on a un train dans une heure...

Le petit avait esquissé un mouvement vers le dortoir, mais il s'était aussitôt immobilisé, comme pris de remords.

– Eh bien, qu'est-ce qu'il y a ?
– Jérémie…
– Qui est Jérémie ?
Le directeur était intervenu.
– Jérémie Malvoisin, son copain… Tous ces gosses s'inventent un frère. Jérôme aurait pu trouver mieux comme copain !
Jérôme avait baissé les yeux.
– C'est mon copain !
– Oh, je sais ! Il te pique tout ce que tu as. C'est une teigne, un vrai poison !…
– Et où est-il, ce Jérémie ? avait demandé Maître Adeline.
– Puni, une fois de plus dit le directeur. Il est au mitard.
– Au mitard ?
– C'est une façon de parler…
Le directeur attira Maître Adeline à l'écart.
– J'en ai vu de toutes les couleurs ici, mais ce Malvoisin, c'est un cas, dit-il à voix basse. Il a le diable en lui. Vous souriez ? Il est foncièrement méchant ! Corbières s'est attaché à lui parce qu'il a bon cœur, et aussi parce qu'il n'a peur de rien ni de personne. Mais on lui rendra service en le séparant de Jérémie Malvoisin… Ne vous laissez pas attendrir. Vous vouliez en adopter deux ?
– Non, bien sûr, mais… S'ils se sentent frères…
Le directeur avait eu un geste de dénégation.
– Écoutez, vous allez devant de graves ennuis : c'est un démon. Je vous montre son dossier…
Maître Adeline avait poussé un soupir.
– Non, non, je vous crois… Bon ! Il faut en finir.
Il s'était retourné vers Jérôme.
– Je ne peux emmener que toi. Tu comprends ça ? Mais je te promets que ton copain pourra venir te voir. Il viendra passer les vacances avec toi. N'est-ce pas, monsieur le Directeur ?
Le directeur avait acquiescé.

– Tu vois ? Alors dépêche-toi, va chercher tes affaires.

Et Jérôme avait cédé. Sur la foi de cette promesse, il avait abandonné Jérémie à son sort. Il n'avait même pas eu le temps d'aller lui dire au revoir dans la salle des punis où, avec quelques autres mauvais sujets, il noircissait des lignes sous la surveillance du pion le plus féroce de l'établissement. Ils s'étaient revus par la suite. Jérémie était venu en vacances à Perpezac l'été suivant. Les événements avaient confirmé en tous points les avertissements du directeur, mais cela, c'était une autre histoire…

Quand Jérôme était revenu du dortoir avec sa valise bourrée et ficelée à la hâte, ils avaient traversé la cour, Maître Adeline le tenant par la main, et Jérôme avait senti sur lui les regards envieux que les autres, qui dormiraient encore cette nuit et beaucoup d'autres nuits à l'orphelinat, posaient sur eux à travers les fenêtres des salles de classe. Il avait pensé de nouveau à Jérémie, et avait réussi à ne pas pleurer. Et même, il s'était laissé envahir par le bonheur, à l'idée d'échapper à l'orphelinat, à ces murs noirs qui avaient bien failli enserrer et étouffer son enfance tout entière.

Vingt ans avaient passé depuis ce jour-là, mais Jérôme s'en souvenait comme si c'était hier. C'était en hiver et il neigeait, exactement comme cette nuit, à gros flocons. Jérôme s'était retourné un court instant, et il avait vu leurs empreintes sur la neige vierge de la cour, les siennes et celles de Maître Adeline. Ce souvenir-là rachetait tous ceux qui le précédaient dans sa mémoire. Ah, si seulement Maître Adeline avait vécu assez longtemps pour être présent cette nuit !… Il était mort un peu trop tôt, d'avoir trop respiré de farine. Il avait eu le temps d'assister au mariage de Jérôme et de Jeanne, et puis il s'en était allé en laissant sa boulangerie à son fils adoptif. Jérôme goûta la pâte et hocha la tête : elle était juste salée à point. Comme tous les bons boulangers, il travaillait en pâte directe, ce qui lui permettait d'enfourner deux heures seulement après la fin du pétrissage. Il ne pesait pas le sel ;

il avait les proportions dans l'œil et les températures sur la peau, comme Maître Adeline en son temps. Il aurait pu travailler dans le noir, il ne se serait pas trompé de beaucoup sur les quantités de sel, de levure, de farine et d'eau. Il en était fier. Il n'avait d'autre prétention que celle de bien faire son travail. Il étira la pâte. Elle n'était pas encore suffisamment pétrie ; elle manquait de souplesse et elle collait un peu aux doigts. Il se remit à pétrir vigoureusement, en fredonnant pour se donner du cœur au ventre. Il aimait ça ; il avait les mains faites pour ça. Une qui n'était pas à plaindre, côté caresses, c'était Jeanne. Des pensées agréables lui vinrent à l'esprit. Ils étaient restés chastes ces dernières semaines, par prudence, mais dès qu'elle relèverait de ses couches, il se promit de lui en donner. Ils étaient mariés depuis quinze ans, maintenant. Il n'était toujours pas lassé d'elle, et ça n'était pas près d'arriver.

Chapitre II

Une heure plus tard, alors que Jérôme, désœuvré, tournait en rond dans le salon comme un prisonnier dans sa cellule, Astérie lui cria d'en haut que le moment était venu d'aller chercher le docteur Delmas. Sans oser monter, Jérôme tourna vers l'escalier un visage où se lisaient deux sentiments : l'inquiétude, puisque « le travail avait commencé », et le soulagement de pouvoir enfin se rendre utile. Mais avant de s'élancer au-dehors, vers sa carriole attelée depuis des heures, il aurait voulu en savoir un peu plus. Il mendia un complément d'informations.

– Tout se passe bien, Astérie ?

– Tout se passera bien si tu fais ce que je te demande, ahuri ! Va donc chercher le docteur, au lieu de traîner là comme un bon à rien ! lui répondit Astérie depuis les hauteurs où se déroulaient les mystères féminins.

– Oui, oui, j'y vais ! J'y cours !

L'instant d'après, il raflait au portemanteau sa canadienne et son chapeau, et il courait vers la carriole. Copernic, la plus belle rosse et la plus vieille carne du canton, quoique de sexe masculin, broncha en voyant son patron apparaître. L'animal était tout chamboulé par les événements qui se succédaient depuis le début de la soirée. Depuis le temps qu'il livrait le pain aux habitants de Perpezac, d'abord avec Maître Adeline, puis avec Jérôme, il connaissait si bien l'itinéraire immuable de la tournée du boulanger qu'il aurait pu l'effectuer tout seul. Mais jamais encore on ne l'avait attelé si tard, et jamais on ne l'avait laissé attendre ainsi sous la neige. Jérôme lui flatta l'encolure avant d'allumer deux lanternes à pétrole et de régler leur mèche. Puis il monta sur le siège de la voiture.

– On y va, vieille bête, mais c'est moi qui conduis : on change de route, on va chez le docteur Delmas... Au grand galop !

Le seul fait d'imaginer Copernic au grand galop aurait fait hurler de rire les habitués du Café du Commerce de Perpezac, avec lesquels Jérôme prenait l'apéritif tous les jours à cinq heures. Le boulanger cingla d'un coup de badine la croupe pelée du canasson qui sursauta devant ce traitement inhabituel, et s'engagea sur la route d'un pas à peine plus rapide qu'à l'ordinaire. Jérôme comprit alors combien son cheval était vieux. Il allait falloir en changer... Mais Copernic n'avait rien à craindre, il y aurait bien assez de foin chez Jérôme Corbières pour deux chevaux, un jeune qui ferait le travail, et un vieux qui coulerait une retraite paisible.

– Fais un effort, tout de même, grommela-t-il à l'adresse de Copernic, sinon je te laisse et j'y vais à pied !

Comme s'il avait compris, Copernic allongea le pas. L'attelage prit de la vitesse. Dans la lumière vacillante des lanternes, la neige tourbillonnait. Sous le rebord de son chapeau profondément enfoncé sur le crâne, Jérôme écarquillait les yeux pour s'assurer que le cheval ne quittait pas la route. Le docteur Delmas habitait aux Favioles, de l'autre côté de Perpezac. C'était bien à cinq kilomètres de la boulangerie, elle-même assez nettement excentrée par rapport au bourg. Depuis longtemps déjà il envisageait de s'installer au cœur même de l'agglomération, face à l'église, le meilleur emplacement pour un commerce comme le sien... Pour le choix d'un médecin, il aurait pu s'adresser au docteur Delbecq, qui habitait moins loin que le docteur Delmas. Mais Astérie ne voulait pas en entendre parler. Vous pensez, un docteur installé à Perpezac depuis moins de vingt ans, ça ne pouvait être qu'un débutant et un malhabile. Tandis que le docteur Delmas n'avait quitté Perpezac que le temps de faire ses études de médecine et d'accomplir son service militaire, quelque cinquante ans plus tôt... Et puis, Delbecq était de la bande à Mélenchon, le maire radical-socialiste. Delmas, lui, était d'Action française, et Jérôme penchait plutôt de ce côté-là. À peine. Un commerçant, dans une petite ville, se doit de professer des opinions politiques modérées. Mais tout de même, Maître Adeline n'aimait pas les rouges. Adolescent, Jérôme avait épousé les convictions de son père adoptif, et depuis, il n'avait pas éprouvé le besoin d'en changer.

Le docteur Delmas était un de ces vieux médecins à lorgnons et à légion d'honneur, emblématiques d'une France profonde et peut-être éternelle. Il avait blanchi sous le harnais d'Esculape, et il en avait tant vu qu'il savait à peu près à quoi s'en tenir dès le premier coup d'œil. Même s'il ne le disait pas, il savait si son patient s'en tirerait ou non... Il savait aussi, et il le disait encore moins, que son art, la médecine, aurait souvent peu à voir dans cette issue, quelle qu'elle soit.

Il connaissait bien les Corbières. Il les avait soignés alors qu'ils étaient enfants, l'un et l'autre. En fait, il savait tout d'eux, de leurs particularités corporelles et physiologiques. Ils formaient un des plus beaux couples qu'il ait eu à ausculter pendant toute sa longue carrière. Mais… Il y avait un mais, et de taille. Jeanne ne serait jamais ce qu'on appelle une « bonne pondeuse ». Ce n'était pas un hasard si les époux essayaient désespérément d'avoir un enfant depuis dix ans. Des enfants, elle en avait déjà perdu deux en route, et peut-être même plus. Non seulement elle était de ces femmes dont certaines particularités anatomiques rendent la fécondation difficile, mais encore, une fois qu'elle était enceinte, elle risquait à tout moment la fausse couche. On n'aurait pas dit, à la voir, superbement faite, apparemment bâtie à chaux et à sable… Elle était fragile, en réalité. Jérôme, lui, c'était une force de la nature. Des enfants, il en aurait déjà eu treize à la douzaine, s'il avait épousé une autre femme. Et ça, se dit le vieux médecin en montant dans la carriole à côté du boulanger, c'était un vrai danger pour ce couple apparemment parfait. L'homme voulait des enfants. Si la femme ne parvenait pas à lui en donner, ça pourrait mal tourner entre eux… Et ça serait dommage, parce qu'il les aimait bien et qu'il les savait heureux, à part la question des enfants. Mais bon, cette question-là allait se trouver résolue cette nuit, il l'espérait bien.

– Qu'est-ce qu'elle a dit, Astérie ? demanda-t-il.

– Elle a seulement dit que c'était maintenant, répondit Jérôme en cinglant bien inutilement la croupe de Copernic.

– Vaï ! Vaï ! Ne t'énerve pas comme ça, tu vas le tuer, ce pauvre gadasse, et comment tu feras ta tournée, après ?

– Il se traîne de plus en plus. C'est décidé, je vais en prendre un autre.

– Un autre ?… Tu t'es entendu avec Léopold ?

– Léopold ? Non, non, mon vieux Copernic n'ira pas à la boucherie. Je le mettrai à brouter dans le pré derrière chez moi.

– C'est bien, tu as bon cœur. Adeline me le disait

souvent : « Ce petit, il n'a pas inventé l'eau tiède, mais il a bon cœur ! »

Jérôme tourna vers le vieil homme un regard surpris et blessé.

– Il disait ça ?

Le docteur Delmas sourit dans sa moustache.

– Mais non, il disait pas ça Adeline ! Il t'adorait, tu sais bien… C'était juste pour te faire marronner un peu. Ah, tu n'as pas changé, hein ? Tu pars toujours au quart de tour !

Rassuré, Jérôme rit à son tour. Les mises en boîte du docteur Delmas faisaient partie de ses souvenirs d'enfance. Le médecin n'avait pas son pareil pour dissiper l'inquiétude et détourner l'attention des gosses qu'il examinait. Jérôme soupira. Il aimait bien le vieux Delmas, et il avait confiance en lui, mais bon Dieu, que cette nuit lui paraissait longue !

Quand ils furent de retour à la Louverie, Jérôme laissa le docteur Delmas au chevet de Jeanne. Rien que de la voir, son visage inhabituellement pâle sur l'oreiller, avec ses cheveux noirs bouclés collés par le sueur à ses tempes, ça lui faisait mal. Il se contenta de lui adresser un baiser du bout des doigts, et il s'éclipsa. Ils en avaient parlé avant que les douleurs ne la prennent : il devait la laisser tranquille pendant l'accouchement. Astérie et le docteur s'occuperaient d'elle, tout irait bien, et au bout de la nuit l'enfant serait là, comme un petit pain tout chaud…

Dans la chambre, Astérie épiait le visage du docteur Delmas. Le stéthoscope aux oreilles, les yeux mi-clos, il était tout entier à l'écoute de cette vie minuscule qui cherchait son chemin vers la lumière. Astérie était prête. Quand il demanderait ceci ou cela, il l'aurait dans la seconde. Elle l'avait déjà assisté en de semblables circonstances, pour des voisines. Elle s'en serait très bien tirée toute seule, avec n'importe quelle autre femme. Mais, s'agissant de Jeanne et de l'enfant de Jérôme, elle remerciait le ciel de lui épargner une telle responsabilité. Et puis elle avait peur. Elle avait beau ne pas être médecin, juste une pauvre ignorante de femme, elle commençait à trouver que tout n'allait pas comme il aurait fallu. Depuis qu'elle avait envoyé Jérôme chercher le médecin, les choses n'avaient guère progressé. Elles avaient même pris une tournure inquiétante : le bébé se présentait par le siège... Astérie surprit sur les traits du docteur Delmas une grimace fugitive qui confirma ses craintes. Mais bon, il saurait venir à bout de cet accouchement-là. C'était l'enfant de Jérôme qui était en train de naître. Jérôme, elle l'avait nourri, lavé, blanchi, grondé et embrassé comme si ç'avait été son propre fils, depuis ses dix ans. S'il l'avait fallu, elle aurait donné sa main droite pour que tout se passe normalement...

– Là, là, ça va aller ! Repose-toi un moment, Jeanne... Astérie, prépare-moi donc un petit café bien chaud, s'il te plaît. Ça m'a tout refroidi, ce bout de chemin sous la neige...

Tout en parlant, le médecin avait tourné les yeux vers Astérie, et ce qu'elle lut dans son regard la glaça. Il voulait du café, bon, d'accord, mais il voulait surtout se donner le temps de réfléchir. Elle réfléchissait elle aussi, en allant à la cuisine, au rez-de-chaussée. L'hôpital le plus proche était à Val-Maurice, à vingt-deux kilomètres. Et l'automobile la plus proche, c'était celle de Mélenchon, le maire. Dehors, il neigeait de plus en plus. Elle alla jusqu'à la fenêtre, écarta les rideaux et scruta la nuit à travers la vitre. Jérôme avait pu aller chercher Delmas sans encombre, mais à présent, ça prenait l'allure d'une vraie tempête de neige. Il fallait se décider vite. Ou continuer ici, à la grâce de Dieu, ou tenter d'hospitaliser Jeanne. Mais alors, il fallait prévenir Mélenchon, qu'il vienne jusqu'ici, et puis ensuite faire affronter à Jeanne les inconvénients d'une route enneigée, la tempête... Mélenchon avait le téléphone, mais pas Jérôme. Il n'y avait qu'une quinzaine d'abonnés, à Perpezac. Jérôme était le dernier notable à ne pas s'être encore fait brancher le téléphone. Il y viendrait sans doute un jour, mais il se méfiait du progrès. Pour l'instant, il refusait le téléphone comme il refusait le pétrin électrique. Encore un héritage de Maître Adeline. Cette nuit, le téléphone aurait été bien utile. Elle filtra le café, en versa dans un bol qu'elle couvrit, le posa sur un petit plateau, puis remonta dans la chambre. En entrant, elle chercha le regard du docteur Delmas. Il ne se déroba pas. Son choix était fait. Il avait tombé la veste et s'était mis au travail.

– Voilà votre café, docteur.

– Merci, Astérie. Pose-le sur la commode, veux-tu ?

Chapitre III

Jérôme *boulait* à la main, comme il pétrissait encore à la main, et comme Maître Adeline lui avait appris à le faire. Nombre de boulangers utilisaient déjà des diviseuses et des diviseuses-bouleuses automatiques, mais il ne voulait pas en entendre parler. Chaque boule de pain vendue dans sa boulangerie était bel et bien née de ses mains. Quand le pétrissage et le pointage, ce premier stade de fermentation de la pâte, étaient terminés, il ôtait les voiles destinés à maintenir la chaleur naturelle et à empêcher que la surface de la pâte ne se dessèche. Il s'armait de sa corne triangulaire, légèrement tranchante à sa face intérieure, et il commençait à diviser la pâte. La pâte perd du poids à la cuisson. Pour obtenir un pain de 500 grammes, il faut préparer un pâton de 600 grammes. Jérôme se souvint de son apprentissage sous la houlette de Maître Adeline. Au début, ses pâtons pesaient 725 grammes, ou 548, ou 672, mais jamais 600, et il lui fallait les corriger à plusieurs reprises, ce qui prenait un temps fou. Maître Adeline ne se privait pas de le chambrer à ce sujet, au point que ces fatidiques 600 grammes étaient devenus pour Jérôme un véritable défi. À force de s'appliquer, l'enfant avait amélioré son score. L'écart s'était abaissé au fil du temps. Son pâton moyen s'était rapproché du poids idéal et ne s'en était plus éloigné que de quelques grammes. À douze ans, il vous extrayait de la cuve, d'un coup de corne décidé, des pâtons de 602 ou de 599 grammes, à jet continu. Maître Adeline pouvait être satisfait : son apprenti avait un œil et une main exceptionnels. Aujourd'hui, il était bien rare que Jérôme Corbières dût ajouter ou retrancher quoi que ce soit à ses proportions de pâte.

Les pâtons découpés, il abandonnait la corne pour les bouler « en deux temps trois mouvements » sur la surface farinée de sa planche. Il avait acquis une telle dextérité que cette manipulation, si difficile pour le profane, s'effectuait avec une rapidité inconcevable. Les mains de Jérôme s'agitaient au-dessus de la table, et les boules de pâte, parfaitement rondes et lisses, atterrissaient comme par miracle dans les bannetons d'osier entoilés à l'intérieur. Quand il en eut fini avec les boules, il mit en forme les pains longs, avant de les disposer sur des planches recouvertes de tissu. Pour bien les séparer les uns des autres, il repliait la toile entre deux pains. Là aussi, il travaillait vite, avec une sûreté totale ; il n'avait même pas besoin de regarder ce qu'il faisait, et ces tâches ne le distrayaient qu'à peine de sa dévorante préoccupation. Que se passait-il là-haut ? En allant chercher Delmas, il s'était dit que leur double supplice, à Jeanne et à lui, approchait de son terme. Ce serait encore l'affaire d'une heure, peut-être moins. Le temps du pointage, à peu près. Mais le pointage était terminé, la division le serait bientôt, le moment de l'apprêt, la deuxième fermentation, approchait, et il ne savait toujours rien. Bien sûr, il pouvait monter. Mais Astérie ne serait pas contente, ni Jeanne… Ni Delmas, qui n'avait pas un caractère commode, et qui détestait qu'on le dérange. Quand ça serait terminé, on viendrait le lui dire. En attendant, il ne servirait à rien là-haut. Il valait mieux rester là, à travailler tranquillement. Tranquillement ? Je t'en foutrais ! Il jaugea du coin de l'œil ce qu'il restait de pâte dans la cuve. Dans quelques instants, il aurait fini la mise en forme et il n'aurait plus rien à faire pendant l'apprêt, puisque son four était déjà en chauffe... C'était le four qu'Adeline avait bâti de ses mains quand il s'était installé à Perpezac, il y avait bien longtemps... Soixante-dix ans au moins ! Le modèle le plus simple ; il existait des fours comme ça depuis qu'on faisait du pain. Un four à bois à chauffage direct, une simple chambre de cuisson aux parois de briques. On y entasse des fascines de bois, on y met le feu. Quand la température est suffisante, on retire les cendres et la braise, on nettoie la sole avec un écouvillon humide, et puis on enfourne, aussi vite que possible pour ne pas laisser filer la chaleur. Elle baissera d'elle-même, ensuite, de 30 à 40 degrés, mais l'essentiel est de partir de 250 ou 280, afin d'amener la température intérieure de la pâte aux environs de 95 degrés...

– Jérôme...

Il était si absorbé par sa tâche qu'il n'avait pas entendu la porte s'ouvrir. Il fallut qu'Astérie s'avance dans le fournil et l'appelle, pour qu'il s'aperçoive enfin de sa présence. Il se tourna vers elle, elle dit à nouveau « Jérôme... ». Il comprit que ça n'allait pas, à sa voix blanche, à l'expression égarée de son visage. Elle ne venait pas lui annoncer la bonne nouvelle qu'il attendait. Son cœur se mit à battre à grands coups, tandis qu'il essuyait spasmodiquement ses mains tachées de pâte sur son tablier. Trois mots battaient les parois de son crâne comme des vagues monotones battent la grève un jour d'hiver : elle est morte, elle est morte, elle est morte... sur « elle », la vague se ramassait et s'enflait, sur « est », elle se brisait, et avec le mot « morte », elle déferlait. Il devait avoir l'air d'un fou, car Astérie, qui le connaissait depuis toujours, recula, effrayée. Il parvint à se contrôler, au prix d'un terrible effort.

– Elle est morte, c'est ça ?

– Non, non, tu te trompes… Le docteur Delmas veut te voir…

Déjà, il était sur Astérie, il l'écartait. Elle était vieille et frêle, et il ne connaissait pas sa force. Elle chancela. Il la retint machinalement. Elle poussa un petit cri de douleur, tant il lui avait serré fort le poignet en l'empêchant de tomber. Il desserra son étreinte.

– Elle n'est pas morte, tu le jures ?

– Je te le jure !

– Alors c'est lui !

Astérie ne répondit pas. Il la lâcha et s'élança hors du fournil. La cour qui séparait les deux corps de bâtiment n'était pas bien grande, une vingtaine de mètres à peine, mais la nuit était si noire et la neige tombait si dru qu'il ne distinguait même pas les fenêtres éclairées du mur d'en face. Les épais flocons tourbillonnaient autour de lui comme des abeilles furieuses. Le monde extérieur baignait dans la même confusion, dans le même affolement que lui. Il avait l'habitude de boulanger en sandales. Il n'avait pas pensé à enfiler des chaussures. En courant dans la neige, il glissa, tomba, se releva en jurant, reprit sa course aveugle. Il n'aperçut la lumière qui sourdait à travers les rideaux de la porte qu'en arrivant dessus. Sa main s'abattit sur la poignée qui résista. Il força. Elle céda. Il s'aperçut plus tard qu'il l'avait cassée. Il s'apprêtait à monter l'escalier quatre à quatre quand la voix du docteur Delmas l'arrêta.

– Jérôme…

Le vieil homme était dans la salle à manger, attablé devant des papiers, le buste tourné vers lui.

Jérôme hésita. Jeanne était là-haut, morte ou vive.

– Qu'est-ce qui s'est passé ?

– Viens donc, elle dort. Il y aura des médicaments à prendre chez Gaffarel, demain matin… Je te prépare l'ordonnance.

Jérôme entra dans la salle à manger. Le vieux Delmas avait l'air las, et ses cheveux blancs, d'habitude sagement peignés en couronne autour de son crâne, étaient collés sur son front par la sueur. Il dévisagea Jérôme encore un instant, puis il baissa les yeux.

– J'ai fait tout ce que j'ai pu, je te jure... Mais il venait par le siège... J'ai cru un moment, et puis non, je n'avais pas ce qu'il fallait sous la main... C'était trop dangereux, tu comprends ? Pour elle... Alors elle est saine et sauve, c'est l'essentiel, non ?

Il se tut. Une main de fer étreignait la gorge de Jérôme. Jeanne sauve. L'enfant... Pas d'enfant. Encore un rendez-vous manqué avec la vie. Il voulut parler et ne parvint qu'à émettre un gémissement étouffé. Mais Delmas avait compris. Ce gémissement était une question. Une question inutile et douloureuse.

– Qu'est-ce que ça peut faire, ce que c'était ? Ce n'était qu'un faux espoir. Il ne faut plus y penser. Ta femme est vivante... Je n'étais pas certain de la sauver !

– Dites-moi quand même !

Le médecin tourna à nouveau son regard vers Jérôme. Les mots avaient jailli de la gorge du boulanger comme la lave d'un volcan.

– Tu tiens tant que ça à savoir ? Comme tu voudras : c'était un garçon. Un gros garçon. Trop gros ! Beaucoup trop gros !

La voix de Delmas était âpre. Quand les gens veulent prendre toute la mesure de leur malheur, tant pis pour eux, il faut la leur donner, aussi brutalement que possible. Delmas se tut, hésita un court instant, et reprit :

–... Et je vais te dire une chose que tu dois admettre une fois pour toutes : il ne faut plus essayer, elle en mourrait. Tu m'entends ? Elle n'est pas faite pour avoir des enfants, maintenant j'en suis sûr. Tu m'as entendu ?

Tête baissée, debout sur le seuil de la salle à manger, le colosse pleurait doucement. Delmas dut se faire violence pour ne pas se lever et lui passer le bras autour des épaules, comme un père. Mais il était trop tôt. Il fallait que Jérôme comprenne, c'était une question de vie ou de mort pour Jeanne.

– Tu m'as compris ?

Jérôme hocha la tête.

– Je ne veux pas revenir dans un an pour voir mourir ta femme en couches. Elle ne peut pas avoir d'enfants, c'est comme ça, il faudra vous débrouiller autrement. Dis-moi les mots, que je les entende ! Elle ne peut pas... Si elle devait accoucher à nouveau, elle mourrait !

– Elle ne peut pas avoir d'enfants..., bredouilla Jérôme à travers ses larmes.

Un sanglot le musela. Le vieux Delmas se leva et lui posa la main sur l'épaule.

– Je te connais depuis longtemps, Jérôme... Adeline et moi, on était ensemble à l'école. Quand il t'a ramené de l'orphelinat, c'est à moi qu'il a demandé de t'ausculter pour voir si tout allait bien ! Alors s'il fallait que je te donne ma main droite pour t'éviter de vivre ce que tu vis, je le ferais... Mais je ne peux pas, personne ne peut t'éviter ça. Tu dois être courageux. Et puis, un jour, il faudra bien que tu fasses comme Maître Adeline, et que t'en adoptes un, de mouflet. C'est peut-être bien ton destin...

– C'est pas juste ! gronda Jérôme. On en veut un à nous, Jeanne et moi !

Le docteur Delmas haussa les épaules.

– Juste, pas juste... Je t'avoue que je ne crois plus trop à tout ça. J'en ai trop vus mourir ou souffrir qui ne le méritaient pas, et le contraire, des crapules se porter comme des charmes ! J'ai vu des mères attendre dix ans un enfant, et quand il arrive, il est à peine humain. Elles n'ont pas mérité ça, elles non plus.

– Alors quoi ? Qu'est-ce qu'on fait là ? Pourquoi on vit ? Hein ?

– On le saura peut-être un jour... Tu devrais aller dormir. Je vais rester là. Astérie va m'arranger un lit. Je veux être là si Jeanne se réveille. Mais ça ira, j'ai confiance. Va dormir toi…

– Pas encore. La fournée n'est pas prête.

Jérôme essuya ses joues du revers de ses grosses pattes encore blanches de farine. Puis il tourna le dos au vieil homme, et il regagna le fournil en chancelant.

Chapitre IV

Le lendemain matin, tout le village défila à la boulangerie. Il ne neigeait plus, mais on se doutait bien qu'il n'y aurait pas de tournées aujourd'hui. On était donc décidé à se déplacer soi-même si l'on voulait du pain. Mais aussi, on voulait des nouvelles, et même quand Bastavieux, le cantonnier, revint les mains vides et annonça que Jérôme avait vendu toute sa fournée, les gens continuèrent à se succéder dans la boutique. Ils achetaient n'importe quoi, ce qu'il y avait, des bonbons, de la levure, un paquet de farine… Ce n'était qu'un prétexte pour entrer et regarder sa tête à lui, Jérôme Corbières, l'homme dont la femme avait perdu un nouveau-né cette nuit. Il n'y avait là aucune malveillance. Ils aimaient leur boulanger, ne serait-ce qu'à cause de la reconnaissance du ventre. Les parents le disaient à table, à leurs rejetons qui rechignaient à manger : « Mange donc, ce pain-là, le pain de Jérôme Corbières, c'est meilleur que du gâteau… Je te souhaite d'en manger du comme ça toute ta vie ! » Ils savaient ce qui s'était passé. La bonne du docteur Delmas n'avait pas pu s'empêcher de le dire à tout le monde. Son patron était rentré au petit matin, les traits tirés, l'œil triste. De toute évidence, les choses avaient mal tourné cette nuit chez les Corbières, et comme Delmas l'avait chargée d'apporter une ordonnance à

Gaffarel, le pharmacien, au nom de Jeanne Corbières, elle n'avait pas été longue à comprendre que c'était le gosse qui n'avait pas survécu. Tout le village savait comment les Corbières l'attendaient, ce mouflet : comme le Messie. Alors, les plus nombreux par vraie compassion, et quelques-uns aussi par curiosité un peu trouble, car le malheur a ses voyeurs comme le plaisir, ils venaient voir quel tête faisait Jérôme. Tous, ils poussèrent la porte à un moment ou à un autre de la journée, même ceux qui n'achetaient pas de pain d'habitude, le père Lindon qui était trop pingre et ne mangeait que le pain rassis que son fils lui apportait pour les lapins, et la Suzanne Oflaquet qui faisait son pain elle-même, et la mémée Demizan qui ne digérait plus que la bouillie... Oh, ils n'auraient pas osé lui dire quoi que ce soit de particulier, à Jérôme. Non, ils auraient simplement voulu lui montrer par leur présence que le village savait et partageait tacitement sa peine. Mélenchon, le maire radical-socialiste, y était allé un des premiers. Mélenchon et Corbières ne s'entendaient pas, c'était de notoriété publique. Si Corbières avait voulu, il aurait été le seul à menacer vraiment Mélenchon aux élections municipales. Pas comme le hobereau du coin, le baron Henry Fréret du Castel, qui n'arrivait même pas à faire le plein des voix de droite malgré son œillet à la boutonnière, sa noblesse remontant aux Croisades et sa Delahaye crème.

Ils en furent presque tous pour leurs frais, car ce matin-là, on vit très peu Jérôme au comptoir. Astérie, qu'on n'y voyait plus guère, servit la plupart des clients. Quelques-unes de ses vieilles commères tentèrent bien de lui tirer les vers du nez, sans trop d'espoir. On la connaissait, Astérie : une femme de fer, sous ses dehors frêles. Elle ne se privait pas de cancaner avec les autres au lavoir, mais tout ce qui touchait au souvenir de Maître Adeline, à la boulangerie, à Jérôme et donc à Jeanne, était tabou, secret, sacré. Alors elle servit la clientèle sans desserrer les dents, pour ainsi dire. Elle avait les traits encore plus creux qu'à l'ordinaire, et c'est tout. « En voilà une qu'a pas dû beaucoup dormir cette nuit ! »... souffla la mère Sédouzac en sortant de la boutique en compagnie de Mlle Delouges, la sœur du notaire. Mlle Delouges était restée célibataire en dépit d'une des plus impressionnantes dots de la région. Le notaire l'avouait lui-même d'un air consterné : « Ma sœur Coralie n'est pas mariable ! Vous l'avez regardée ? Quel homme en voudrait dans son lit ? Oh ! Celui qui se dévouerait n'aurait pas à le regretter ! Elle est douce et elle a du bien... Mais je n'y crois guère, surtout qu'elle commence à prendre de l'âge ! » Mlle Delouges vivait chez son frère. Elle ne sortait pas trop souvent. Elle n'aimait pas sentir les regards des gens du village sur sa silhouette bancale et voûtée. Chez les Delouges, c'était la bonne qui faisait les courses. Mais pour une fois, Mlle Delouges s'était portée volontaire pour aller chercher du pain. Elle avait entendu parler de ce qui s'était passé chez les Corbières. Les histoires d'enfants la passionnaient, ceux qu'on a, et encore plus ceux qu'on n'a pas, parce que c'était le drame de sa vie de ne pas en avoir. Elle comptait faire un beau récit tragique à son frère et à sa belle-sœur à son retour à la maison : comment Jérôme sanglotait en servant ses pratiques, et comment ses larmes roulaient sur les miches de pain. Elle avait une imagination débordante, Mlle Delouges. Peut-être parce qu'elle n'avait presque rien vécu. Elle se rattrapait comme ça, en se racontant des histoires échevelées. Pour l'instant, tout en hochant la tête pour approuver Mme Sédouzac, elle remâchait sa déception de n'avoir pas aperçu Jérôme. Elle l'avait toujours bien aimé. Grand et fort, et toujours aimable quand même. Elle avait peur des gens de haute taille et de forte corpulence : est-ce qu'ils n'allaient pas l'écrabouiller ? Mais elle était fascinée par leur force. Et spécialement par celle de Jérôme. Ah, si elle avait pu, avec quelle joie, avec quelle ardeur elle lui aurait donné des enfants, elle ! Mais le destin lui avait alloué ce corps de rebut, et aucun homme ne la prendrait jamais dans ses bras. Elle s'efforça de chasser ces sombres pensées. Heureusement, la vue d'Aristide Forget vint l'en distraire. Avec Mélenchon, le maire, le docteur Delmas, le notaire Delouges, le baron Fréret du Castel et le curé Robillon, Aristide Forget, l'instituteur, complétait la brochette des notables de Perpezac. Une figure, Forget. À la fois redouté et adoré de ses élèves, estimé et craint de leurs parents qui connaissaient son franc-parler et la rigueur de sa morale laïque. C'était un gros homme toujours soufflant et transpirant. Le docteur Delmas lui serinait depuis des années de se ménager et de manger moins. Delmas ne se gênait pas pour lui dire qu'il ne vivrait pas centenaire s'il continuait comme ça, le filet mignon et la lamproie en sauce le dimanche à la maison et les gueuletons tous les mercredis chez Lebédin à l'enseigne de la Petite Poule Rousse, mais c'était peine perdue. C'était un mangeur, Forget. Il disait oui-oui au vieux toubib, et puis il n'en faisait qu'à sa tête. Lui aussi, il avait quelque chose à compenser. Les femmes qui connaissaient la vie secouaient la tête en parlant de lui, et surtout de sa femme, Huguette Forget. Un homme comme lui, un épicurien, un extraverti tout en rondeurs, n'aurait jamais dû épouser cette bégueule jaunâtre et taciturne, cet éteignoir absolu ! Alors bon, il était normal qu'il se rattrape quelque part. Ça s'était porté sur le ventre, ç'aurait pu être un peu plus bas, si vous voyez ce que je veux dire, ma chère. Les hommes mal mariés, ça court ou ça mange. Lui, il mangeait. On n'allait pas lui en faire grief. Les enfants qui sortaient des pattes de Forget savaient leurs conjugaisons et leurs départements comme personne avant eux à Perpezac. Le taux de succès des gosses de la commune au certificat d'études était un des meilleurs de France.

Aristide Forget s'inclina pour saluer Mlle Delouges et Mme Sédouzac. Cette dernière ne put s'empêcher de lui demander s'il était au courant des événements de la nuit. Forget et Corbières avaient été ensemble à l'école, et leur amitié était bien connue. Peut-être Forget savait-il quelque chose de plus que les autres ?

Il secoua sa grosse tête un peu hirsute, comme celle d'un briard. Il ne savait que l'essentiel, à travers la rumeur répandue par la bonne du docteur Delmas. Ce n'était pas encore cette fois que le rêve des Corbières se réaliserait... Et qu'y avait-il d'autre à savoir ? Le malheur tient en peu de mots... Il prit congé des deux femmes et se dirigea vers la boulangerie. Il était déjà tard. Astérie leur avait vendu ses dernières miches mais pour son vieux copain Forget, Jérôme mettait toujours une boule de côté.

Mme Sédouzac habitait du côté des Favioles, tandis que la maison du notaire était sise rue de la République, en plein centre. Les deux femmes se séparèrent, et Mlle Delouges poursuivit seule sa route. Elle serrait contre elle le pain qu'elle venait d'acheter. Jérôme avait pétri de ses mains la pâte dont ce pain était fait. Elle songea aux mains puissantes du boulanger, les mêmes mains avec lesquelles il caressait sa femme, et elle rougit malgré elle dans la rue. « Coralie ! Allons, Coralie ! À quoi ça te sert de penser à des choses comme ça ? » Elle haussa les épaules – ces épaules qu'elle avait nettement dissymétriques, à cause de sa bosse – et elle accéléra le pas en dépit de la neige fraîche qui rendait les déplacements quelque peu problématiques. Bah ! Mlle Delouges ne boitait pas. Vilaine, tordue, bossue, d'accord, mais pas pied-bot, Coralie ! Tout de même, elle n'avait pas hérité de toutes les disgrâces possibles. Elle en avait juste eu triple part. Elle songea à la belle femme qui venait de faillir à son rôle d'épouse et de procréatrice, et de décevoir l'attente de Jérôme, et qui devait dormir, épuisée, dans la chambre au-dessus du fournil. Aurait-elle accepté d'échanger sa vie avec elle ? Elle n'hésita pas longtemps. Si un miracle l'avait permis, elle aurait accepté sans hésiter. En réalité, sa vie, Mlle Delouges était prête à l'échanger contre n'importe quelle autre, les yeux fermés.

Et puis, en apparence, la vie à Perpezac reprit son cours

tranquille. Un matin, on vit Jérôme faire sa tournée avec sa carriole tirée par le vieux Copernic. On lui trouva les yeux cernés et la bouche dure. Il lui faudrait quelque temps pour que ça lui passe : c'était comme les traces du coup de poing que lui aurait balancé le destin. Un autre matin, un peu plus tard, on revit Jeanne à la boulangerie. Elle avait maigri. Elle aussi, l'expression de son regard avait changé. Il y avait quelque chose de résigné dans ses yeux, quelque chose de désenchanté. Rien à voir avec l'expression de la Sidonie Mallet quand elle avait compris qu'elle avait épousé un soiffard irrécupérable, ou de celle de Raymonde Hosten quand elle avait appris que son mari la trompait avec tout ce qui portait un jupon. Non, c'était d'elle-même que Jeanne Corbières était déçue. Et cette déception-là est la plus douloureuse. À compter de ce moment-là, il n'y eut plus que les méchantes gens pour leur demander, aux Corbières, s'ils espéraient encore en avoir un, d'enfant. Et des vrais méchants, il n'y en avait pas beaucoup à Perpezac. Mais il existait tout de même un vrai salaud, à Perpezac même ou dans les environs, on ne savait pas au juste. Pire que la vieille Louise des Favioles qui passait son temps à dire du mal des uns aux autres et des autres aux uns, pire que cet aigri de Timothée Landeman, qui ricanait au passage des enterrements... Ce méchant-là, on ne savait pas qui c'était, mais il fallait qu'il ait l'âme pourrie et nauséabonde pour faire ça, deux jours après la fausse couche de Jeanne. Il fallait aussi qu'il soit de la partie, de la boulange, tous ceux qui ont vu la chose l'ont dit, c'était bien cuit, doré et croustillant à souhait ! Jérôme Corbières n'aurait pas fait mieux. Ce nourrisson en pain, les jambes emmaillotées, les yeux clos, la gorge et la poitrine ouvertes. Un pain en forme d'enfant mort, il faut avoir l'esprit tordu par la haine pour imaginer ça, non ? Et pour le faire, donc ! Pour pétrir et modeler, et mettre au four, et déposer ce pain-là, à l'aube, devant la porte du boulanger qui vient de perdre un nouveau-né. Personne n'a pu croire que c'était quelqu'un du village qui avait commis cette horreur. C'est Forget qui l'a découvert. Il aurait préféré le cacher à Jérôme, mais le boulanger arrivait sur ses talons, et il n'a pas été possible de lui dissimuler. Quand il l'a vu, il est devenu tout blanc. À ceux qui étaient là, Forget, Astérie, Bastavieux, il a demandé qu'on n'en parle pas à Jeanne. Mais entre soi, dans le village, on en a parlé pendant des jours. Qui pouvait haïr à ce point Jérôme Corbières ? Il devait bien avoir son idée là-dessus, Jérôme, mais on n'en saurait rien avant longtemps. Il devait garder ça au plus profond de lui, cette haine sûrement partagée, comme un couteau ouvert dans sa poche.

Chapitre V

Dans la cuisine, sur la table recouverte d'une toile cirée ornée de petits oiseaux, Jeanne avait déplié un numéro de *L'Action française*. Pas pour lire. Pour éplucher les légumes sans salir la toile cirée. C'était Jérôme qui lisait les tirades enflammées de Maurras ou de Daudet dans *L'Action française*. Oh, pas tous les jours, de temps en temps. Il était loin d'adhérer à tout ce qu'on prônait dans ce journal. L'antiparlementarisme et l'antisémitisme de « l'organe de la droite nationale » l'agaçaient souvent. Des juifs comme ceux que décrivait *L'Action française*, il n'en avait jamais vu. Ceux qu'il connaissait ne passaient pas leur temps « à saper les fondements de notre belle civilisation et à salir le visage lumineux de la race française », ils s'échinaient comme tout le monde pour gagner leur croûte, élever décemment leurs enfants et mettre trois sous de côté en prévision de leurs vieux jours. Jérôme n'avait jamais senti son mode de vie et son identité nationale menacés par ces criminels-là. S'il continuait à feuilleter *L'Action française*, ce n'était que par fidélité à Maître Adeline. Quant à Jeanne, elle était issue d'une famille ouvrière où l'on avait le cœur à gauche. Entre Jérôme Corbières, artisan boulanger d'Action française, et Basile Lemée, le père de Jeanne, tourneur-fraiseur et militant communiste, le courant n'était jamais passé. Par chance, Jeanne s'intéressait trop peu à la politique pour que ces divergences d'opinion deviennent un problème entre elle et Jérôme. Elle aimait son père, elle aimait Jérôme, et puisque les deux hommes n'avaient pas de sympathie l'un pour l'autre, eh bien tant pis, elle évitait de les faire se rencontrer trop souvent.

Donc, elle avait déplié *L'Action française* sur la table, et elle épluchait paisiblement pommes de terre, carottes, oignons, poireaux et haricots tout en sirotant un verre de café froid. Elle aimait ces tâches ménagères, les « travaux ennuyeux et faciles » dont parle Verlaine. Tandis que ses mains s'affairaient, son esprit voyageait librement. Bien souvent, pendant sa grossesse, elle avait rêvé en épluchant les légumes à l'enfant qu'ils auraient, avec Jérôme. Elle savait bien que Jérôme voulait un garçon. La plupart des hommes veulent un garçon, à toute force, pour se perpétuer à travers lui... Mais elle connaissait son Jérôme ; s'il lui naissait une fille, il la prendrait comme elle viendrait, et il ne jurerait plus que par elle. Alors, des heures durant, en vaquant sans hâte aux tâches ménagères les moins fatigantes (Jérôme lui interdisait formellement les autres, avec le précieux fardeau de son ventre), elle avait imaginé l'enfant...

Aujourd'hui elle n'imaginait plus rien. Des semaines avaient passé, elle était hors de tout danger, mais l'enfant qu'elle avait imaginé n'était pas là, et elle n'avait plus d'espoir. Le vieux Delmas avait été implacable. « Si tu essaies encore, tu mourras ! » Au souvenir de cette phrase, Jeanne cessa d'éplucher la pomme de terre qu'elle tenait entre ses doigts, et elle se mordit les lèvres. C'était comme une porte fermée à tout jamais et derrière cette porte il lui semblait qu'un enfant, un fantôme d'enfant, l'appelait : celui qu'ils n'auraient jamais, Jérôme et elle, et qui aurait couronné leur amour.

Avec peine elle s'arracha à ces dérives obsessionnelles. Entre ses doigts, la pomme de terre était toujours là, à moitié épluchée. Elle acheva de la dénuder de sa peau d'un maître coup d'éplucheoir. Il fallait vivre. Serrer les dents et vivre. Se supporter, d'abord. Supporter l'autre aussi, Jérôme, avec sa frustration et sa douleur. Il y a des hommes qui s'en fichent, d'avoir ou non des enfants. Il y en a qui préfèrent ne pas en avoir, parce que c'est des soucis, du bruit, des ennuis, des dépenses continuelles... Et puis il y a ceux qui en veulent, pour qui c'est capital. Ceux qui ont la vocation de père en eux, et qui ne seront pas heureux, pas complets, tant qu'ils n'auront pas conduit un, deux ou trois mouflets de la petite enfance à l'âge d'homme. « Suivez-moi, vous autres, je vais vous montrer le bon chemin, vers le bien, vers le beau, vers la lumière... »

Jeanne se mordit à nouveau les lèvres. Jérôme était comme ça. Il avait besoin de ça. Et puis il y avait eu l'arrivée de Maître Adeline, et pour la première fois un adulte s'était penché sur lui avec une vraie sollicitude. Un adulte lui avait prouvé que le monde n'était pas un endroit sordide où les hommes qui puent l'alcool serrent le cou de femmes terrifiées jusqu'à ce que mort s'ensuive. Jérôme avait raconté tout ça à Jeanne, au début de leur mariage. Une fois, une seule fois. Depuis, il n'en avait plus reparlé, mais c'était là, en lui, enfoui mais à jamais présent, comme une plaie qui ne cesserait de saigner. Et pour qu'elle ne s'étende pas comme un cancer, il fallait qu'il passe le flambeau, qu'il rassure un enfant, des enfants, les siens. Qu'il rachète la conduite de son propre père, ce misérable alcoolique mort fou à l'hôpital après avoir étranglé sa femme.

Depuis dix ans, malgré les coups durs et les moments de découragement, Jérôme et Jeanne vivaient dans l'espoir. Cela avait soudé leur couple. Ils avaient un but. Comme des soldats, ils affrontaient des dangers, des obstacles. Plus maintenant. D'une phrase, le docteur Delmas ne leur avait laissé aucun espoir. S'ils essayaient encore, elle mourrait. Ils ne pouvaient pas faire comme si cette phrase-là n'avait jamais été prononcée. À compter de l'instant où elle l'avait été, chaque fois que Jérôme jouirait en elle, il mettrait sa vie en danger. Chaque fois qu'elle le retiendrait en elle à l'instant du plaisir, ce serait comme si elle se suicidait. Ce que leurs dix années d'attente et d'échecs n'avaient pas réussi à faire, la petite phrase de Delmas était en train de le faire : les séparer.

Ils se posaient pour la première fois une question hier encore inconcevable : qu'est-ce qu'ils faisaient ensemble ? Il y avait sur la terre des milliers de femmes capables de lui donner l'enfant qu'il désirait par-dessus tout. À présent, qu'avait-elle à offrir ? Ils n'en avaient pas encore parlé. Peut-être fallait-il en parler justement ? Qu'est-ce qu'il en sortirait, de cette conversation impossible ? Ni l'un ni l'autre ne parlait pour ne rien dire. Or, quel projet aurait pu sortir d'une explication entre eux, dans les circonstances présentes ? Le projet de se séparer. C'était de cela qu'ils avaient peur tous les deux, et c'était pour cela qu'ils se taisaient de plus en plus souvent, de plus en plus longtemps. Chacun savait ce que l'autre pensait, chacun craignait que la vérité n'apparaisse au détour d'une phrase ou d'un mot : ils n'avaient plus rien à faire ensemble, il ne leur restait qu'à divorcer… Et un silence étouffant s'instaurait entre eux.

Jeanne laissa tomber la pomme de terre sur le tas déjà épluché. Elle tendit la main et en prit une autre. Jérôme n'était pas loin. Il fendait du bois dans la cour depuis un moment déjà. Elle l'entendait faire. D'ordinaire elle aimait ça. Une succession de bruits parfaitement reconnaissables. Le choc sourd de la bûche qu'on pose sur le billot, le crachat dans les mains avant d'empoigner la hache, la grande goulée d'air, et le han par lequel on l'exprime en abattant la hache, le claquement du bois qui se fend, et le heurt des deux moitiés de bûche tombant de part et d'autre du billot sur le pavé de la cour.

Elle aimait ça, même sans y assister autrement que par l'ouïe et l'esprit, parce qu'elle imaginait Jérôme en plein effort, si puissant, si paisible et en même temps capable de cette violence masculine terrifiante, qu'elle confondait avec sa puissance sexuelle. Fendre des bûches, posséder une femme, la hache et le sexe… C'était pour elle l'occasion de rêveries troubles, qui trouvaient facilement à se réaliser quand Jérôme revenait, en sueur, soufflant, mi-homme, mi-bête. Souvent, elle l'entraînait vers leur chambre. C'était comme ça qu'il avait été conçu le malheureux enfant qui n'avait pas vu le jour. Aujourd'hui, le rythme de Jérôme n'était pas le même. Les bruits n'évoquaient pas la même puissance régulière et sereine. Aujourd'hui, Jérôme ne coupait pas du bois. Il se battait contre quelque chose ou contre quelqu'un. Il donnait des coups de hache furieux, précipités, anarchiques. Il passait sa rage sur le bois. Ce n'était pas des hans familiers qu'il poussait, mais des cris de rage.

Quand il rentra, rouge et ruisselant de sueur malgré la température hivernale, il jeta sa canadienne sur une chaise et se dirigea vers le buffet. Il l'ouvrit, en tira une bouteille de piquette et s'en servit un verre qu'il avala d'un trait. Assise devant la table, Jeanne le voyait de dos. Mon Dieu, qu'il est grand ! se dit-elle. Si grand qu'il faisait toujours un peu peur à tout le monde, les hommes comme les femmes. Elle seule, Jeanne, savait à quel point il pouvait être doux. Elle seule… en principe ! Jusqu'à ce jour, il ne lui était pas venu à l'esprit qu'il pût la tromper. Oh, des femmes qui ne se seraient pas fait prier bien longtemps, elle en connaissait plusieurs à Perpezac, à commencer par Sylvana Mancuso, l'Italienne qui était arrivée en 24 avec son père, un réfugié politique, un opposant de Mussolini à qui les fascistes avaient fait boire tant d'huile de ricin qu'il ne s'en était jamais vraiment remis.

Mais si le père n'avait plus de santé, la fille en avait, elle, et bien placée. Les seins de la Mancuso défrayaient les conversations des hommes, au Café du Commerce. Et puis Jeanne n'avait pas toujours été là; elle n'était pas native de Perpezac. Son père travaillait à Blois, aux usines d'aviation. À Perpezac, des usines, il n'y en avait pas. Elle avait rencontré Jérôme à Blois, à l'occasion d'une fête organisée par les compagnons-boulangers. Maître Adeline était un vrai maître boulanger. Jérôme avait suivi sa trace et fréquenté le milieu des compagnons. Elle, elle n'avait pas de lien particulier avec le compagnonnage. Les compagnons organisaient des fêtes et des bals, et un soir elle était allée danser au bal des boulangers à Blois, et elle y avait rencontré un jeune colosse qui avait pour nom Jérôme Corbières... Avant leur mariage, il avait sans doute connu des filles et des femmes, à Perpezac et ailleurs, mais il était toujours resté très discret là-dessus. Il n'était pas arrivé puceau au mariage, loin de là, cela elle en était sûre.

Jérôme s'était donné si fort à la coupe du bois qu'il étouffait de chaleur. Après avoir ôté sa canadienne, il ôta sa chemise. La vue du dos musclé et des larges épaules de son mari fit prendre aux pensées de Jeanne un tour un peu particulier. Des semaines s'étaient écoulées depuis la nuit fatale. Depuis, il ne l'avait pas touchée. Peut-être les choses s'arrangeraient-elles s'ils faisaient l'amour?

– Jérôme...

Chapitre VI

Elle avait prononcé ce prénom d'une voix rauque, une voix qui, à la fois, promettait et quémandait quelque chose. Quand elle avait cette voix-là, les mots n'avaient pas beaucoup d'importance, il comprenait.

Il ne bougea pas. Peut-être n'avait-il pas entendu ?

– Jérôme ?

Il allait répondre, elle en était sûre. Et quelles que soient ses paroles, il y aurait dans ses inflexions à lui aussi quelque chose de changé. Dans les couples, il existe de tels signaux. Apprendre à se connaître quand on s'aime, c'est aussi élaborer à deux ce langage secret, en inventer la grammaire, le vocabulaire sybillins. Mais Jérôme ne répondait pas.

– Jérôme...

Il se retourna vers elle.

– J'ai entendu. Excuse-moi, tout ce bois à couper... ça m'a fatigué.

Elle baissa les yeux.

– Bien sûr... ça n'a pas d'importance.

– Et puis...

Il laissa sa phrase en suspens. Elle la termina dans sa tête. Un sentiment de révolte l'envahit. Est-ce qu'il avait voulu dire ça ? C'était tellement injuste, tellement méchant ! Qu'est-ce qu'il croyait ? Qu'il était le seul à souffrir ? Qu'elle se fichait de ce qui s'était passé l'autre nuit ?

– Oui ?

Il haussa les épaules.

– Non, rien.

– Si. Tu as commencé à dire quelque chose... Tu as dit : « Et puis... » Et puis quoi ?

– Et puis rien, je te dis !

– Si, dis-le-moi !

– Rien, je te dis. Tu m'embêtes !

Il ne lui avait jamais parlé sur ce ton. Elle hésita. Le mieux était sans doute de ne plus rien dire, de se réfugier dans le silence. Mais il exagérait, tout de même. Elle avait son amour-propre, et il l'avait blessée.

– Tu es fatigué ? Il n'y a pas si longtemps, ça ne t'aurait pas fatigué, de couper du bois...

Alors que les mots sortaient de sa bouche, elle savait qu'elle était en train de commettre une bêtise. Se taire, faire le gros dos, laisser passer l'orage… Mais on ne peut pas non plus se laisser piétiner, même par quelqu'un qu'on aime, surtout pas par quelqu'un qu'on aime.

– Oui ? Eh bien c'est comme ça, je suis fatigué…

La voix de Jérôme se radoucit sur les derniers mots. Lui aussi avait compris qu'ils avaient tort. Après ce qu'ils avaient vécu, les chamailleries prenaient un autre sens et une autre gravité que dans un couple normal. Ils n'étaient pas un couple normal, mais un couple en danger. Il fallait faire attention, redoubler de tendresse l'un pour l'autre. Mais un mauvais ange devait s'ingénier à envenimer les choses entre eux. Alors que Jérôme était prêt à faire la paix, ce fut elle qui relança la guerre :

– Je le sais ce que tu allais dire !

– Et quoi donc ?

– Tu as dit : « Et puis… » Ça voulait dire : « Et puis à quoi bon ? » C'est ça, hein ?

Il voulut rompre l'engagement. Bien entendu, elle avait raison. C'était ça qu'il avait commencé à dire : « Et puis à quoi bon faire l'amour, puisque que tu ne peux pas avoir d'enfant… » Mais ces mots-là il s'était retenu à temps de les prononcer, et il fallait absolument empêcher qu'ils soient prononcés, qu'ils les séparent à tout jamais.

– Tu te fais des idées… Je suis fatigué, c'est tout, je ne sais même plus ce que j'avais commencé à dire…

Mais elle, têtue, amère, était décidée à aller jusqu'au bout, maintenant.

– Moi je sais ! Tu allais dire : « À quoi bon coucher, puisque ça ne servira à rien, tu es incapable d'avoir un enfant ! » Et je ne vois pas pourquoi tu n'as pas osé, puisque c'est vrai !

– Jeanne, tais-toi !

– Ah, mais non ! Je n'ai pas l'intention de me taire ! Depuis des semaines, on se tait. Depuis des semaines, on étouffe ! Il faut bien qu'on regarde les choses en face, à la fin : tu veux un gosse, et je ne peux pas te le donner, alors, tu ne dis plus rien, c'est à peine si j'existe encore…

Tu crois que ça va durer longtemps comme ça ? Tu nous vois continuer comme ça, dis ?

Tout en parlant, elle laissait sa colère la submerger. Enfin, les mots sortaient, les mots qui tournaient dans son cerveau comme des guêpes furieuses depuis des semaines.

– Il va bien falloir trouver une solution, non ? Qu'est-ce qu'il fait, le père Lalandais, quand on lui vend une vache stérile, hein ?

– Jeanne, je t'en prie, arrête !

– Qu'est-ce qu'il fait, à ton avis ? Tu ne réponds pas ? Eh bien, il en change. Il ramène celle-là au marchand, on l'envoie à l'abattoir, et il en prend une autre, une bonne vache capable de vêler, qui fait une bonne mère et une bonne laitière ! Et une femme, c'est pareil ! Si ça peut pas avoir d'enfant, on en change. C'est à ça que tu penses ? T'as déjà fait ton choix, peut-être ? Qu'est-ce que tu dirais de la Mancuso ? Elle ne demande que ça !

– Jeanne, tais-toi !

Il avait crié. Chez lui aussi, la colère commençait à monter. Jeanne était injuste. Depuis l'autre nuit il ne pensait qu'à l'enfant mort. Pas un instant, il n'avait envisagé de divorcer. Il se débattait seulement dans un piège de mots : les mots du docteur Delmas. « Si Jeanne devait accoucher à nouveau, elle en mourrait. » Ces quelques mots lui confisquaient tout espoir. Ils lui barraient l'avenir. Lui qui avait toujours été heureux de vivre depuis sa rencontre avec Maître Adeline, il n'avait plus de goût à rien. À quoi bon s'échiner, se lever toutes les nuits, fendre le bois, porter les sacs de farine, pétrir les pains, se rôtir la peau en les sortant du four ? À quoi bon tout ça, puisqu'il n'y aurait pas au bout du compte un petit Corbières pour en bénéficier et pour prendre la relève le moment venu ? À quoi bon vivre, au fond ?

– Pourquoi je me tairais ? J'ai pas le droit de dire que je souffre, peut-être ? Tu sais ce que c'est ma vie, maintenant ?

De sa main qui tenait encore le couteau à éplucher, elle montra le tas de patates sur la table.

– Les travaux du ménage, jusqu'à la mort… Je ne me suis jamais plainte parce que, du moment qu'on a l'espoir, rien n'a d'importance. J'attendais un petit avec toi, et il allait illuminer notre vie… Mais maintenant c'est fini, il ne viendra pas, il ne viendra jamais ! et qu'est-ce qu'il me reste ? L'épluchage des patates et un mari qui me néglige. Tu t'imagines que je vais supporter ça ? Mais pour qui tu me prends ?

Elle se leva d'un bond, et balaya la table du revers de la main. Pêle-mêle, les épluchures et les patates, les oignons les carottes, les haricots, les poireaux, *L'Action française* et le verre de café allèrent valser sur le sol recouvert de tommettes.

– C'est ça l'avenir ? Regarde ce que j'en fais !

– Tu es folle !

– Peut-être bien, après tout ! Oui, ça doit être ça, je suis folle !

Elle se jeta hors de la pièce. Jérôme, abasourdi, les bras ballants, contemplait le désastre. Il l'entendit grimper l'escalier quatre à quatre, s'enfermer dans leur chambre. Elle allait pleurer, maintenant, sûrement. Il poussa un soupir. C'était sa faute, tout ça ? Peut-être… Non, pas à lui tout seul ! Qu'est-ce qu'il avait fait ? Quelle faute avait-il commise ? Il avait juste coupé du bois. Après, il s'était senti fatigué. Il n'avait pas eu le cœur à… Il serra les poings. Ils ne s'étaient encore jamais disputé comme ça. Qu'est-ce qui lui arrivait, nom de Dieu ? Il s'agenouilla et commença à rassembler les légumes éparpillés par terre, sur les tommettes souillées de café froid. La vue de cette flaque brune lui en rappela une autre, rouge, celle-là. Le vin, le vin de son père. Le vin renversé par son père, régulièrement, quand il prenait ses crises. Et puis aussi le vin qu'il avait renversé le dernier soir, juste avant d'étrangler sa femme. Les mains de Jérôme se mirent à trembler. Il se redressa et resta un moment agenouillé, à les regarder trembler. Il n'aimait pas qu'on crie, qu'on renverse les choses, qu'on casse les verres. Ça lui rappelait son enfance dévastée.

Il se releva. Il avait besoin de marcher. Il enfila sa chemise. C'était à peu près l'heure du Café du Commerce. Mais aujourd'hui il n'avait pas envie de retrouver les autres, Forget, Mélenchon, le notaire Delouges... Il allait marcher dans la campagne, longtemps, aussi longtemps qu'il faudrait pour se calmer, et en rentrant il serait suffisamment épuisé pour se jeter sur son lit et s'endormir... Mais Jeanne ne le laisserait peut-être pas entrer dans leur chambre... Il haussa les épaules. Il avait un lit de camp dans le fournil. Il n'y avait plus dormi depuis son mariage, mais ça ne le gênerait pas de recommencer... Il marcha vers la porte, rafla sa canadienne au passage et sortit de la pièce à grands pas.

– Tiens, qu'est-ce que tu fais là, toi ?

Le petit ne tressaillit pas, il ne se retourna même pas. Même si Jérôme n'avait rien dit, La Fatigue aurait su que c'était lui. Celui qui prendrait La Fatigue en défaut n'était pas encore né. Un chat, ce gosse ! Un chat de gouttière, ou plutôt un chat de motte de foin, parce qu'il passait plus de temps dans les champs qu'au village. Déjà pelé et couturé de cicatrices à dix ans à peine. Un sauvageon. Le fils de la Maugrée, la pauvresse de Perpezac. Une créature vêtue de haillons qui vivait dans une cahute au bord de la rivière. Elle vivait comme y avait vécu sa mère, de maraude et de braconnage, de quelques aumônes aussi, parce que les villageois n'avaient pas tous un cœur de pierre. Elle n'aurait pas été si vilaine, lavée et attifée d'autre chose que de ces sortes de chasubles qu'elle se confectionnait dans des sacs à patates. Enfin, telle qu'elle était, elle avait au moins séduit un homme, puisqu'elle avait donné le jour à La Fatigue. Quand on s'était avisé qu'elle était enceinte, les commentaires et les plaisanteries sur le compte de l'auteur de cet exploit avaient occupé les langues de Perpezac pendant des semaines. Et puis le temps avait passé, la Maugrée avait accouché, et on n'avait rien su de plus. Nul n'aurait pu se vanter de savoir qui était le père de La Fatigue. Pourtant, il devait bien en avoir un, mais la Maugrée ne disait jamais rien à personne, et ça n'était pas sur ce sujet qu'elle allait se mettre en frais de confidences. La Fatigue avait grandi comme il avait pu, au bord de la rivière. Les bonnes âmes de Perpezac avaient mis de côté des vêtements pour lui, si bien que le gamin avait fini d'user les culottes et les tricots de toute la marmaille du village. Et un jour, le maire Mélenchon s'était déplacé exprès, à la demande de l'instituteur, Aristide Forget, pour expliquer à la Maugrée que La Fatigue devait aller à l'école comme les autres, que c'était obligatoire, et que si elle ne l'y envoyait pas, il donnerait l'ordre au garde champêtre Bideau de l'emmener à Blois, à l'orphelinat. Du coup, la Maugrée avait envoyé son fils à l'école, pas trop régulièrement, mais quand même assez souvent pour qu'on ne puisse pas le lui retirer. C'est comme ça qu'on s'était aperçu que l'enfant faisait preuve d'une paresse colossale, homérique, d'où son surnom. Selon l'état civil, il s'appelait Jean Bergavon. La Maugrée aussi, c'était un surnom. La Maugrée s'appelait Louisette Bergavon. Cela, tout le monde l'avait oublié, depuis le temps.

Donc, le petit Jean Bergavon, alias La Fatigue, était un flemmard comme on n'en avait jamais vu à Perpezac, ni sans doute dans tout le canton. Flemmard, mais pas bête. En fait, il était parfaitement adapté à la vie aux champs (ou du moins autour des champs, car il n'était pas question de lui faire soulever une fourche ou un seau) et totalement inadapté à la vie en ville. Il n'avait pas son pareil pour confectionner des collets, des pièges à glu, des filets, des nasses et des cannes à pêche. Il griffait, il mordait comme un chat sauvage, et ceux qui en avaient fait une fois l'expérience ne se souciaient pas d'y revenir.

Le petit se retourna vers Jérôme et lui adressa un sourire. Son visage était étrange, avec de grands yeux tirés vers les tempes, comme ceux d'un chat, justement, un petit nez à la retrousse, et une grande bouche avide aux dents mal plantées. Le tout, bien sûr, copieusement barbouillé de crasse et de morve.

– Ça sent bon.

Le boulanger eut un petit rire.

– Toi, tu aurais faim, que ça ne m'étonnerait pas !

– Ça sent bon ! répéta le gosse.

– Ouais, ouais, ça sent bon ! Ah, l'hiver, c'est moins facile, pour ta mère et toi, hein ? Viens, je vais voir ce que je peux faire, dit Jérôme en faisant signe à l'enfant de le suivre. Et la Maugrée, comment elle va ?

La Fatigue haussa les épaules.

– Elle tousse fort, mais c'est rien.

Jérôme précéda le gosse dans le fournil. Il se souvint avoir entendu la Maugrée tousser, l'autre jour, en la croisant sur le bord de la route, pendant sa tournée. Il devrait peut-être en parler à Delmas. Mais est-ce qu'elle accepterait de se laisser ausculter ? Rien n'était simple, avec la Maugrée. Il prit dans les bannetons deux grosses boules de pain encore chaudes et les fourra dans un grand sac en papier, qu'il tendit à La Fatigue.

Le gosse le prit sans un mot de remerciement. Jérôme ne se formalisa pas. Qui lui aurait appris à dire merci ?

– Allez, file !

Mais La Fatigue ne partait pas. Le sac tout chaud serré contre lui, il restait là, les narines frémissantes, l'œil luisant dans la demi-pénombre du fournil.

– Qu'est-ce que tu veux ?... Ah ! J'ai compris.

C'étaient les croissants. Encore tièdes, eux aussi. Bien dorés, vernis, comme s'ils étaient en bois précieux, de l'acajou, mais de l'acajou comestible, qui répandait une odeur exquise, vertigineuse, pour les narines à la fois expertes et frustrées de La Fatigue.

– Tu veux un croissant, c'est ça ?

La Fatigue hocha frénétiquement la tête.

– T'en as jamais mangé, je parie ?

En même temps qu'il les prononçait, Jérôme regrettait déjà ces mots. C'était lui, Jérôme, le boulanger du village. La Maugrée n'avait jamais eu en même temps assez d'argent pour acheter un seul de ces croissants. Si La Fatigue n'en avait jamais mangé, c'était parce que lui, Jérôme, n'avait jamais pensé à lui en donner. Du pain, oui, souvent, et des fois de la saucisse, de la soupe, du pain perdu... Mais un croissant, un croissant chaud, jamais. Il ne s'était jamais posé la question. Comme si des gosses comme La Fatigue étaient nés pour manger du gros pain, à la rigueur, mais en aucun cas des croissants au beurre.

– Donne-moi ton sac !

La Fatigue hésita.

– Je te le rends, t'inquiète pas !

Le gosse obéit. Jérôme repris le sac en papier, l'ouvrit, et ajouta deux croissants aux deux boules qu'il contenait déjà. Puis il le restitua à La Fatigue.

– Allez, dégage-moi le plancher, maintenant ! dit-il d'une voix bourrue.

L'enfant se détourna et détala à toutes jambes. Il n'osait y croire. Avait-il bien vu le boulanger mettre deux croissants dans le sac ? Deux de ces merveilleux croissants dorés et odorants ? Pour lui ? Pas un instant il ne pensa que la Maugrée pourrait manger un des croissants. Elle toussait la Maugrée, elle n'avait plus d'appétit ni de goût à rien, depuis des semaines...

Sur la route, La Fatigue s'arrêta. Il ouvrit le sac en papier et en tira un croissant. Fasciné, il le huma, il le lécha à petits coups de langue précautionneux, il en émietta légèrement la croûte pour écraser sous ses dents ces minuscules fragments du prodige. Lui si vigilant d'ordinaire, toujours aux aguets, il était si absorbé par cette exploration olfactive et gustative, qu'il n'entendit pas venir l'homme sur la route. Quand il eut enfin le sentiment d'une présence humaine, l'homme devait déjà l'observer depuis quelques minutes. La Fatigue leva la tête et sursauta. Il fut sur le point de s'enfuir, mais non, l'homme faisait partie des présences familières. S'il n'était pas toujours rassurant, cela n'avait rien à voir avec les choses qu'on mangeait. C'était parce qu'il posait toujours des questions effroyablement compliquées, du genre huit fois huit, ou quinze moins sept. C'était M. Forget, l'instituteur. Tout de même, La Fatigue préféra ne pas s'attarder près de lui ce jour-là, parce qu'il y avait quelque chose de très inhabituel : M. Forget pleurait en contemplant La Fatigue comme jamais personne ne l'avait contemplé. Et un adulte en train de pleurer, et surtout M. Forget, qu'on craignait et qu'on admirait à cause de son autorité et de son savoir, ça faisait drôle, ou plutôt ça faisait peur. Alors La Fatigue enfourna carrément son croissant déjà machouillé dans sa grande bouche édentée, pour ne pas risquer de le perdre, et il prit ses jambes à son cou, le sac en papier serré contre son cœur.

Chapitre VII

Astérie tordit la dernière chemise de sa lessive entre ses mains déformées par les rhumatismes et tavelées par l'âge. Intérieurement, elle maudit son propre orgueil, et l'entêtement qui la conduisait à refuser que Jeanne prenne la relève au lavoir municipal. Le printemps approchait, la glace avait fondu, mais l'eau restait glacée. Cette lessive-là, la première de l'année au lavoir, Astérie allait la payer de douleurs carabinées. Ses vieux os ne supportaient plus des coups de froid pareils. Mais alors, si elle ne pouvait plus aller jacasser avec les autres, qu'est-ce qu'elle ferait de son corps ? Et puis il n'y avait pas que le désir de ne pas manquer les bonnes parties de médisance et de vachardise entre femmes, dans l'obligation qu'Astérie se faisait d'aller au lavoir. Une femme qui se respecte y lave le linge avec les autres aussi longtemps qu'elle en est capable. C'était même à ça qu'on distinguait les vieillardes : elles ne lavaient plus elles-mêmes. Que Jeanne n'y aille pas, c'était normal, puisque Astérie y allait depuis toujours. Bien entendu, Astérie aurait pu faire comme Mémée Demizan ou Léopoldine l'Ancienne, qui ne venaient plus pour laver mais pour passer le temps. Avec quelques autres commères de leur acabit, elles s'asseyaient un peu en retrait des travailleuses agenouillées, sur le banc de pierre. Et de là, elles regardaient les jeunes battre et tordre. Elles suivaient tant bien que mal les conversations, à moitié ou plus qu'à moitié sourdes comme elles étaient. Elles y ajoutaient parfois leur grain de sel, mais elles n'étaient plus dans la course, et les rites jumeaux du lavage et du commérage se jouaient désormais sans elles. Ils se jouaient entre les grandes parleuses, qui étaient souvent aussi de grandes lavandières : la Suzanne Oflaquet, la Raymonde Hosten, Astérie, bien sûr, et la Mancuso, l'Italienne qui avait su se faire admettre dans ce cercle pourtant fermé, et la Roberte Béninou, la servante du notaire Delouges, et la Sylvie Charron, qui amenait là le linge de table du restaurateur Lebédin, et bien d'autres encore qui donnaient la réplique à ces divas. Ce qu'il fallait pour y briller, c'était de la gouaille et de l'irrespect. L'amour-propre des bons bourgeois de Perpezac en aurait pris un coup, s'ils avaient pu se transformer en petites bestioles et entendre, cachés entre deux pierres, ce qu'on disait d'eux. Le linge, c'était au sens figuré comme au sens propre qu'on l'exposait pour le laver. Entre elles, les femmes de Perpezac, du moins celles qui n'avaient pas de servantes pour accomplir à leur place cette tâche essentielle, s'en donnaient à cœur joie. Homme ou femme, chacun en prenait pour son grade. Tout y passait : l'alcoolisme de l'un, la malpropreté de l'autre, l'avarice d'Untel, la lubricité de tel autre, l'impuissance de certains... Ici, la bêtise ou la méchanceté demeurées impunies trouvaient enfin leur châtiment : une moquerie cruelle, une vanne assassine, un surnom bien trouvé qui restait parfois longtemps inconnu de l'intéressé, jusqu'à ce qu'un beau matin, quelqu'un le lui jette au visage comme un baquet d'eau sale.

Ce jour-là, de l'avis d'Astérie, les moulins à paroles n'avaient pas tourné comme ils auraient pu. Elle l'avait bien senti, la Mancuso et la Suzanne Oflaquet s'étaient retenues. D'habitude, ces deux-là ne respectaient rien ni personne. Aujourd'hui, elles s'étaient tout juste fait un peu les dents sur le dos du baron, tête de Turc favorite de ce « café des femmes » où on dévorait à belles dents les puissants et les riches. Suzanne servait au château, et elle ne se gênait pas pour tailler des costumes à son employeur. Grâce à elle, personne en ville n'ignorait qu'Henry Fréret du Castel l'avait plutôt molle et rechignée, qu'il honorait madame tous les dix jours, et qu'elle se consolait comme elle pouvait, la malheureuse, en vidant lentement mais sûrement la cave de son époux. Il arrivait maintenant à la baronne de tituber avant midi. L'ivrognerie, on connaissait ça à Perpezac comme partout dans notre beau pays, mais en ces années-là l'alcoolisme féminin était un phénomène si rare que les lavandières voyaient en lui comme une sorte de vice redoublé : « La femme tombant plus bas qu'au rang de l'animal, à celui de l'homme, ma pauvre ! » rigolait Suzanne Oflaquet. Sylvana Mancuso, quant à elle, défendait plutôt le baron par esprit de contradiction. Un homme qui ne fait pas d'étincelles, c'est bien souvent que sa femme ne sait pas le frotter, prétendait-elle. Et elle se vantait de réveiller les plus endormis grâce à quelques petits tours de magie coquine importés de la radieuse Italie. Les autochtones s'étaient indignées. En France aussi, les femmes savaient y faire quand elles voulaient s'en donner la peine. Paulette Demizan, la fille de Mémée Demizan, connue pour être une femme plutôt prude, s'était mise à défendre pied à pied la science amoureuse des Françaises :

– Holà, Sylvana, qu'est-ce que tu essaies de nous faire croire ? En quel honneur les Italiennes s'y entendraient mieux que nous ? L'amour, c'est pareil partout, c'est pas bien malin, ça n'est jamais que tenon et mortaise !...

– Et voilà ! s'esclaffa la Mancuso. C'est bien la preuve : ne vous étonnez pas le jour où vos maris s'adresseront ailleurs !

– Il ferait beau voir ! rugit Paulette Demizan, outrée à l'idée que Roger puisse s'intéresser à d'autres principes de menuiserie amoureuse qu'aux siens. L'amour, c'est pas de grimper au lustre ! On n'est pas des bêtes, quand même !

– Qui parle de bêtes ? Tout ce que je dis, c'est que Mme du Castel a peut-être pas la manière... Et comme son corsage est vide comme un porte-monnaie de pauvresse...

– Ça, c'est bien vrai ! glapit Suzanne Oflaquet en brandissant un soutien-gorge appartenant à la baronne. Regardez-moi ça, on n'y mettrait pas un œuf de grive !...

Et ça avait continué encore un moment sur ce ton-là, somme toute bon enfant. D'ordinaire, ça pouvait aller beaucoup plus loin, quelquefois jusqu'à l'ignominie pure et simple, se dit Astérie en soupesant son panier à linge avant de se décider à partir. Il lui parut plus lourd que de raison. Elle n'avait sûrement pas tordu le linge assez vigoureusement : il devait bien y avoir encore trois litres d'eau là-dedans ! Il faudrait que ça aille, elle n'avait pas le cœur de l'essorer à nouveau, avec ses mains endolories par le froid.

Elle se redressa, souleva le panier, et se dirigea vers sa bicyclette appuyée contre le muret de pierre, à l'extérieur du lavoir.

– Tu peines, Astérie ? Tu veux qu'on t'aide ?

C'était Roberte Béninou. Faux jeton comme pas deux. Tu parles, qu'elle voulait l'aider ! Elle voulait juste insinuer qu'Astérie se faisait vieille, et qu'il serait peut-être temps qu'elle passe la main et rejoigne les impotentes bavouilleuses, là derrière. Astérie la foudroya du regard.

– Je m’en tirerai bien sans toi, va !

– Quand même, maintenant qu’elle est remise, Jeanne, elle pourrait t’aider… À ton âge…

– Laisse mon âge tranquille, vieux pot à croûtes de fromage ! cracha Astérie. Est-ce que je te demande pourquoi ton Marcel ne vient pas au lavoir avec toi ? Il est indisposé, peut-être ?

Cette petite phrase en apparence anodine frappa la Béninou en plein visage. Elle pâlit, rougit, ouvrit la bouche, se ravisa, et perdit contenance sous les sourires en coin des lavandières, toutes parfaitement initiées, et qui goûtaient la réplique en connaisseuses. Marcel Béninou, le fils de Roberte, était célibataire à trente-cinq ans.

Beaucoup trop attaché à sa maman, ce garçon-là ! Les hommes de sa génération, ceux qui avaient fait le service en même temps que lui, savaient à quoi s’en tenir sur son compte : en voilà un qui n’avait jamais couru les filles…

La Roberte Béninou parvint à retrouver assez d’aplomb pour répliquer, mais ce fut d’une voix enrouée :

– Mêle-toi donc de tes affaires, vipère ! parvint-elle à articuler.

Astérie haussa les épaules.

– Fallait pas commencer, punaise !

Sur ces mots lancés par-dessus l’épaule avec un dédain écrasant, Astérie déposa son fardeau sur le porte-bagages, l’y fixa à l’aide d’une pieuvre en caoutchouc tout effrangée, et s’éloigna en poussant son vieux vélo d’un pas d’impératrice douairière.

– Non mais, vous l’entendez celle-là ? grommela Roberte Béninou quand Astérie fut hors de portée de voix. Ma parole, pour qui elle se prend ? Prétentiarde, va !

Sa diatribe ne suscita que peu d’échos. La veuve de Maître Adeline était respectée parmi les femmes de Perpezac. Courageuse, droite, farouchement attachée au souvenir de son mari et à son fils adoptif. Un peu rêche d’aspect et d’abord, mais bonne, dès qu’on grattait la surface. La Béninou pinça les lèvres. Elle n’était pas sûre que les commères auraient été disposées à dire autant de bien d'elle, si on les en avait sollicitées. Un petit sourire mauvais apparut et flotta un instant sur ses lèvres. L'Astérie Adeline ne s'en tirerait pas indemne ! Elle, Roberte Béninou, tenait un atout en réserve. Débiner Astérie, lui casser du sucre sur le dos, ça ne marcherait pas. Mais la diminuer en la plaignant, cela, c'était possible, et en plus, il y avait une chose à laquelle les bonnes âmes du lavoir étaient rigoureusement incapables de résister : la curiosité.

– C'est vrai, soupira Roberte Béninou, la pauvre, elle a les nerfs à cran, ça se comprend, avec les soucis qu'elle a…

Elle n'en dit pas plus long tout d'abord, et pendant quelques instants on n'entendit plus que des éclaboussements d'eau, le bruit du linge frotté au savon, celui des chemises et des caleçons giflant la pierre ruisselante du lavoir. La phrase faisait son chemin dans les esprits. Astérie avait des soucis. Tiens ! Son souci majeur, on se doutait bien de ce que ça pouvait être. Mais que Jeanne ne pût avoir d'enfant, et que Jérôme en souffrît, c'était de notoriété publique, ça ne méritait même pas mention. Ou alors, il fallait qu'il y eût quelque chose de nouveau. Mais quoi ? La Roberte n'avait certainement pas dit ça pour rien. Elle devait savoir quelque chose. Et les cervelles travaillaient au moins autant que les bras. Des petits rouages délicats s'engrenaient sous les fronts courbés sur la dalle de pierre où roulait l'eau savonneuse.

Ce fut la Mancuso qui arriva la première à une hypothèse vraisemblable. Elle était maline, l'Italienne, et puis tout ce qui touchait à Jérôme Corbières lui remuait les méninges… Donc, dans l'esprit agile de la Mancuso, les petites roues dentées tournaient à toute vitesse. Cette teigne de Roberte travaillait chez le notaire Delouges. Le notaire Delouges et le docteur Delmas étaient de bons amis, et plus encore la femme du notaire et la fille du médecin. Amies d'enfance, la Sylvaine Delouges et l'Albertine Deflers, née Delmas. Bon. Delmas était le médecin attitré des Corbières. Alors, à supposer que le vieux Delmas ait un petit peu enfreint le secret médical au bénéfice de sa fille Albertine et qu'il lui ait raconté des choses à propos des Corbières, Albertine pouvait très bien en avoir fait profiter Sylvaine Delouges. Et rien de ce qui se disait dans la maison Delouges n'échappait à Roberte Béninou, la servante des Delouges… CQFD ! Le lien nécessaire entre Roberte et l'intimité des Corbières était établi. Ou du moins, un lien plausible. Restait à présent à faire parler Roberte. Mais cela ne devrait pas être trop difficile : elle en mourrait d'envie. Elle attendait seulement qu'on l'en prie, pour mieux savourer sa revanche sur Astérie.

– Pfuitt ! fit Sylvana. Des soucis, qui n'en a pas ?

– Chacun en a sa part, concéda Roberte. Mais y a souci et souci. Et je dis que les soucis de cette malheureuse Astérie, ça n'est pas du petit souci de rien du tout… Pensez, une belle-fille bréhaigne !

– Comme tu y vas ! Elle est pas bréhaigne, Jeanne Corbières, elle est juste étroite !

– Étroite, mon œil. Elle l'est tellement, étroite, qu'aucun gosse ne passera vivant par là, si tu veux mon avis… Et d'abord, c'est pas le mien, d'avis, c'est celui du toubi !

– Le docteur Delmas t'a fait des confidences, peut-être ?

– À moi, non… Mais…

Roberte s'interrompit, et laissa glisser sur l'assistance son regard brillant de plaisir. Les femmes avaient cessé de battre le linge. Tous les yeux étaient tournés vers elle, toutes les oreilles étaient grandes ouvertes.

– Mais quoi, à la fin ?

– Alors, t'accouche, Roberte ? On croirait que c'est toi qu'es empêchée d'vêler !

Un éclat de rire général salua la saillie de Suzanne Oflaquet. Celle-là n'aimait pas beaucoup qu'on monopolise l'attention des femmes au lavoir. Quand ça arrivait, elle rappelait sa prééminence de grande gueule officielle. Roberte lui lança un mauvais regard. Un de ces jours, elle se la moucherait, celle-là aussi !

– Je sais. Je sais ce que le docteur Delmas en pense comme si je l'avais entendu de sa bouche. Elle aura jamais d'enfant, la Jeanne ; elle est pas faite pour : elle mourrait !

Chapitre VIII

– La pauvre 'tite fillotte ! soupira la Mémée Demizan qui avait retrouvé bon cœur depuis qu'elle perdait un peu l'esprit. Parce que avant, tant qu'elle avait eu toute sa tête, elle avait eu la dent dure et la compassion difficile.

Sylvana Mancuso, elle, avait vu juste. Roberte avait probablement surpris chez son patron une conversation entre Sylvaine Delouges et Albertine Deflers.

– Et c'est pas tout ! reprit Roberte. Jérôme la touche plus !

Elle exultait. Chaque mot qu'elle prononçait, chaque détail qu'elle donnait, c'était un couteau qu'elle enfonçait dans la poitrine détestée d'Astérie Adeline.

– Il la touche plus ! Ça lui a coupé l'envie, qu'elle puisse pas avoir d'enfant. Or, un homme comme ça qu'honore plus sa femme, ça peut pas durer : un jour ou l'autre y en aura un des deux qu'ira voir ailleurs, on sait bien comment c'est, non ! Alors l'Astérie, elle peut bien prendre des airs, c'est juste pour cacher ça : que sa belle-fille est bréhaigne et que son fils adoptif va changer de femme un de ces quatre matins ! Ah bravo ! En arriver là à des soixante-cinq ans bientôt ! C'est la malédiction qui continue, parce que elle aussi, Astérie, elle était bréhaigne ; c'est bien pour ça qu'Adeline et elle ils ont adopté le petit, dans le temps… Elle aura déjà pas eu d'enfants de son sang, et elle aura pas eu de petits-enfants non plus, alors c'est pas la peine de crâner et d'insulter les autres, qui en ont eu à elles, au moins, des enfants !

Béninou laissait éclater sa haine. Il n'était plus question de plaindre Astérie, mais de la mettre en pièces. Il fallait ça, pour venger l'offense à Marcel, le fils de Roberte, ce pauvre garçon qui n'avait jamais été vraiment sûr d'être un garçon, c'est vrai, mais à quoi ça sert de le dire en public, de jeter ça à la figure d'une mère ?

– Laisse-leur donc le temps, lança Suzanne Oflaquet. Un couple, c'est plus solide qu'on croit.

La plupart des femmes opinèrent. Combien d'entre elles en avaient traversé, des orages conjugaux ? Elles s'étaient dit que c'était fichu, elles aussi, et puis le temps avait joué son rôle, et tout s'était arrangé, tant bien que mal... Mais dans le cas de Jeanne et de Jérôme, Roberte ne voulait pas que ça s'arrange, ah non ! Elle leur souhaitait le pire, une bonne séparation bien déchirante, aussi scandaleuse que possible, que l'Astérie Adeline en sorte écrasée, disqualifiée à tout jamais, si dévorée de honte qu'elle n'oserait même plus se rendre au lavoir municipal avec les femmes respectables ! Avant de le prononcer à haute voix, Roberte laissa rouler un certain mot dans sa bouche comme un bonbon délicieux. Un mot qui signifiait le comble du déshonneur pour une famille. Un mot qui ne désignait pas seulement la faillite d'une vie, mais qui évoquait toute une atmosphère de péché et de chute dans le vice ; qui, en province et en ce temps-là, faisait de ceux à qui il s'appliquait des malheureux, et souvent même des réprouvés jusqu'à la fin de leurs jours. Roberte se décida enfin à le prononcer. Ou plutôt, elle le cracha comme une glaire au milieu des pièces de linge propre qui s'entassaient sur la bordure du lavoir :

– Vous verrez si elle crânera encore, l'Astérie, après le divorce !

Il y eut un silence soudain. Dans le cœur de Sylvana Mancuso, qui resta muette comme les autres, un fol espoir se leva. Que Jérôme divorce d'avec Jeanne, ça ne la gênerait pas, elle, bien au contraire ! Il lui avait plu au premier coup d'œil, le premier jour où elle l'avait vu livrer son pain sur sa carriole, avec son cheval encore vaillant à l'époque... Elle venait d'arriver de sa Lombardie natale avec son père.

Jérôme divorcé, c'était Jérôme libre. Elle se mit à prier que Roberte ait dit vrai.

Chez les autres femmes, le mot tabou n'avait pas éveillé les mêmes sentiments. Plusieurs estimaient que Roberte y allait tout de même fort. Que les couples se disputent, qu'ils se déchirent, qu'ils se cocufient, qu'ils se battent, ou bien qu'ils couchent ensemble sans que le curé leur ait dit qu'ils pouvaient y aller, ça, c'était la vie, la vieille guerre des sexes et des cœurs. Mais un divorce, c'était autre chose. Et d'abord qu'est-ce qu'elle en savait, la Roberte, si les Corbières allaient divorcer ? Elle lut la question dans les regards, et elle se campa, les poings sur les hanches, la lèvre retroussée dans une expression d'ironie victorieuse.

– Qu'est-ce que vous croyez ? lança-t-elle. Je sais ce que je dis ! Pourquoi le Jérôme aurait consulté un avocat de Blois, s'il n'y avait pas quelque chose de ce genre-là dans l'air ?

La vieille Demizan sortit de sa torpeur.

– Eh ! Oh ! Un avocat, ça sert pas qu'à divorcer ! Mon pauv'Demizan aussi, il en a consulté, des hommes de loi, mais c'était pas dans ce but-là. Vous pensez, mon vieux Charles, divorcer ! Qui c'est qui aurait voulu de lui à ma place, avec la tête qu'il avait !... Non, mais y avait ce fieffé dégueulasse de Bressonnier, le fermier d'à côté, qui menait ses vaches exprès sur notre pâture, alors il a fallu faire un procès, et pis...

Roberte Béninou coupa court à des explications qui s'annonçaient longues et filandreuses.

– Je vous dis que non, Mémée Demizan ! Votre Charles, il a pas consulté l'avocat en cachette, que je sache ?

– En cachette ? L'aurait fait beau voir !

– Eh bien, Jeanne Corbières, elle le sait pas, que Jérôme est allé voir un homme de loi à Blois. C'est bien un signe, ça, non ?

Toutes les lavandières suivaient la conversation avec passion. Il y avait là tout ce qui plaît aux femmes : du sentiment, du malheur, des complications, et peut-être bien un vrai beau divorce. Mais la plus attentive était sans doute Sylvana Mancuso.

– Et comment tu le sais, toi ? demanda-t-elle.

– Parce que jeudi dernier j'étais à Blois. J'y ai vu Jérôme Corbières entrer dans le cabinet de Maître Luistérion, celui qu'avait plaidé l'affaire Lemoine...

Mémée Demizan hocha la tête.

– Maître Luistérion, oui-oui... Il est cher ! Je me souviens...

– Forcément qu'il est cher, s'il est bon ! coupa la Suzanne Oflaquet. Mais laissez donc Roberte finir, Mémée. On saura jamais rien, si on l'interrompt tout le temps !

Étonnée, Roberte se tourna vers cette alliée inespérée. Suzanne ne lui faisait pas la partie aussi belle, d'ordinaire. Elle avait surtout hâte que Roberte finisse son affaire de Blois pour pouvoir reprendre le crachoir...

– Alors donc, voilà que je vois mon Jérôme entrer chez Maître Luistérion. Bon, je me dis, il a des affaires à régler, y a rien là d'anormal...

– Oui !, mais alors, Maître Luistérion, il est bon, d'accord, mais il est cher ! Moi, je me rappelle...

– Mémée ! Tsssit ! Chut, voyons !

Sous les regards courroucés et les « chut » furibonds, Mémée Demizan battit en retraite. Même sa propre fille, Paulette, la considérait d'un air excédé. Roberte leva les yeux au ciel, puis les baissa à nouveau sur son auditoire.

– Bon, soupira-t-elle, je vais vous la faire courte, parce que avec l'ancêtre on n'y arrivera jamais ! En rentrant à

Perpezac, je passe chercher du pain, c'est Jeanne qui me sert, et qu'est-ce qu'elle me dit en bavardant ? Que Jérôme est à Tours, soi-disant, au Comptoir de la Minoterie, pour négocier le prix de sa farine. Pourquoi elle m'aurait menti ? C'est lui, qui lui avait menti ! Et pourquoi ? Hein, Pourquoi ?

– Les hommes, ça ment toujours, affirma Suzanne Oflaquet. Pour un tour au bordel ou pour une biture avec les copains, c'est prêt à vous raconter *Les Mystères de Paris* plus *Rocambole* !

Les femmes opinèrent : les hommes, tous des menteurs et des salauds, des égoïstes, des cavaleurs... Mais on n'avait pas encore trouvé le moyen de se passer de cette engeance-là.

La conversation dérapait, risquait de lui échapper. Roberte se dépêcha d'en reprendre la direction.

– Justement ! triompha-t-elle. Ce jour-là, il n'est pas allé au bordel, ni au bistro ! Et un homme qui va voir l'avocat, c'est autrement dangereux pour sa femme que s'il allait aux putes.

– Ah, pardon ! s'insurgea la Mémée Demizan, le mien, en 1886, quand il m'a ramené une chtouille que lui avait refilée une pute de Blois, je l'ai eue mauvaise !

– Maman !

Paulette Demizan, rouge comme une tomate, lança à sa mère un regard implorant. Les femmes du village n'avaient pas à connaître les turpitudes de Charles Demizan, turpitudes passées, au demeurant, puisqu'il les expiait en enfer depuis 1926, dans la partie la plus bénigne, la moins sévère du royaume de Satan : Brigade des maris volages, section des piliers de bordel...

Chapitre IX

Tandis que cette conversation se poursuivait autour de l'eau blanchâtre et glacée du lavoir, une silhouette furtive se glissait, non loin de là, dans le poulailler du notaire Delouges. Ce poulailler, comme le potager et le verger qui le jouxtaient, n'était pas attenant à la demeure des Delouges. Cet ensemble constituait, près du centre-ville où se dressait la maison du notaire, une sorte d'enclave au milieu d'une zone maraîchère appartenant à Sébastien Larrivée, un autre des notables du lieu. Larrivée fournissait une bonne partie des habitants de Perpezac en fruits, en légumes, en œufs, en volailles et en lapins. Parmi les habitants de Perpezac, il n'y avait sans doute que Delouges qui pût s'enorgueillir de n'avoir jamais mangé que ses propres produits. Il le devait à cette parcelle isolée au milieu du territoire vivrier de Larrivée. Vingt fois, le maraîcher avait tenté de la lui acheter. Delouges avait toujours refusé. Il tenait trop au plaisir, privilège exorbitant pour un citadin, de pouvoir dire : « Moi, je ne mange que mes cerises, mes salades, mes épinards… »

Bien entendu, le notaire Delouges n'avait pas touché une binette ni un plantoir de sa vie. Il avait aussi son jardinier, le père Laburle, un vieux moustachu aux doigts verts. Laburle n'aimait pas Larrivée. Ils n'avaient pas la même philosophie potagère. Il le narguait volontiers, quand il l'apercevait, de dessous son chapeau de paille et de derrière ses haies de fleurs. Car grâce à Laburle et à ses talents, le jardin potager des Delouges était aussi un merveilleux jardin fleuri.

Sur cet enclos, à l'écart du poulailler, se dressait un abri de jardinier, une de ces cahutes de rondins et de planches où l'on range les outils et les graines, où l'on s'abrite en cas d'ondée. Laburle, qui avait du goût, l'avait bâtie de ses mains, et elle avait bien meilleure allure que la plupart des cabanes qu'on peut trouver à la campagne. Elle était plus grande, plus solide et plus harmonieusement construite. Presque une vraie petite maison, avec un toit en pente, des fenêtres, une minuscule véranda où l'on pouvait déplier une chaise longue et se la couler douce à l'ombre, les jours de canicule. Elle avait même une véritable cheminée, qui fumait les jours d'hiver où Laburle venait se livrer à de menus travaux de rangement, de réparation des outils. Mais ce jour-là, la cheminée ne fumait pas, bien qu'il fît encore très frais, comme les femmes du lavoir pouvaient en témoigner, avec leurs mains rougies et mordues par l'eau glacée. C'est que Laburle n'était pas là. Il rêvassait chez lui, Laburle, au coin du feu, en relisant de vieux numéros de *L'Echo des jardins* ou du *Moniteur de l'horticulture*. Il avait procédé la semaine dernière à ses derniers préparatifs en vue du printemps prochain, et il attendait paisiblement que le ciel lui fasse signe de se remettre au travail. Aussi, le discret visiteur de la parcelle était-il à peu près certain de n'être pas dérangé. Il tenait du chat ou de la belette. Comme eux, il avait le pas léger et silencieux. Comme eux, il aimait se couler de buisson en buisson. Comme eux, il avait l'âme pillarde. Bien souvent, il avait maraudé dans le verger du notaire Delouges, si bien soigné par les mains expertes de Laburle... Le visiteur aurait pu donner un avis d'expert, et départager Larrivée et Laburle dans un concours agricole. Le maître jardinier, celui qui savait faire pousser les meilleurs radis, les meilleures salades, mais aussi les plus belles pommes, les poires les plus juteuses et les plus goûteuses, pour cette ombre qui venait de sauter d'un bond de fauve la barrière de bois entrelacée de ronces, c'était sans conteste Laburle. Mais ce jour-là, il n'était pas venu pour voler. Sachant qu'il en aurait le temps, car il connaissait les habitudes de Laburle, il avait l'intention de jouir un moment en paix de ce lieu qui le fascinait. Une maison. Une maison toute petite, une maison d'enfant pour ainsi dire, mais avec un toit solide et étanche, une maison avec un poêle et cette merveilleuse véranda.

Mais, même pour ce fainéant de La Fatigue, le bien nommé, le travail passait avant le plaisir. L'enfant avait entendu dire que le bouillon de poule faisait le plus grand bien aux malades. Or sa mère, la Maugrée, était malade. Elle toussait à s'arracher l'âme, elle avait le front brûlant, elle ne tenait plus debout, elle n'essayait même plus de se lever. Ni sa mère ni lui n'avait un sou vaillant, mais le gamin savait où et comment se procurer une poule susceptible de donner le précieux bouillon.

Le cadenas dont se servait Laburle pour fermer la porte du poulailler était d'un modèle ancien, tout juste bon à décourager les renards les plus maladroits. Face à La Fatigue, renard malin comme un singe, il ne faisait pas le poids. Le gosse en vint à bout en quelques secondes, à l'aide d'un petit bout de fil de fer tordu. Il entrouvrit la porte et se glissa dans la place. Là, il jeta son dévolu sur une petite poule rousse, la cueillit comme un fruit sur son perchoir, lui tordit le cou et l'enfouit dans son sac de jute. Vite, il ressortit du poulailler et remit le cadenas en place. Les autres poules n'avaient pas eu le temps de faire ouf. Le coq lui-même, un gros bouffi largement dépassé par les événements, n'avait pas compris qu'il venait de perdre une de ses favorites.

Le plaisir, maintenant. La Fatigue habitait une maison en ruine, en bordure de la petite ville. La maison avait été frappée par la foudre, vingt ans plus tôt. Elle était déjà abandonnée en ce temps-là. Personne ne s'était soucié que la Maugrée s'y installe. C'est là que La Fatigue était né. Il y avait grandi dans un décor de plâtres verdis par les lichens et les mousses, de gravats pourrissants, de boiseries à demi calcinées. La Maugrée avait vaguement colmaté les brèches du toit à l'aide de branchages et de paille. La paille avait pourri, les branches s'étaient affaissées, et le toit, été comme hiver, laissait passer l'eau du ciel. La Maugrée et La Fatigue allumaient des flambées dans la cheminée et se tenaient tout près du foyer les nuits d'hiver : c'était leur seul confort. Ils vivaient à peu près comme des bêtes dans ce palais des courants d'air. En fait de meubles, l'incendie n'avait épargné qu'un petit bahut de cuisine et une table bancale, à laquelle étaient venus s'adjoindre un tabouret et une chaise récupérés à la décharge municipale. Pour toute literie, la Maugrée et son fils disposaient de deux vieilles couvertures qui leur avaient été données par Astérie. Jamais lavées, jamais raccommodées, elles partaient en lambeaux et grouillaient de vermine. Comparé à cette misère, le cabanon de Laburle prenait aux yeux de La Fatigue des allures de paradis terrestre. Non qu'il fût luxueusement aménagé ; c'était tout simplement propre et sec. En vieux garçon un rien maniaque, Laburle avait apporté un peu de confort à cet abri de jardin où il passait tout de même le plus clair de son temps. Il y avait même une nappe sur la table et un abat-jour à la lampe. La Fatigue, de toute façon, n'avait jamais mis les pieds sur un parquet ciré. Il ne connaissait que celui de bois cru de l'école communale que la loi l'obligeait à fréquenter de temps en temps. La première fois qu'il avait réussi à crocheter la serrure et à pénétrer dans le cabanon, il s'était cru transporté à Versailles. Depuis lors, quand l'occasion se présentait, il revenait y faire un tour, en prenant bien soin de ne rien déranger et de ne rien abîmer, de peur que Laburle, averti, n'ajoute un verrou ou un cadenas.

Ce jour-là, après avoir estourbi la poule, La Fatigue se dirigea tranquillement vers la cabane. Il sortait de sa poche le passe-partout qu'il s'était bricolé, quand son sixième sens de petit sauvageon l'avertit que quelque chose ne tournait pas rond. C'était comme une odeur, ou plutôt comme une onde dans l'air. L'odeur de Laburle, La Fatigue la connaissait bien ; c'était simple et rassurant, ça évoquait la soupe de légumes et le tabac caporal gris, une moustache tachée de nicotine, une voix bougonne dont les imprécations ne devaient pas être prises trop au sérieux : l'homme qui les prononçait était au fond un brave bougre, une créature au rythme vital lent et paisible...

Ce que La Fatigue percevait en cet instant précis n'avait rien à voir avec ça. C'était âcre et noir, lourd et musqué comme une charogne. Les images mentales qui s'organisaient autour de cette première appréhension allaient toutes dans le même sens : violence, haine, cruauté. Le gosse recevait ces ondes mauvaises comme il percevait souvent les choses, intuitivement, presque magiquement. Alors qu'il s'apprêtait à enfoncer l'extrémité de son bout de fil de fer dans la serrure du cabanon, il suspendit son geste. Il en avait la certitude, une présence malfaisante se tenait derrière la porte. Il fallait fuir, vite, sans se retourner. Il n'en eut pas le temps. La porte s'ouvrit violemment, beaucoup trop vite pour laisser à l'enfant la moindre chance de s'enfuir. Les choses se déroulèrent comme dans les cauchemars, avec ce naturel horrible, qui nous donne le sentiment que ce qui nous arrive est inéluctable, quoi que nous fassions. Une force infiniment supérieure à la nôtre s'est mise en branle, et il ne nous reste qu'à nous abandonner à l'épouvante.

Une poigne de fer saisit l'enfant au col et le tira à l'intérieur. La Fatigue hoqueta. Il eut à peine le temps d'apercevoir un visage grimaçant, aux petits yeux luisants. Déjà, l'inconnu l'avait jeté sur le sol de terre battue de la cabane, et il avait refermé la porte. La fenêtre étroite était aveuglée par ses volets de bois laissant pénétrer quelques rais de lumière pâle.

La Fatigue roula sous la table. Laburle avait glissé sous le pied trop court un carré de bois. Ce détail saugrenu lui revint en mémoire à cet instant. Il le chassa aussitôt de son esprit. De la fouine, La Fatigue n'avait pas seulement la morphologie et le nez pointu, il avait aussi les réflexes et la combativité. Il crevait de peur, son cœur battait à éclater, mais malgré les battements précipités qui l'étouffaient presque, il était prêt à vendre chèrement sa vie. Au cours de ses vagabondages incessants, il était tombé quelquefois sur des types dangereux, des trimardeurs, des rôdeurs louches. Il l'avait toujours senti à temps et il avait pris la fuite. Cette fois-ci, il était coincé. Si l'inconnu voulait vraiment abuser de lui ou le tuer, La Fatigue ne pourrait sans doute pas l'en empêcher... Mais il était décidé à lui rendre la partie difficile, se jura-t-il pour conjurer la peur, tout en cherchant avec frénésie sous ses haillons le petit couteau-serpette dont il ne se séparait jamais. Il le trouva, l'ouvrit si vivement qu'il s'entailla un doigt sans ressentir la moindre douleur.

L'inconnu devait avoir des yeux de chat, car dans cette pénombre, il devina l'arme au poing du gosse blotti sous la table. Dérisoire entre les mains de n'importe quel enfant de son âge, elle devenait redoutable entre celles de La Fatigue. Mais l'inconnu le savait-il ?

Un ricanement retentit dans le silence.

– Regardez-moi ça ! Un chat ! Un sale petit chat teigneux qui sort ses griffes !...

La voix était grinçante, avec un drôle d'accent à la fois traînant et pointu, que La Fatigue n'avait jamais entendu. Personne ne parlait comme ça, à Perpezac. L'homme venait de loin. De l'enfer, sûrement ! La Fatigue aurait donné tout ce qu'il possédait au monde pour qu'il y retourne. Mais tout ce que possédait La Fatigue, ça ne faisait pas grand-chose.

L'inconnu ricana de nouveau. Le son de son rire devait lui plaire.

– N'aie pas peur, petit chat, reprit-il de sa voix de porte aux gonds rouillés, avec son drôle d'accent.

– J'ai pas peur ! répliqua La Fatigue en forçant sa voix pour en masquer les chevrotements. En réalité, il n'avait pas un poil de sec.

– Tu n'as pas peur ? Tu es un sacré menteur, La Fatigue !

– Nan, j'ai pas peur ! Si vous me touchez, je vous crève la gueule, ma parole... Et d'abord, comment que vous me connaissez ?

L'homme rit.

– Je connais beaucoup de gens. Je sais beaucoup de

choses, et moi, personne ne me connaît... Tu es un sacré numéro, toi ! C'est vrai, tu es gonflé ; j'aime ça ! On va bien s'entendre, toi et moi...

Le couteau-serpette toujours pointé vers l'inconnu, La Fatigue réfléchissait à toute vitesse. Au grand dam de l'instituteur Forget, toute abstraction était étrangère à son intelligence strictement pratique. Mais dans une circonstance comme celle-là, le sauvageon pensait vite et juste. L'homme avait dit : « On va bien s'entendre... » On ne s'entend pas avec les morts. Donc, l'homme n'avait pas l'intention de le tuer. Ou du moins, pas tout de suite. C'était déjà ça de gagné. Il aspira une grande goulée d'air et raffermit sa prise sur le manche de son couteau. S'il ne voulait pas le tuer, qu'est-ce qu'il voulait ? Le baiser ? L'éducation sexuelle de La Fatigue n'était plus à faire. Il voyait bien les chevaux et les juments dans les champs, et parfois les hommes et les femmes derrière les haies... Et pas seulement les hommes et les femmes. Un jour, c'était le fils Béninou, qu'il avait vu, avec un ouvrier agricole de passage, un Italien. Bref, La Fatigue n'avait pas l'intention d'imiter le fils Béninou avec l'ouvrier agricole !

– S'entendre pour quoi faire ?

– Rassure-toi, c'est facile. Et ça te rapportera gros ! Regarde ça !

Sans se retourner, l'homme entrouvrit la porte de la cabane. Un peu de jour y pénétra. Puis il fouilla dans sa poche et en retira un objet qu'il fit sauter au creux de sa main, dans la lumière blafarde.

– As-tu jamais vu quelque chose de pareil, La Fatigue ?

On aurait dit le soleil. Un petit soleil tout rond, miniature. Chaque fois que l'homme le faisait sauter dans sa paume, la chose brillait d'une façon différente en tournoyant. La Fatigue n'avait jamais rien vu d'aussi beau. Il n'en avait jamais vu, mais le fils du notaire Delouges lui en avait parlé. Son père en avait plein. Cette chose, c'était un louis d'or.

– C'est pas beau ?

– Si. Et alors ?

– Alors, ça peut être à toi.

Dans l'obscurité, La Fatigue haussa les épaules. Pragmatique, toujours. Un louis d'or, ça ne se mangeait pas, ça ne se buvait pas, ça ne réchauffait pas les pieds quand on se les gelait l'hiver sous la couverture pleine de vermine.

– Qu'est-ce que j'en ferais ?

– Ce que tu en ferais, petit malheureux ?

L'inconnu secoua la tête. Il en savait long sur Perpezac et ses habitants. Et sur La Fatigue. Pas l'idiot du village, non, mais un enfant sauvage. Pas bête, mais ignorant en grande partie des usages de la société.

Né de père inconnu et de mère débile légère, vivant de mendicité, de larcins, de braconnage et de maraude, fréquentant l'école de temps en temps… Un paria, un marginal, peut-être déjà criminel sans le savoir. Exactement ce dont l'homme avait besoin.

Mais il fallait gagner sa confiance, et pour cela lui expliquer que certaines choses avaient de la valeur, qu'elles étaient désirables, qu'elles méritaient qu'on fasse tout pour les posséder. Comme ce louis d'or.

– C'est de l'or. Avec ça, dit l'homme, on peut faire ce qu'on veut. Tout ce qu'on veut. Si tu as faim, tu le transformes en pain et en viande. Si tu as froid, tu le transformes en charbon. Si tu as mal, tu le transformes en remèdes. Ta mère est malade… Tu ne la guériras pas avec du bouillon de poule, ajouta-t-il en désignant le sac de jute qui contenait la poule estourbie par La Fatigue.

Le gosse se mordit les lèvres. Ce bonhomme-là était un sorcier. Il lisait dans les pensées des gens !…

– Comment que vous le savez, si elle est malade ? Nous on vous connaît pas, et vous dites que vous connaissez tout le monde !

– Je sais tout, dit l'homme. Au fait, tu ne crois pas que tu pourrais ranger ton sabre ? Causons comme de vieux amis, maintenant…

– On n'est pas des amis ! Des amis, j'en ai pas, d'abord !

L'homme plissa les yeux. Y aurait-il une faille dans cette cuirasse de hargne, et un cœur sous cette crasse ? Une fois de plus, un ricanement monta aux lèvres de l'inconnu. Il le réprima. Il avait besoin de La Fatigue. Il fallait gagner sa confiance. La piste qui venait de se révéler valait d'être suivie.

– Tu n'as pas d'amis ? Dommage ! Si tu savais comme on se sent fort, quand on en a ! On n'est plus seul, tu comprends, on n'est plus seulement soi, on est aussi ses amis.

L'enfant haussa les épaules. Quand on a dix ans et que les autres se fichent tout le temps de vous à l'école parce que votre mère se fait sauter par n'importe qui dans les granges pour un bout de pain et de saucisson, les discours sur l'amitié, pffuit !

L'homme comprit qu'il faisait fausse route. Pas d'abstractions. Rien que du concret.

– Ta mère tousse. Elle a les joues rouges et le front tout chaud. Elle sent mauvais de la bouche.

– Comment que vous le savez ?

– Je sais tout, je te dis. Alors je me trompe ?

Le petit secoua la tête.

– C'est vrai. Mais ça va passer. Moi aussi, ça m'a fait ça l'année dernière, mais ça a passé. Pour elle aussi, ça va passer.

– Non. C'est elle qui va passer si on la soigne pas. Ce qu'elle a, c'est pas ce que tu avais toi ; ça s'appelle la tuberculose, et quand on l'a, on meurt si on n'est pas soigné. Tu n'veux pas que ta mère meure, dis ?

Le gosse eut un sursaut, comme si un projectile l'avait frappé. Il s'était peu à peu détendu au fil de la conversation, mais l'inconnu venait de toucher un point sensible. Non, bien sûr que non, La Fatigue ne voulait pas que la Maugrée meure. Et en même temps peut-être il le souhaitait sans le savoir. De façon à n'être plus que lui tout seul, sans cette mère terriblement encombrante et coupable de l'avoir jeté dans cette vallée de larmes où il faisait si froid l'hiver et si faim presque toute l'année.

– Pour soigner la tuberculose, reprit-il, il faut des pièces d'or. Il en faut plusieurs. Pour payer les médicaments, pour payer la viande, les légumes et les fruits, pour payer le charbon, et surtout pour payer le train. Parce qu'il faut aller à la montagne pour soigner la tuberculose…

Tout en parlant, l'homme se demandait s'il n'en faisait pas un peu trop. La montagne… La Fatigue savait-il seulement ce que c'était ? Et l'idée de s'éloigner de Perpezac était-elle de nature à le séduire, ou au contraire, à le rebuter ?

– Il faut de l'air pur pour soigner la tuberculose, ajouta-t-il.

La voix de l'enfant toujours tapi sous la table s'éleva jusqu'à lui.

– Mais vous en avez qu'un ?

– Un louis ? Non, mon petit gars, détrompe-toi, j'en ai plus qu'il n'en faut, regarde !

L'homme replongea sa main dans sa poche. Il en sortit une pleine poignée de louis avec lesquels il s'amusa à jongler.

– Regarde ça ! Regarde ! Voilà pour payer le médecin… Pas le médecin d'ici, hein ? Le grand médecin spécialiste, celui qui sait vraiment ce qu'il faut faire, hein ? Et voilà pour payer les rosbifs…

– Non, l'interrompit La Fatigue, c'est pas du rosbif, qu'il faut, c'est du bouillon de poule !

– Ouais, d'accord, du bouillon ! Eh bien, des poules, en voilà toute une basse-cour ! Et voilà les médicaments, des boîtes entières ! Et voilà le train, et le sanatorium, une grande maison toute blanche, dans la montagne, avec des infirmières qui passeront leurs journées à s'occuper de ta maman !

Tout en parlant, l'homme s'amusait à lancer les louis en l'air et à les rattraper au vol, dans un bruit exquis de pièces d'or entrechoquées.

– Tu vois ça, dis ? Tu vois comme je le vois ?
– Et est-ce qu'il m'en restera un ?
– Hein ?
– Après, quand ma mère aura eu tout ça, est-ce qu'il m'en restera un pour moi, de louis ?
– Oh oui, c'est facile. Mais...
– Il m'en restera un, c'est vrai ?
– Je te le jure ! Mais qu'est-ce que tu veux en faire ?
– Je le montrerai aux autres, à l'école.
S'il avait un louis d'or à lui, La Fatigue le montrerait aux autres, à Delouges, à Gaffarel, à ceux dont les pères en avaient des coffres pleins. Et ils crèveraient de stupeur à l'idée que lui, La Fatigue, en ait un, rien qu'à lui.
– J'ai compris, dit l'inconnu dans un de ses sempiternels petits ricanements. La vengeance, hein ? Alors, c'est d'accord ?
– C'est d'accord quoi ?
– Tu fais ce que je te demande, et je te donne six louis d'or. Six ! Comme ça, ça t'en laissera au moins un pour toi, après que t'auras fait soigner ta mère.
– Qu'est-ce qu'il faut que je fasse ?

Chapitre X

Ce matin-là, le cœur de Jeanne était plein d'espoir. Il y avait déjà plusieurs jours qu'elle avait décidé de le faire. Elle s'était livrée à de patients préparatifs. Le moment était venu de passer à l'action. Elle avait tourné et retourné le problème dans sa tête pendant ses nuits d'insomnie, seule dans la chambre conjugale désertée par Jérôme. Maintenant sa décision était prise. Bien sûr, Jérôme ne voudrait pas en entendre parler... Eh bien, elle ne lui en parlerait pas. Elle imaginait les conversations qu'ils auraient, plus tard, quand tout serait fini. Elle lui dirait : « Hein, si je t'avais écouté... » Et il lui répondrait, en lui caressant les cheveux : « C'est vrai, mon ange, c'est toi qui avais raison... Mais j'avais peur pour toi, tu comprends ?... »

Bien entendu, ça n'était pas tout de se dire qu'elle allait le faire. C'était le genre de chose qu'on ne peut pas faire tout seul. Mais elle avait son idée. Depuis plusieurs jours, elle posait des jalons. Un regard, un geste, une attention muette... Elle connaissait son Jérôme. Il était malheureux, malade de malheur, même. Et comme beaucoup d'hommes dans ce cas-là, il préférait claquer les portes, casser les chaises plutôt que de reconnaître sa faiblesse. Il fallait l'apprivoiser, retransformer la bête féroce en mari amoureux de sa femme, ce qu'il n'avait en réalité jamais cessé d'être. Ils faisaient chambre à part depuis des mois. Il ne la touchait plus. Ils se parlaient à peine, à cause de l'enfant mort, de l'injustice du sort. Comme il ne savait pas à qui s'en prendre, il s'en prenait à elle, ce qui était une autre manière de s'en prendre à lui-même.

Donc, depuis plusieurs jours, elle s'employait à lui faire oublier l'espèce de fureur muette dans laquelle il s'était graduellement enfoncé. D'habitude, chez la plupart des gens, la douleur s'estompe et s'apaise à mesure qu'on s'éloigne d'un deuil ou d'une grave déception. Chez lui, elle n'avait fait que s'aggraver, au contraire. Et on en était arrivé là : le silence, l'éloignement des esprits et des corps, la solitude à deux. Un désert qu'il fallait traverser, l'un courant vers l'autre, s'ils voulaient sauver leur amour. Or, Jérôme ne semblait pas disposé à parcourir sa part du chemin. Jeanne ferait les premiers pas. Elle donnerait le signal, en espérant qu'il comprendrait et qu'il l'imiterait. Elle avait dû prendre sur elle, pour amorcer ce revirement, car elle était orgueilleuse. Mais qu'est-ce que c'était que l'orgueil, à côté de l'amour, et du bonheur qu'elle espérait encore conquérir de haute lutte, arracher au sort contre toutes probabilités ? Un matin, alors qu'il se préparait ses repas tout seul depuis des mois, elle lui avait apporté son petit déjeuner au fournil. Elle avait posé devant lui le plateau supportant le bol fumant, et elle était repartie sans un mot. Le lendemain, elle lui avait recousu le bouton de sa canadienne, qui pendouillait lamentablement depuis des semaines. Le lendemain encore, en son absence, elle avait fleuri le coin qu'il s'était aménagé dans le fournil. Et aujourd'hui, fini les petites gentillesses ! Elle allait employer les grands moyens. Elle disposait d'une arme redoutable : elle-même. Il n'était pas insensible aux avances timides qu'elle lui avait déjà prodiguées. Et l'instant se prêtait à de plus amples développements de sa stratégie, car Astérie était allée au lavoir, ce qui signifiait deux bonnes heures d'intimité. Combien de fois avaient-ils profité de pareilles occasions, avant ? Elle se remémora ces instants envolés, et son cœur s'emplit de nostalgie. Mais l'heure n'était pas aux regrets. Il fallait agir. Elle était prête. Elle disposait d'une arme secrète. Deux jours auparavant, après avoir longuement contemplé divers journaux féminins, elle s'était rendue à Blois, et s'était offert plusieurs pièces de lingerie particulièrement aguichantes. Et maintenant, on allait voir ce qu'on allait voir !

Évidemment, il devait bien se douter. Il avait son orgueil, lui aussi ; il pouvait se raidir devant une tentative de séduction trop directe. Mais elle avait élaboré un plan afin de rendre la chose plus naturelle, comme fortuite. Le tout était de l'amener à portée. À portée de vue, à portée de main. Une fois qu'ils en seraient là, il ne résisterait pas...

Elle avait choisi la cuisine pour théâtre des opérations. Lieu dépourvu d'atmosphère directement sexuelle, il n'éveillerait pas la méfiance de la proie. Et puis, il était facile d'attirer à l'improviste un homme dans une cuisine : il suffit de crier : « Au feu ! » N'écoutant que son courage, et oubliant toute mésentente, l'homme accourt et se jette dans le piège...

Jeanne s'assura que Jérôme était à portée de voix, en attendant mieux, et que rien ne s'opposerait à une prompte intervention de sa part. Tout allait bien. Il préparait des fagots dans la cour. Elle ouvrit la fenêtre sans bruit, et se retira dans la cuisine pour prendre ses marques. Son cœur battait. Elle allait tout de même mettre délibérément le feu chez elle…

Chapitre XI

Jeanne inspecta une dernière fois sa tenue. Elle avait revêtu un peignoir. Ce n'était pas le vêtement le plus commode pour ce qu'elle avait l'intention de faire, mais c'était ce qui convenait. Il fallait bien que le peignoir s'ouvre pour que l'arme secrète entre en action. L'arme secrète, c'est-à-dire le corps de Jeanne, paré de sa belle lingerie toute neuve. Elle se campa devant la glace de la salle à manger, et elle entrouvrit le peignoir. Elle s'estima très appétissante. Si elle avait été un homme, elle ne se serait pas fait prier bien longtemps pour prendre cette créature-là dans ses bras !

Mais il ne s'agissait pas de s'admirer. Elle regagna la cuisine d'un pas décidé. S'aidant d'un torchon, elle saisit à deux mains le lourd poêlon d'huile qu'elle avait mis à bouillir un peu plus tôt. Elle ne l'avait pas rempli entièrement, afin de ne pas rendre la tâche impossible à Jérôme. C'était un retour de flamme amoureuse qu'elle souhaitait, pas un incendie qui ravagerait la maison tout entière. Sous le poêlon, la plaque de la cuisinière rougeoyait. L'huile bouillonnait et dégageait des vapeurs irrespirables. Allons ! Elle avait pensé à tout. Après, elle n'aurait qu'un pas à faire pour se mettre à l'abri dans le couloir. De plus, elle avait trempé une épaisse couverture dans un baquet d'eau, et l'avait posée là dans une panière, à proximité de la cuisinière. Ce serait bien le diable si Jérôme n'avait pas la présence d'esprit de s'en servir pour éteindre le début d'incendie... Une crainte soudaine l'envahit : qu'elle n'aille pas renverser l'huile bouillante sur son peignoir, prendre feu et brûler comme une torche dans ses dessous coquins ! Au beau milieu de sa peur, une pensée lui vint à l'esprit, et un petit sourire triste s'inscrivit sur son visage. Pour reconquérir Jérôme, n'était-elle pas prête à aller jusqu'en enfer ? C'était peut-être maintenant, l'enfer, pour de bon, dans dix secondes...

Elle recula d'un pas, prit ses marques, et balança le poêlon et son contenu sur la plaque de la cuisinière chauffée au rouge.

Elle ferma les yeux et recula précipitamment. Elle entendit le bruit du poêlon heurtant la fonte de la cuisinière, et un formidable grésillement. Une vague de chaleur l'atteignit avant qu'elle n'ait eu le temps de disparaître derrière le mur du couloir. Cependant la sensation de chaleur s'apaisa aussitôt. Elle rouvrit les yeux pour constater avec soulagement qu'elle n'avait été touchée par aucune projection d'huile bouillante. C'est presque avec gaieté et entrain qu'elle se mit à hurler au secours, parce que, tout de même, la cuisine était en feu.

– Jérôme ! Au secours ! Au feu ! Au feu !

En trois bonds, il fut là. La porte de la cour s'ouvrit comme sous la poussée d'un troupeau de bisons. Le colosse traversa le vestibule et fit irruption dans le couloir. Les yeux lui sortaient de la tête. Il lui broya l'épaule quand il la saisit pour la tirer en arrière, loin de l'embrasement de la cuisine crépitante et enfumée.

– Tu n'as rien ?

– Non, non...

– Dieu soit loué !

Il l'écarta sans ménagements et se rua dans la cuisine. À la vue du désastre, il jura.

– Merde ! Ça brûle pour de bon ! Comment t'as fait ton compte ?

– Renversé l'huile… La couverture! Prends la couverture!

– La couv… Ah oui!

Il l'avait envoyée dinguer à l'autre bout du couloir, mais elle se rapprocha pour le regarder faire. En familier des problèmes de température, un boulanger sait juger un feu. Jérôme comprit au premier coup d'œil que celui-là n'était pas trop méchant. Une flaque d'huile brûlait sur la plaque de la cuisinière, il s'en était répandu un peu par terre et là aussi, ça brûlait, mais les tommettes du sol ne risquaient pas de s'enflammer… Jérôme s'empara de la couverture gorgée d'eau, et l'étendit sur les flammes les plus hautes pour les étouffer. Puis il ouvrit au maximum le robinet de l'évier et à l'aide d'un balai et d'une serpillière, il s'occupa des petites flaques d'huile enflammées dont les langues jaunes léchaient les pieds de fonte de la cuisinière. Il y eut une ou deux velléités de nouvelle flambée qu'il dompta à grands coups de serpillière et ce fut tout. La cuisine ressemblait à un champ de bataille après une charge de hussards, le sol était inondé, une épouvantable odeur d'huile brûlée empuantissait l'atmosphère, les murs paraissaient avoir été passés au goudron, mais le sinistre était maîtrisé. Jérôme rejoignit Jeanne dans le couloir.

– Tu n'as rien?

Cela faisait déjà trois bonnes minutes qu'elle attendait l'instant de s'évanouir dans ses bras. Rien ne s'y opposait plus. Elle tourna de l'œil avec un parfait naturel, non sans retenir d'une main subreptice les pans de son peignoir. Jérôme ne devait pas apercevoir trop tôt cette lingerie fine si peu en rapport avec les travaux domestiques auxquels elle était censée se livrer quand l'incendie avait éclaté.

Bon Dieu qu'il était fort! Après plusieurs mois d'abstinence, le simple contact des bras robustes de Jérôme la troublait. Les yeux clos, elle s'était laissé empoigner. Il l'avait soulevée comme une gerbe de blé et l'avait portée dans l'escalier, jusque dans sa chambre, jusque dans leur chambre. Là, il la déposa doucement sur le lit.

– Ce n'est rien ! l'entendit-elle souffler à son oreille. C'est l'émotion, ne t'inquiète pas, ma chérie, tu n'as rien…

Ma chérie… Il avait bien dit : Ma chérie… Le cœur de Jeanne battit plus fort. Ainsi, la croyant évanouie, il avait jeté bas le masque de froideur qu'il lui opposait depuis leur terrible dispute.

Elle sentit qu'il la désenlaçait et s'éloignait de quelques pas. Elle faillit le retenir et s'en abstint de justesse. Il fallait continuer à jouer la comédie. D'ailleurs, il n'allait pas loin. Il gagnait seulement le cabinet de toilette, pour fourrager dans l'armoire à pharmacie. Elle comprit qu'il cherchait des sels, ou un truc comme ça.

Elle ne s'était pas trompée. Elle l'entendit dire : « Ah ! voilà », et revenir vers elle. Elle sentit le matelas ployer sous le poids de son corps quand il s'assit près d'elle. Elle entrouvrit prudemment les yeux. Entre ses longs cils, elle le vit ouvrir un flacon orné d'une étiquette jaune. Une forte odeur d'ammoniac se répandit. Elle battit deux ou trois fois des paupières. Sous prétexte de la ranimer, il risquait de lui donner des nausées, maintenant. Cela ne cadrait pas du tout avec ses plans !

– Tu vas voir, ça va te faire du bien…

– Non…

Elle leva la main et enserra son poignet entre ses doigts pour retenir le flacon loin de son visage.

La voix de Jérôme se fit plus insistante.

– Laisse-moi faire, c'est pour ton bien…

Il devenait embêtant avec son ammoniac. Enfin quoi, dans la situation où ils se trouvaient, n'avait-il vraiment rien de mieux à faire que de lui agiter un flacon malodorant sous le nez ? Le moment était venu de recourir à l'arme secrète. Son poing gauche, qui était jusqu'alors resté crispé sur l'ouverture de son peignoir, s'ouvrit et laissa s'en écarter les pans. À une modification notable du rythme respiratoire de Jérôme, elle devina qu'il avait pris note du phénomène et observé les horizons nouveaux qu'elle offrait à ses yeux. La pression du bras de Jérôme qui s'efforçait d'amener le goulot du flacon d'ammoniac juste sous ses narines faiblissait.

– Oh, chéri ! soupira-t-elle d'une voix de petite fille.

Elle parvint à lui prendre le flacon, qu'elle posa à tâtons sur la table de nuit.

– Qu'est-ce que c'est que ces dessous de cocotte ? demanda-t-il d'une voix altérée. Je ne te les connaissais pas...

Vite, elle posa deux doigts sur sa bouche. Cette réflexion venait un peu trop tôt. Il fallait éviter qu'il prenne conscience qu'il s'agissait d'une mise en scène. L'arme secrète, nom d'un chien, l'arme secrète ! Les yeux toujours clos, elle respira avec force tout en se redressant à demi, ce qui eut pour effet de gonfler ses seins et de les faire saillir en partie hors de leurs balconnets de satin.

– Comme j'ai eu peur ! murmura-t-elle. Mon cœur bat encore à toute vitesse... Tiens, sens !

Elle lui reprit la main et l'attira sur sa gorge frémissante. Il la laissa faire, partagé entre la perplexité que lui inspiraient cette conduite et cette lingerie également inhabituelles, et le trouble qui commençait à monter en lui.

– Est-ce que par hasard tu aurais monté tout...

Aïe-Aïe-Aïe ! Ce qu'elle redoutait le plus. Questions-réponses... Un ping-pong verbal qui, dans l'état de leurs rapports, ne pouvait déboucher que sur un nouvel affrontement. Elle devait brûler ses vaisseaux si elle voulait sauver la situation. Lui faire perdre la tête, obtenir qu'il oublie tout et qu'il lui fasse l'amour. Après, rien de ce qui l'obsédait pour l'instant n'aurait plus d'importance, et ils riraient ensemble de son stratagème.

La main de Jeanne descendit des lèvres de Jérôme jusque sur son cou. Elle glissa plus bas, froissa doucement l'étoffe rèche de la chemise à carreaux de Jérôme, descendit encore, effleura la ceinture, hésita, et plongea soudain jusqu'au sexe, sur lequel elle s'arrêta et se referma, en un geste qui signifiait à la fois possession et invite.

– Viens ! chuchota-t-elle. Ne parle pas, prends-moi, j'ai envie de toi !

Elle l'entendit respirer plus vite, soudain. Avait-elle enfin gagné la partie, cette partie si difficile, si risquée ? Sa main ne cessait de pétrir le ventre de Jérôme. Elle ne tarda pas à sentir sa réaction. Elle n'avait plus rien à craindre. Jérôme l'avait enlacée et balbutiait des mots fous à son oreille. Elle-même perdait tout contrôle. Elle n'était plus qu'une femme pantelante dans les bras de celui qu'elle aimait. En quelques instants ils furent nus. Le peignoir et les coûteuses soieries ramenées de Blois volèrent à travers la chambre, vite rejoints par le pantalon et la chemise à carreaux de Jérôme. Radieuse, elle s'ouvrit comme une terre meuble sous le soc. En cet instant, après ces mois de brouille et de souffrance, de rancœur et de sentiments de culpabilité mêlés, ils eurent la confirmation qu'ils étaient faits l'un pour l'autre et que rien ne pourrait jamais les séparer.

Alors qu'elle jouissait du plaisir qu'il lui donnait, de la joie de toucher au but, de recevoir de lui la semence qu'il lui refusait de peur de la tuer, il voulut se retirer d'un coup de reins. Alors, farouchement, elle s'agrippa à lui en l'implorant.

– Non, non, ne t'en va pas, ne te retire pas, je t'en supplie, reste, reste !

– Tu es folle ! Laisse-moi !

– Reste !

Arc-boutée contre lui, les cuisses nouées autour de son bassin, elle avait planté ses ongles dans la chair de son dos afin de le retenir en elle.

– Arrête ! cria-t-il. Tu es folle ! Tu mourrais, si tu essayais encore d'accoucher !

– Et alors ? Ça m'est égal ! Et puis c'est pas vrai ! Je peux, tu m'entends ? Je peux avoir cet enfant ! Donne-le-moi ! Donne !

Grotesques, tragiques, ils luttaient, et ce combat du mâle essayant de s'arracher de l'étreinte de la femelle mimait dérisoirement l'étreinte d'amour qui les liait quelques instants auparavant.

– Lâche-moi ! C'est pour te protéger ! Je ne veux pas que tu meures !

– C'est en t'en allant que tu me tues ! Jouis en moi, je t'en supplie ! Donne-moi cet enfant !

– Lâche-moi ! Tu me fais mal !

Dans un ultime effort, Jérôme parvint à libérer son bras droit. À l'instant où il allait éjaculer, il frappa Jeanne par deux fois, à l'aveuglette, avec la force du désespoir. Surprise, elle hoqueta et lâcha prise. Il se dégagea, roula sur le côté, hébété par l'acte de violence qu'il venait de commettre à l'encontre de la créature qu'il aimait le plus au monde. Il balbutia : « Pardonne-moi, je t'en prie, c'est pour toi, pour que tu vives... » À longs jets spasmodiques, le sperme s'échappait de sa verge et giclait sur le drap et sur la hanche nue de Jeanne. Dans la pénombre, il devina qu'elle s'efforçait de recueillir cette semence liquide du bout des doigts, et qu'elle en enduisait sa vulve entrouverte, qu'elle s'efforçait de l'introduire dans son ventre.

– Salaud ! Sa-salaud ! bégayait-elle. Salaud ! Tu me l'as refusé, notre enfant !

Sur le visage livide de Jeanne, les larmes et le sang coulaient en même temps. Le poing de Jérôme l'avait touchée à la bouche et à l'arcade sourcilière.

– Pardonne-moi ! Pardonne-moi, je t'en supplie !

– Crève, salaud !

Il resta un moment assis au bord du lit, nu, la tête dans les mains. Près de lui, Jeanne pleurait en gémissant doucement, comme une chienne qui a perdu ses petits. Jérôme se leva. Il ramassa ses vêtements et il s'enfuit.

Chapitre XII

Le lendemain matin, Jeanne prit l'autocar. Les cars pour Blois, depuis Perpezac, il y en avait deux par jour. Un le matin, un le soir. Ils partaient de la place du marché. Une vague guérite se dressait devant le Café du Marché, tenu par le jeune Charpentrot, avec les horaires sur une pancarte et un banc de fer rouillé. Mais personne, sinon peut-être un étranger de passage, n'aurait eu l'idée d'attendre sous la guérite. Il aurait fait beau voir qu'un natif de Perpezac attende le car ailleurs que dans la salle du café de Charpentrot ! D'ailleurs, Balibert, le chauffeur du car, venait y chercher directement les voyageurs. Les départs avaient lieu à 10 h et à 16 h. Balibert se pointait chez Charpentrot à 9 h 45 et à 15 h 45, et il était bien vu pour les notables qui prenaient le car d'offrir, selon l'heure, un café ou une bière au chauffeur avant de partir. Celui qui aurait dérogé à cette règle aurait tout simplement perdu la face, vis-à-vis de Balibert, de Charpentrot, et des cinq ou six cents personnes de leur connaissance. C'est dire que le départ de Jeanne Corbières ne passa pas inaperçu. Elle ne poussa même pas la porte du café. Arrivée devant la guérite à 9 h 40, elle y demeura jusqu'à l'heure du départ, debout, sa valise à ses pieds. C'était une vraie valise de départ, lourde et gonflée, aux flancs ceints d'une lanière de cuir. En voyant cette valise et la tête de sa propriétaire, tout le monde comprit que Jeanne s'en allait pour de bon.

Tout le monde, à cet endroit-là et à cette heure-là, c'était Charpentrot et Balibert, et Maria, la fille de salle de Charpentrot, et Angleton, le responsable des Messageries qui réceptionnait les journaux du jour et renvoyait les invendus de la veille par le car. Et aussi ceux qui se rendaient à Blois ce jour-là. Parmi eux, et pour ne citer que les plus éminents, Mlle Coralie Delouges, le curé Robillon, cette peste de Timothée Landeman, et Sylvana

Mancuso, la belle Italienne, et son père, Alberto Mancuso, qui s'en allaient faire proroger leurs permis de séjour à la préfecture.

Tout se sait vite dans d'aussi petites villes. Par ailleurs, plusieurs de ces personnes avaient une raison particulière de s'intéresser à Jeanne. Sylvana Mancuso et Coralie Delouges parce qu'elles avaient un faible pour Jérôme. Le curé Robillon parce qu'il était curé. La rumeur de divorce lancée par Roberte Béninou avait fait son chemin. Elle était parvenue aux oreilles de l'ecclésiastique. Il tenait d'ailleurs les Corbières à l'œil depuis longtemps. Le boulanger lisait *L'Action française* et votait à droite, ce qui était rassurant, mais sans conviction. D'ailleurs, on ne le voyait plus à la messe depuis son mariage. Jeanne, d'extraction ouvrière, fille d'un ouvrier communiste, n'inspirait aucune confiance à l'homme de Dieu. Ce couple-là sentait le divorce à plein nez, ce que Robillon ne pouvait que déplorer et condamner. Timothée Landeman, lui, s'intéressait à Jeanne Corbières parce qu'à l'évidence elle était malheureuse. Et Timothée Landeman aimait et recherchait le malheur chez autrui. Non pour le combattre et le conjurer, mais pour le humer, pour s'en repaître, pour en jouir. Timothée Landeman était méchant comme d'autres sont rouquins ou gauchers, naturellement.

Vue de la salle du Café du Marché où tout ce monde-là attendait l'heure du départ, il est vrai que Jeanne Corbières offrait un triste spectacle, avec sa valise, son œil poché et la chique qui lui gonflait tout le côté gauche de la bouche. En plus du désespoir, ce départ constituait pour elle une humiliation publique. Toute la ville saurait ce soir que Jérôme Corbières, le boulanger de Perpezac, avait battu sa femme, qu'il l'avait même salement amochée ! Elle aurait pu se faire conduire en carriole jusqu'à la gare de Savain-les-Eaux, à une dizaine de kilomètres de Perpezac. Personne n'aurait rien su. En prenant le car du matin à Perpezac à visage découvert, Jeanne Corbières avait choisi d'exhiber les traces des violences qu'elle avait subies. Elle signifiait ainsi la raison pour laquelle elle s'en allait, s'interdisant à tout jamais de réintégrer le domicile conjugal. C'est ainsi, du moins, que le comprirent les plus intelligents parmi les voyageurs qui attendaient le car de 10 heures. Et malgré elles, Sylvana Mancuso et Coralie Delouges furent émues par cette affirmation hautaine du malheur. Le départ de Jeanne laissait le champ libre à la Mancuso. Le Jérôme Corbières, elle l'aurait un jour dans son lit. Elle ressentait cette évidence avec ses seins et son sexe, qui s'humectait quand elle posait son regard sur Jérôme... Quant à Coralie Delouges, elle n'avait guère de chance de séduire un jour Jérôme. Elle ne nourrissait aucune illusion à ce sujet. Le beau boulanger ne serait jamais pour elle qu'un fantasme, un regret, une belle image caressée en rêve.

Le curé Robillon, lui, détailla d'abord la silhouette de Jeanne d'un œil froid et sévère. Le manteau qu'elle portait était beau. C'était sans doute son plus beau. Celui qu'on emmène quand on quitte son mari. La valise. Le visage pâle. Les traces de coups. Ce Jérôme exagérait, tout de même. Il n'avait pourtant pas la réputation d'un homme violent. Il n'était pas de ceux qui lèvent la main sur une femme. Il avait dû se passer quelque chose de grave entre eux. Hélas, tout semblait corroborer le pronostic de cette langue de vipère de Roberte Béninou. Divorce, divorce, cette invention du diable ! Comme si les hommes, ces misérables bestioles, avaient le droit de s'affranchir des liens établis par leur tout-puissant créateur ! Mais évidemment, cette fille d'ouvriers au cerveau empoisonné par des idées délétères venues de l'étranger ne pouvait concevoir la nécessité de s'en tenir à la volonté divine. Aussi finirait-elle en créature avilie par la rupture des engagements sacrés du mariage, femme d'occasion, corps dégradé qui se donne ou se loue au premier venu...

Le curé Robillon en était là de ses réflexions quand son regard s'arrêta sur le visage de Timothée Landeman.

Et ce qu'il vit le choqua profondément. Timothée Landeman était heureux. Aux anges, le Timothée Landeman ! Il fixait Jeanne Corbières, il s'attardait complaisamment sur la valise symbolique de l'échec d'une vie, sur le coquart et l'œuf de pigeon qui défiguraient une des plus belles femmes de Perpezac et il souriait, il riait presque de plaisir. Sacré salaud ! Le curé Robillon n'incarnait pas continuellement la tendresse et l'indulgence chrétienne, mais il était un homme droit et sans bassesse. Le sourire mauvais de Timothée Landeman lui fit horreur et le rappela à ses devoirs de berger des âmes.

Il se leva, sortit du café, et marcha droit sur Jeanne.

– Madame Corbières...

– Oh, c'est vous, monsieur le curé... Vous m'avez fait peur.

– Je me demandais...

Le curé Robillon hésita. Il ne savait plus comment continuer. C'est bien gentil, de tenter de ramener la brebis égarée dans le sein du troupeau, mais on ne sait pas toujours comment s'y prendre.

– Oui ?

– Je me demandais si vous accepteriez de prendre un café avec moi... Il fait encore très frais, vous seriez mieux à l'intérieur...

Jeanne secoua la tête doucement.

– Je vous remercie, monsieur le curé, je suis très bien ainsi.

L'homme de Dieu piqua un fard. S'il avait éprouvé quelque embarras au sujet de la conduite à tenir et des paroles à prononcer, il n'avait pas envisagé une seconde qu'il pouvait essuyer un refus de la part de la pécheresse. Il la considérait comme la pécheresse dans cette histoire, alors qu'elle avait reçu deux coups de poing en pleine figure, ce qui, en principe, faisait d'elle une victime. Il aurait dû s'en douter : la pécheresse ne voulait pas qu'on la sauve ! Aveuglée par Satan, elle repoussait la main qu'on lui tendait. Il s'exhorta à la charité. Allons, c'était au fond de leur fange qu'il fallait aller repêcher les âmes perdues !

– J'insiste, au contraire. Venez, nous boirons un café, nous parlerons... Vous ne prendrez pas ce car. Ni moi non plus... J'avais rendez-vous à l'évêché, mais tant pis, j'irai demain !

Il s'animait, à mesure qu'il parlait. La grandeur de son apostolat l'habitait. Cette rencontre était importante pour lui aussi. C'était pour cela qu'il était au service de Dieu, pas seulement pour dire la messe du dimanche matin devant des paroissiens pressés de rentrer chez eux pour célébrer la messe des ventres à l'occasion du gueuleton dominical. Enfin, il allait accomplir sa vocation de prêtre, de pêcheur d'âmes ! L'âme de Jeanne Corbières menacée de plonger dans l'abîme noir du divorce et du vice, il la ramènerait au Seigneur, pantelante, repentante.

– Je crains de ne pas m'être fait clairement comprendre, monsieur le curé ; je suis très bien comme je suis. Je n'ai pas envie d'un café, je n'ai pas l'intention de discuter avec vous, et ce n'est pas vous qui m'empêcherez de prendre le car... Foutez-moi la paix !

– Mais, pauvre femme, savez-vous que...

Jeanne, délibérément, lui tourna le dos. Outré, le curé regagna le Café du Marché à grands pas. Derrière la vitre, Timothée Landeman était au comble de la joie. Au malheur de Jeanne s'était ajouté celui du curé, déçu, ridiculisé. Sylvana Mancuso et Coralie Delouges avaient suivi de loin cet échange, et avaient interprété de leur mieux les mimiques de Jeanne et de Robillon. L'une et l'autre donnaient raison à Jeanne. La féminité épanouie de Sylvana et celle, étriquée et souffreteuse, de Coralie donnaient également raison à Jeanne dans son refus. Qu'est-ce qu'il connaissait aux réalités de la vie, cet oiseau noir, hein ? De quoi il se mêlait ? Mais quelqu'un d'autre avait assisté à la scène avec une curiosité aiguë : Maria Dommaget, la souillon de Charpentrot. Déjà, elle s'imaginait pérorant devant Roberte Béninou et Suzanne

Oflaquet, ces deux grandes gueules, et leur racontant par le menu comment Jeanne Corbières avait quitté Perpezac, et comment le curé avait tenté de la retenir, et comment elle l'avait rembarré, tout curé qu'il était.

Le curé Robillon rentra donc dans la salle du café. Il se dirigea vers le comptoir. En passant devant Charpentrot, il lui demanda de servir un café au chauffeur Balibert, et de mettre ça sur sa note. Balibert eut tout juste le temps de le boire en se brûlant les lèvres car il était 10 h.

Il remercia le curé d'un signe de tête et se dirigea vers le car. C'était le signal. Les passagers avaient déjà réglé leurs consommations. Ils emboîtèrent le pas à Balibert. Jeanne fut la première à monter, forcément. Elle prit un aller pour Blois – un aller simple – et elle alla s'asseoir tout au fond du car. Personne n'osa s'asseoir auprès d'elle.

Chapitre XIII

Ce soir, la Maison du Peuple de Perpezac était pleine de monde. Les élections municipales approchaient. Le maire radical-socialiste, Alain Mélenchon, s'apprêtait à briguer son troisième mandat. Les élections se joueraient sur la question des égouts. Le vieux système gallo-romain, avec ses canalisations de briques et ses conduites de plomb, ne suffisait plus aux besoins d'une population en constante augmentation depuis le début du siècle. Il fallait changer tout ça. Cette modernisation allait coûter beaucoup d'argent. Mélenchon se mettait en danger. Il aurait pu se faire réélire tranquillement sur des dossiers sans problèmes, comme la réfection du toit de la halle aux grains ou la départementalisation d'une route communale engorgée et dangereuse. Plusieurs membres de son Conseil municipal étaient d'avis de ne pas bouger sur la question des égouts. Le creusement d'un nouveau système occasionnerait des frais très lourds et des dérangements considérables. Il faudrait éventrer les ruelles de la vieille ville, crever la place du marché pour y abriter un grand collecteur, aménager la rive droite de la Crouelle, la rivière de Perpezac... La population était-elle prête à accepter tout ça ? D'autant que l'opposition, composée d'Henry Fréret du Castel, ce hobereau dégénéré, du notaire Delouges et de Jérôme Corbières, le boulanger disciple de Maurras et de Daudet, allait engager l'épreuve de force sur ce projet. Pour toutes ces raisons, l'état-major de Mélenchon le poussait à la prudence. Pas de vagues, pas de projets trop ambitieux, qui auraient pu affaiblir une majorité radicale-socialiste précaire dans ce pays longtemps dominé par la droite. Le bras droit de Mélenchon à la mairie, c'était Gaffarel, le pharmacien. Un homme adroit. Un peu trop adroit peut-être. L'œil rivé sur le résultat des votes. L'esprit naturellement doseur, dans la vie professionnelle comme dans la vie publique. Pour qui la victoire électorale était plus importante que le bien de tous. Cela dit, c'était un homme précieux, dont Mélenchon n'aurait pu se passer. Dans sa pharmacie, tout Perpezac défilait inéluctablement. Compétent, jovial, populaire, Gaffarel était un des quatre ou cinq notables qui entraînaient l'opinion publique. Il aurait pu ambitionner de devenir maire, s'il avait eu le superbe passé militaire de Mélenchon, sa prestance physique et son aisance en société. Mais Gaffarel était un petit crevard aux épaules étroites. S'il n'avait pas été réformé, c'était à cause de son diplôme de pharmacien. Il avait servi à l'arrière, à la Répartition des pansements et des médicaments. Mélenchon, lui, avait fait une guerre magnifique. Officier de corps francs dans la Somme. Trois blessures, cinq citations dont une à l'ordre du corps d'armée. Couvert de médailles. Et bel homme, plaisant aux femmes qui n'avaient pas le droit de vote mais le servaient efficacement auprès de leurs maris. Très lié au préfet La Vissande et au député Delobert. Avec tous ces atouts, Mélenchon pouvait contrebalancer la tradition droitière de la région et garder la mairie encore trente ans, s'il ne faisait pas d'erreur.

Cette erreur éventuelle, l'opposition espérait qu'il la commettrait sur le dossier des égouts. Endetter la municipalité, gêner durablement les commerces et la circulation, « défigurer » la Crouelle... Depuis qu'il était question de rénover les égouts, la droite, emmenée par Henry Fréret du Castel, jetait l'anathème sur les intentions malfaisantes qu'elle prêtait à Mélenchon.

Il n'était pas homme à fuir ses responsabilité. S'il s'avérait que le moment était venu pour la communauté de procéder à des travaux rendus nécessaires par l'accroissement démographique et la dégradation du vieux réseau sanitaire, il ne se déroberait pas. Il expliquerait inlassablement à ses concitoyens qu'il fallait en finir avec les nuisances et les dangers d'un système désormais insuffisant. L'été, au moment des basses eaux de la Crouelle, des odeurs pestilentielles se répandaient dans certains quartiers de la ville. À l'automne au contraire, avec les pluies, le réseau s'engorgeait, débordait, inondait la place du marché.

C'était précisément le sujet de la réunion à laquelle le maire avait convié ce soir-là les électeurs de Perpezac, qu'ils soient ses partisans ou ses adversaires.

Henry Fréret du Castel avait saisi cette occasion d'affronter la majorité sur un terrain qui lui semblait favorable. Et depuis une heure déjà, il ne se privait pas d'effrayer l'électorat par une peinture cataclysmique des inconvénients qu'entraîneraient les travaux projetés par Alain Mélenchon. Déchaîné, le baron en était à sa péroraison :

– Et l'on reconnaît bien là le vieux travers de votre parti, monsieur Mélenchon !...

Il prononçait Mmmmmélenchon, chargeant cette brochette de « m » de tout le mépris dont il était capable, ce qui n'était pas mince, car sa famille remontait à la deuxième croisade. On s'y connaissait en mépris aristocratique, chez les Fréret du Castel.

– Oui, monsieur Mmmmmélenchon, on reconnaît bien là le vice chéri de la gauche, j'ai nommé la Dépense ! La Folle Dépense, la dépense à tout prix, si j'ose dire, la dilapidation des fonds publics, le gaspillage de l'argent du contribuable ! Car, monsieur Mmmmmélenchon, cet argent n'est pas à vous ! Pas encore ! C'est l'argent du Peuple, que vous vous apprêtez à jeter par les fenêtres. L'argent de ce peuple que vous abusez, avec vos discours démagogiques et vos projets pharaonesques ! Et quand vous l'aurez gaspillé, cet argent, où irez-vous en chercher à nouveau ? Dans sa poche, comme toujours !

Stoïque, Mélenchon avait laissé Fréret du Castel s'époumoner. Le hobereau avait lâché son fiel. À présent on allait lui répondre. Mélenchon était sûr de la justesse de ses arguments et de sa capacité à les exposer de façon plus convaincante que les phrases creuses de ce perroquet politique. Quand les applaudissements dispensés à leur champion par les électeurs de droite se furent apaisés, Alain Mélenchon prit la parole à son tour.

– Monsieur du Castel ! Monsieur du Castel ! commença-t-il en faisant des deux mains le geste d'apaiser un adversaire un peu trop excité, nous le savons, vous avez accoutumé de prendre les choses de haut. C'est normal, quand on vit, comme vous, sur les hauteurs !

L'allusion au château de Perpezac, propriété depuis des siècles des Fréret du Castel, qui se dressait au-dessus de la ville, était transparente.

– Or donc, monsieur du Castel, le fait de vivre sur les hauteurs vous éloigne sans doute de certaines réalités, parfois dérangeantes. Si vous viviez au cœur de notre ville, par exemple, vous vous rendriez mieux compte des nuisances que fait subir à vos concitoyens la vétusté de notre système d'écoulement...

Jusqu'ici, Mélenchon avait imité avec affectation la diction guindée et les longues phrases enrubannées de son rival. Tout à coup, sa voix se fit plus brève et plus dure, et c'est en martelant les mots, en les décochant comme autant de projectiles, qu'il poursuivit.

– Si vous viviez en ville, et non là-haut, dans votre castel, monsieur du Castel, vous le sauriez ! L'été, cette ville pue ! Et à l'automne, c'est un cloaque ! Quand nous aurons de nouveaux cas de typhoïde ou de méningite, qu'est-ce que vous direz aux parents des enfants malades ? Qu'est-ce que vous direz aux petits paralytiques ? Est-ce que vous leur paierez des fauteuils roulants, avec les économies que vous aurez effectuées en refusant d'assainir le réseau ?

Henry Fréret du Castel eut un haut-le-corps. De telles attaques portaient forcément dans l'esprit des pères de famille qui assistaient au débat. Il voulut interrompre Mélenchon, mais le maire n'avait aucunement l'intention de se laisser faire.

– Il y en a déjà eu l'année dernière, vous le savez ! Et nous en aurons d'autres, si nous n'agissons pas rapidement ! Et ce sera notre faute... Votre faute, monsieur du Castel ! C'est avec la santé des enfants de Perpezac que vous jouez en vous opposant à la marche du progrès et à l'avancement de l'hygiène !

– C'est indigne ! C'est... C'est...

Le baron était au bord de l'apoplexie. Son voisin, le notaire Delouges, un de ses lieutenants, décida d'intervenir. Des coups aussi vicieux que celui que Mélenchon venait de porter au chef de file de la droite, la droite aussi pouvait en porter !... À condition de parvenir à interrompre Mélenchon, ce qui n'était pas évident ! Delouges, dans sa jeunesse, avait été baryton à l'Opéra de Bordeaux. Il lui en était resté un organe d'airain dont il faisait usage dans les réunions politiques.

– Monsieur Mélenchon se drape dans la probité et le souci du bien public, beugla-t-il avec une indéniable maestria, mais ses intentions sont-elles aussi pures qu'il veut bien le dire ?

Mélenchon fronça les sourcils. Delouges était un homme dangereux. Beaucoup plus intelligent que Fréret du Castel. Si ses vices ne l'avaient pas tant occupé, il aurait été un adversaire redoutable. Mais Delouges, l'honorable notaire de campagne, ne s'intéressait qu'à demi à la politique. Sa grande passion, c'était Paris, les soupers fins, les sorties de cabarets, les coulisses des revues et les putains…

Mais à cet instant précis, il descendait dans l'arène, et Dieu sait de quoi il était capable ! Sans doute y avait-il là un piège, mais Mélenchon était congénitalement incapable de l'éviter : il voyait rouge dès qu'on mettait son intégrité en doute.

– Expliquez-vous, monsieur Delouges ! Je n'aime pas trop ces sous-entendus !

Avec un sourire vachard, le notaire lâcha sa torpille :

– Je voulais dire qu'effectivement, la réfection des égouts municipaux, qui menace de devenir la source de graves inconvénients, fournirait au moins du travail à une corporation certes honorable, mais qui…

Mélenchon serra les poings. Il avait compris où Delouges voulait en venir. La corporation en question, c'était celle du bâtiment et des travaux publics : celle à laquelle appartenait Mélenchon lui-même. À son retour de la guerre, il avait repris l'entreprise de son père et lui avait rendu une prospérité qu'elle avait perdue au fil des ans. Delouges était tout bonnement en train d'insinuer que Mélenchon, en préconisant les travaux de rénovation des égouts municipaux, n'avait en vue que son profit personnel. D'ailleurs, tout le monde dans la salle l'avait interprété ainsi, et les partisans du maire commençaient à dévisager les partisans de Fréret du Castel de l'air belliqueux de qui va bientôt laisser parler ses poings. Là aussi, il y avait un piège. Céder à l'indignation et se livrer à des violences physiques, ce serait faire le jeu de Fréret du Castel, qui accusait régulièrement et contre toute réalité les radicaux-socialistes de Perpezac de faire régner la terreur. Le Front populaire n'était pas loin, les rares communistes du cru avaient apporté leurs voix et leurs bras à Mélenchon, mais la petite cité n'avait jamais connu l'atmosphère d'affrontements entre ligues et milices, apanage des grandes villes.

Mélenchon devait calmer ses partisans, tout en contrant l'attaque de Delouges.

– Monsieur Delouges, répliqua-t-il, cette insinuation vous classe parmi les esprits les plus bas qu'il m'ait été donné de rencontrer dans une vie politique déjà longue ! Je m'engage, vous entendez, je m'engage solennellement à m'interdire toute soumission au moment où la municipalité lancera un appel d'offre. Et comme les Établissements Mélenchon sont la seule entreprise de travaux publics à Perpezac, la concession ira à une entreprise étrangère à la commune. Je n'ai jamais eu d'autre intention, et je vous méprise, monsieur Delouges, d'avoir pu penser le contraire !

– Eh-eh ! ricana Delouges, ces choses-là vont mieux en le disant, non ? C'est au pied du mur qu'on voit le maçon ! Nous reparlerons de tout cela, si vous êtes réélu, quand la manne de l'argent public menacera de tomber ailleurs que dans vos poches !

– Salaud ! Tu vas voir si je ne vais pas te...

La belle sagesse politique de Mélenchon faillit ne pas résister à l'agressivité insistante de Delouges. Il était prêt à traverser la salle pour en venir aux mains avec le notaire. Une poigne puissante l'en empêcha. Il se tourna et eut un mouvement de surprise. Ce n'était pas un de ses hommes liges qui le retenait, ce n'était ni Gaffarel, ni le fils Dédouzac, ni le fidèle Forget, c'était Jérôme Corbières, le boulanger. Un instant, Mélenchon crut à un mauvais coup arrangé entre Delouges et Corbières. Mais cela ne ressemblait pas à Corbières. À Delouges, oui, mais pas à Corbières ! Il était à droite, mais il n'avait jamais donné dans les magouilles de la bande Fréret du Castel-Delouges... Mais alors, qu'est-ce qu'il fichait là, à côté du maire Front popu, dans un débat contradictoire où ses alliés naturels se rassemblaient autour des deux autres ?

Chapitre XIV

La ville entière connaissait les déboires conjugaux de Jérôme. Comme une traînée de poudre, la nouvelle du départ de Jeanne avait couru du Café du Marché au lavoir municipal, et de là à toutes les cuisines familiales, à tous les pas de portes, à toutes les boutiques et à toutes les cours et arrière-cours où la population de Perpezac se livrait à son vice favori, le cancan. Car c'était peu dire qu'on était cancanier, à Perpezac. Au lancement du ragot, si ce sport avait existé, une équipe municipale mixte composée de la Roberte Béninou, de la Suzanne Oflaquet et du Timothée Landeman aurait sans aucun doute remporté la coupe du monde.

On savait que Jeanne était partie, pourquoi elle était partie, et, depuis peu, où elle était partie. Elle était rentrée à Blois, chez ses parents, tout bonnement. La mère Sédouzac l'avait croisée là-bas par hasard, trois semaines après son départ de Perpezac, dans le vieux quartier ouvrier où son tourneur-fraiseur de père habitait depuis toujours. Les deux femmes s'étaient saluées, sans plus. La Sédouzac n'était pas une intime des Corbières. Et puis, que dire à une femme qui a fui le domicile conjugal avec un œil poché et une chique ? Pressée de questions, la mère Sédouzac avait complaisamment décrit Jeanne Corbières aux commères du lavoir, qui s'étaient empressées de répandre son récit. D'après Elvire Sédouzac, Jeanne avait maigri. « Ma pauvre, en pas trois semaines, c'est pas croyable comme elle a décollé ! » En revanche, côté coquart, ça allait mieux. « L'hématome a presque disparu, ça lui fait comme si elle n'avait qu'un œil de maquillé, vous voyez, et pour ce qui est de l'œuf de pigeon, plus rien, fini, résorbé ! Mais quelles brutes, ces hommes, quand même ! » Et comment elle avait l'air ? Désespéré, c'était la grande question ! Mais l'amaigrissement dont Elvire Sédouzac avait fait état y répondait déjà en grande partie.

« L'air qu'elle a, cette pauvre petite, c'est l'air du malheur ! Qu'est-ce que vous voulez qu'elle ait d'autre comme air ? » disait Elvire qui avait bon cœur.

On en était là, du côté de Jeanne. Jérôme, on ne le voyait pratiquement plus. Trois semaines s'étaient écoulées depuis le départ de Jeanne jusqu'aux nouvelles fraîches rapportées par la Sédouzac, et encore deux semaines depuis lors. Cinq semaines, donc. Eh bien, depuis cinq semaines, on ne voyait pratiquement plus Jérôme Corbières. Il était là, puisqu'il faisait toujours le pain. Ni moins bon ni meilleur qu'avant, son pain : délicieux, comme toujours. Et ses concitoyens, sans le dire, lui savaient gré de rester un aussi bon artisan jusque dans le malheur. Astérie tenait la boutique et faisait la tournée avec cette vieille rosse de Copernic. Jérôme, lui, boulangeait mais restait terré dans la maison.

Aussi sa réapparition en public, à l'occasion de ce débat houleux sur un problème crucial pour Perpezac, suscita-t-elle dans l'assistance une curiosité passionnée. Comme par enchantement, le silence se fit et tous les regards se tournèrent vers celui qui venait de se dresser à côté du maire.

On le jugea amaigri, lui aussi, avec des rides qu'on ne lui connaissait pas, quelques cheveux blancs dans sa tignasse noire, les premiers.

– Eh bien, lui dit Alain Mélenchon à mi-voix, je suis content de te voir ici, mais je t'imaginais plutôt avec du Castel et Delouges… Politiquement, je veux dire !

Ils se connaissaient depuis l'enfance, depuis que Maître

Adeline avait ramené Jérôme de l'orphelinat. Dès le premier jour, dans la classe de M. Leturc, le prédécesseur de Forget, les deux enfants s'étaient mutuellement jaugés. Deux meneurs, deux caïds. Mais l'un, Mélenchon, était éminemment sociable, aimant être au centre des choses et des décisions, organiser, diriger, convaincre et séduire. Un politique-né. Jérôme, lui, avec son passé de gibier d'orphelinat, était un solitaire. Respecté et même aimé de presque tous, pour sa droiture, l'équilibre qui se dégageait de sa personne, et aussi pour cette force formidable dont il avait si peu abusé : une fois en une vie, contre sa femme... Cette complémentarité de leurs caractères avait épargné aux deux garçons de s'affronter, ce qui n'aurait pas manqué de faire des dégâts, puissants et opiniâtres comme ils étaient. En fait, ils avaient été des copains d'enfance. Une amitié un peu distante, faite d'estime réciproque et de reconnaissance du territoire de l'autre. Une amitié très différente de celle qui avait lié Jérôme et Jérémie Malvoisin à l'orphelinat des Vertus. Malgré l'amitié que Jérôme lui gardait au nom du souvenir, et aussi du remords qu'il nourrissait de l'avoir sacrifié, Jérémie symbolisait le monde d'avant. Celui du malheur, irrémédiablement marqué par la proximité du drame qui avait fait de lui un orphelin. Oui, Jérémie appartenait à ce monde noirâtre et nauséeux d'avant l'apparition de gens simples et bons comme Maître Adeline et d'Astérie, d'amis loyaux comme Mélenchon et Forget. Cela devint très clair lorsque Jérémie vint passer les vacances à Perpezac, chez Maître Adeline, qui avait insisté auprès du directeur des Vertus, et avait fini par le convaincre de lui envoyer Jérémie pour un mois. Une fois de plus le directeur les avait mis en garde. « Je cède à votre demande, avait-il écrit dans une lettre à Maître Adeline. Mais souvenez-vous, ce sera à vos risques et périls ! »

Maître Adeline avait souri devant une telle gravité, s'agissant des vacances à la campagne d'un garnement de dix ans, et le 1er juillet, Jérémie Malvoisin débarquait à l'arrêt des cars de Perpezac.

Il allait en repartir bien plus tôt que prévu, le 15, littéralement expulsé par une population qu'avaient exaspérée ses mauvais coups.

Dès son arrivée, il avait commencé par faire à Jérôme d'amers reproches. Jérôme l'avait laissé tomber, il l'avait abandonné tout seul aux Vertus, où personne ne l'aimait, où tout le monde s'acharnait contre lui ! Et pour se venger de cette trahison, il avait brisé les jouets que Maître Adeline avait offerts à Jérôme depuis qu'il était entré sous son toit.

Vis-à-vis des nouveaux amis de Jérôme, comme Mélenchon, Forget ou le petit Gaffarel, le fils de l'apothicaire et futur pharmacien lui-même, Jérémie s'était comporté d'entrée de jeu en ennemi. Profitant d'une absence de Jérôme, il avait frappé Gaffarel et mordu Forget. Mais quand il s'était attaqué à Mélenchon, il avait trouvé à qui parler. Le futur maire de Perpezac « lui avait allongé un pain que Maître Adeline lui-même il en faisait pas d'aussi lourds » ! Après ça, Malvoisin avait tourné son agressivité contre le village tout entier. Quinze jours durant, jusqu'à ce qu'une délégation de Perpezaciens fous furieux exige de Maître Adeline le départ du coupable, ce n'avaient été que poules et lapins massacrés ou cloués vivants aux portes des granges, meules incendiées, clapiers ouverts, vaches gavées de pommes vertes... Si Jérémie ne ramassa pas un coup de fusil cet été-là, ce fut vraiment parce qu'il y a un Dieu pour la crapule !

Jérôme avait d'abord pris la défense de Jérémie, mais devant l'énormité de ses méfaits, il avait dû y renoncer. Maître Adeline avait raccompagné Jérémie aux Vertus. À leur arrivée, le directeur avait simplement laissé tomber : « Je vous avais prévenu, non ? » Maître Adeline avait hoché la tête.

À Perpezac, on oublia le trublion. Jusqu'à la guerre

où les enfants de Perpezac avaient versé leur sang, et avaient pris leur part de gloire.

Quand elle avait éclaté, Jérôme et Mélenchon l'avaient affontée d'un cœur égal. Mélenchon dans les corps francs, où il était vite passé officier, et Jérôme dans la Coloniale. Sous-officier, puis officier lui aussi, il avait commandé une section de tirailleurs sénégalais sous Mangin-le-boucher. Il avait eu plus de chance et moins de décorations que Mélenchon, que son goût du commandement et du risque et son besoin de s'affirmer avaient souvent entraîné dans des aventures effroyables. Jamais blessé, Croix de guerre et Médaille militaire seulement, alors que Mélenchon avait eu la Légion d'honneur.

Jérémie Malvoisin reparut vers 1916. Il était arrivé un soir chez Maître Adeline. En uniforme. Soldat de 1re classe. Médaille militaire. Unité spéciale : ceux qu'on appelait les « nettoyeurs de tranchée ». Cette expression évoquait dans l'esprit du public l'image de combats au couteau ou à la baïonnette et nimbait cette unité d'une aura de violence et d'héroïsme. Maître Adeline accueillit le soldat Malvoisin avec méfiance. Il avait mis le village à feu et à sang sept ans auparavant... Mais il ne savait pas où dormir cette nuit-là. Lorsqu'on a soi-même un fils au front, on ne laisse pas un héros dormir dehors. Malvoisin s'enfuit tôt le matin, emportant tout l'argent liquide de la maison ainsi que les bijoux. La plainte de Maître Adeline fut transmise à la police militaire qui la transmit au chef de l'unité de Malvoisin. Mais le voyou venait d'être atomisé par un obus allemand de 155. On ne retrouva rien de Malvoisin. Comme s'il n'avait jamais existé.

À leur retour de guerre, l'engagement politique avait séparé les deux hommes, mais jamais leur antagonisme ne leur avait fait oublier leur ancienne amitié. Ils se respectaient et continuaient à survoler les médiocrités politicardes d'un Fréret du Castel ou d'un Gaffarel.

– Je voudrais intervenir là-dessus… Sur la question de l'assainissement, si tu veux bien ! dit Jérôme.

– C'est un débat public, tu peux y prendre part… Tu veux maintenant ?

Jérôme hocha la tête.

– Maintenant. Cela t'évitera de rosser Delouges et de finir en correctionnelle !

– Tu l'as entendu ce notaire de mes deux ?

– T'énerve pas, donne-moi la parole, plutôt… et ne t'attends pas à ce que je te serve la soupe !

– Je sais. Mais… loyal ?

Leurs regards se croisèrent sans fléchir.

– Loyal, dit simplement Jérôme.

Mélenchon se tourna vers la salle.

– Attends, j'ai un avertissement sans frais à donner. Delouges, je n'oublierai pas ce que tu viens de dire, lança-t-il au notaire. Cette phrase-là te retombera sur le nez, crois-moi !

Delouges se fâcha :

– Nous nous tutoyons, à présent ? Première nouvelle ! Nous n'avons pourtant pas suivi ensemble l'école des cadres du parti communiste !

Mélenchon n'avait jamais adhéré au parti communiste, mais ses adversaires soutenaient le contraire, afin de lui donner une réputation de rouge au couteau entre les dents. La repartie de Delouges fut accueillie par un murmure approbateur par les électeurs de droite.

– Oui, on se tutoie, abruti ! rétorqua Mélenchon. On était à la Communale ensemble, tu ne t'en souviens plus ? Et je te flanquais déjà des torgnioles ! Quant à l'école des cadres, tu sais bien que je n'y ai jamais mis les pieds. Demande à Bastien Oflaquet, il se fera un plaisir de te le confirmer ; pendant les réunions du Conseil municipal, il ne m'appelle plus que « le social-traître » !

Bastien Oflaquet, le secrétaire de mairie, c'était le secrétaire de la cellule du P.C. Ses rapports avec Mélenchon étaient difficiles – à vrai dire il haïssait son maire dont il était en principe l'allié – et les rieurs furent cette fois du côté de Mélenchon.

– Jérôme Corbières a demandé la parole, reprit Mélenchon. Je la lui donne ! Vous ne direz pas que c'est un rouge, lui !

L'attention se porta sur Jérôme.

– Bonsoir ! Je suis venu vous dire que je crois à la nécessité de rénover le réseau des égouts, dit-il d'une voix ferme.

– Hein ? Quoi ? Qu'est-ce qu'il raconte ? Mais il devient fou, ma parole !

À droite, on échangeait des regards stupéfaits, on se prenait à témoin de l'énormité d'une telle déclaration. On s'était attendu que le boulanger appuie les thèses de Fréret du Castel, et voilà qu'il les contredisait. Pendant ce temps, à gauche, on riait et on applaudissait de bon cœur : cet adversaire redouté apportait de l'eau au moulin des radicaux-socialistes ! Cependant la fureur des conservateurs se teinta de perplexité, tandis que la joie des radicaux s'estompait à mesure que l'orateur parlait. Tout n'était pas aussi simple qu'on l'avait cru au premier abord.

– Le moment est venu de procéder à ces travaux, reprit-il. Je sais qu'ils vont coûter cher, mais il y va du confort, de l'hygiène et de la santé de la population, de la réputation de Perpezac, et sans doute de son avenir ! C'est pourquoi nous, hommes de droite, nous devons reprendre cette idée à notre compte et nous engager, si nous sommes vainqueurs lors des prochaines élections, à la réaliser, mieux que ne le feraient Mélenchon et son équipe ! Ne laissons pas à l'adversaire... Je dis bien « à l'adversaire », insista-t-il en se tournant vers Mélenchon, le monopole de la défense du progrès. Il faut un nouvel égout à Perpezac, et j'appelle la droite perpezacienne à le lui donner.

– Nom de Dieu ! souffla Mélenchon, je te savais gonflé, Jérôme, mais à ce point-là ! Tu viens de faire voler l'opposition en éclats !

– Elle se ressoudera sur mon nom, si elle veut !

Du côté de Fréret du Castel, du notaire Delouges et de leurs partisans, régnait la confusion la plus totale. Les ténors avaient immédiatement compris la portée des paroles de Corbières. C'était un coup de force, ni plus ni moins. Cet outsider de droite, qu'on croyait anéanti, laminé par ses problèmes conjugaux, faisait irruption sur la scène politique locale et compromettait en quelques instants la position du baron à l'intérieur de son propre parti. En quelques mots, Jérôme venait de mettre toute la droite face à ses responsabilités en la forçant à reconsidérer ses choix, en ce qui concernait à la fois sa politique et son leader. Désespérément, Fréret du Castel tenta de désamorcer la bombe que Jérôme venait d'allumer.

– Il est fou ! glapit-il. Ses malheurs lui ont fait perdre l'esprit !

Cependant, plusieurs des alliés du hobereau n'étaient pas d'accord sur la position de leur parti sur la question de l'assainissement. Ils n'osaient pas le dire, mais l'audace de Jérôme les libérait et leur donnait le courage de se rebeller contre du Castel.

– L'assainissement est inéluctable, grommela le curé à Fréret du Castel. Corbières est le premier à le dire tout haut, mais beaucoup le pensent tout bas ; cette histoire va vous coûter votre place de leader.

Henry Fréret du Castel haussa les épaules. N'était-il pas le châtelain de Perpezac ? Ses ancêtres y faisaient la pluie et le beau temps depuis 1100 et des poussières, à l'exception des temps maudits de la Révolution, et de l'actuel épisode de majorité rad-soc (Fréret du Castel disait « rat-de-sauce). Comment un vulgaire boulanger, un vague bâtard d'ivrogne et de meurtrier, issu de la fange parisienne et jadis adopté par Maître Adeline, pourrait-il lui ravir sa prépondérance naturelle, fondée sur le sang et l'histoire ?

– Foutaises !... Avec votre respect, monsieur le curé... Il faut tenir bon sur la question, refuser la rénovation, et l'électorat nous suivra. Il sait bien qui va payer, l'électorat, et il en a assez de l'augmentation continuelle des impôts locaux…

– Il en a aussi assez des pestilences et des épidémies, rétorqua Robillon.

– Ta-ta-ta ! Ce sont des inconvénients sans gravité, comparés à la dette énorme que ces gaillards nous préparent… Je ne céderai pas, monsieur le curé, et vous verrez… l'avenir me donnera raison !

– Peut-être… C'est en tout cas mon souhait, sinon ma certitude, soupira prudemment le curé.

Depuis toujours, Robillon jugeait l'héritier du nom et des prérogatives de la famille Fréret du Castel un peu bas de plafond. Il haussa imperceptiblement les épaules. Bah ! On n'a pas toujours un Louis XIV à servir.

À quelques pas, Delouges observait et écoutait. Pragmatique, viveur, c'était le contraire d'un dogmatique. Il avait compris, lui aussi, que l'avenir politique du baron venait d'en prendre un vieux coup. Désormais, il allait falloir compter avec Jérôme Corbières. Il admira l'homme capable de ce rétablissement inattendu. Sa femme le quittait, il se claquemurait dans son fournil pendant cinq semaines, et par un coup d'audace dont la vie politique offrait peu d'exemples, il sortait de sa tanière, et il arrachait à Fréret du Castel son statut de chef. Chapeau ! C'était la marque d'une formidable volonté chez un homme qui avait sans doute failli sombrer… Delouges aimait les hommes forts ; il dévisagea Henry Fréret du Castel et lui trouva le profil veule, pour un aristocrate. Delouges se savait incontournable sur l'échiquier politique. S'il voulait diriger la droite, Corbières aurait besoin de lui. Pourquoi ne pas dîner ensemble à l'Auberge de la Petite Poule rousse, histoire d'échanger des idées…

Chapitre XV

Dans la nuit paisible, les deux hommes marchaient côte à côte. Cela ne leur était plus arrivé depuis longtemps. À la sortie de la réunion, les partisans de Fréret du Castel étaient venus échanger quelques mots avec Jérôme. Même Delouges lui avait adressé de loin un petit signe de la main. Fréret, lui, l'avait ignoré ostensiblement. Jérôme s'en contrefichait. Il n'avait rien contre Fréret du Castel. Il le trouvait simplement bête et sectaire. C'était un con de droite, comme le père de Jeanne dans l'autre camp.

Les derniers groupes avaient fini par se disperser. Jérôme et Mélenchon s'étaient retrouvés seuls, face à face dans la nuit. Tout naturellement, sans dire un mot, habitant tous deux le même quartier de Perpezac, ils s'étaient mis en marche, côte à côte.

Ce fut Mélenchon qui rompit le silence.

– Alors ça y est, tu sautes le pas ? Je vais t'avouer un truc : comme adversaire aux élections, je préfère de loin Fréret du Castel. Il est nul ! Si tu te présentes contre moi, ce sera différent... Plus difficile. Mais bon, je te battrai quand même ! conclut-il en un rire d'homme sûr de sa force.

Ils parcoururent encore quelques mètres en silence. Jérôme n'avait encore rien dit. Une question brûlait les lèvres de Mélenchon. Décontenancé par le silence de Corbières, il se lança :

– Dis donc, qu'est-ce qui t'a décidé ?

– Décidé à quoi ?

– À marcher sur les plates-bandes de du Castel. Ne fais pas l'innocent. En te déclarant pour la rénovation, tu lui es rentré dans le chou. Or, toi seul peux le remplacer à droite. Delouges n'est qu'un dilettante, un noceur.

– Je ne l'ai pas fait exprès... Je crois sincèrement qu'il faut refaire les égouts... C'est une mesure de salubrité publique. Et si la droite s'y oppose, elle se déconsidère pour longtemps aux yeux de la population… Alors tant pis pour ce con de Fréret du Castel !

– Mais tu aurais pu le lui dire entre quatre yeux, tenter de le convaincre…

– Ce n'est pas quelqu'un qu'on peut convaincre, du Castel. Trop imbu de lui-même, de sa naissance… Je ne suis qu'un boulanger, rien du tout, à ses yeux ! Et puis, peut-être que j'avais besoin de montrer à tout le monde en même temps que j'existe encore, que je ne suis pas mort…

Jérôme se tut.

– Tu sais où elle est ? demanda Mélenchon après un temps d'hésitation.

– Chez ses parents. Elvire Sédouzac l'a rencontrée à Blois par hasard. Elle l'a dit à tout le monde, et Suzanne Oflaquet a fini par le dire à Astérie, qui me l'a répété.

– Sans indiscrétion, qu'est-ce que tu comptes faire ?

Jérôme poussa un soupir d'impuissance. Cet homme d'acier se révélait vulnérable, désemparé.

– Que faire ? Je l'ai battue, tu sais…

– Oui, je le sais comme tout le monde. On l'a vue prendre le car, défigurée, à ce qu'il paraît… Tu y es allé fort, non ?

– Oh, je regrette, va ! Je me maudis, je passe mon temps à me traiter de brute et d'imbécile, alors…

– Alors, si tu veux qu'elle revienne, il faut le lui dire. Elle pardonnera sûrement…

– Tu la connais pas ! Orgueilleuse comme elle est ! Et puis, c'est grave, c'est profond, je veux dire ; c'est pour l'enfant. Elle veut retenter le coup, et moi pas… Le docteur Delmas nous l'a dit : elle mourrait. Mais elle, elle n'y croit pas, ou elle s'en fiche, elle est prête à risquer sa vie…

– Et si tu lui évitais d'avoir à le faire ?

– Comment ?

– L'adoption.

– Oui, j'y ai pensé. Mais c'est compliqué, et puis…

– Et puis quoi ? Un enfant adopté, c'est pas la même chose qu'un enfant à soi, un enfant de soi, c'est ça que tu veux dire ?

– Un peu, oui...

Mélenchon leva les bras au ciel.

– C'est tout de même drôle que tu penses comme ça, toi ! D'où tu viens ? Où tu serais, si Maître Adeline n'était pas allé te chercher, puisque Astérie ne pouvait pas avoir d'enfants ?

– Justement !

La voix de Jérôme avait jailli, curieusement plaintive.

– Justement, répéta-t-il. Parce que j'ai été un enfant adopté, j'aurais voulu que tout soit normal pour les miens, tu comprends ? J'aurais voulu...

– Compenser ? Ou quelque chose comme ça ?

Jérôme réfléchit quelques secondes avant de répondre.

– Oui. Un truc comme ça, admit-il.

La vision de son père, fou d'alcool, étranglant sa mère, revint le visiter. Il ferma les yeux un très bref instant. C'était pour effacer ça qu'il aurait voulu des enfants à lui, issus de son sang, de sa semence à lui. Mais ça, il ne pouvait le dire à personne.

La voix de Mélenchon s'éleva, claire et calme dans le silence de la nuit.

– C'est pas compliqué. Tu n'as qu'une alternative : ou tu fais comme Maître Adeline, tu adoptes un enfant et tu l'élèves avec Jeanne comme il t'a élevé avec Astérie... Ou tu trouves une autre femme que Jeanne, une bonne pondeuse à qui tu fais une fournée de mômes.

– Pas question. C'est Jeanne que...

Il ne termina pas sa phrase par pudeur. Mais Mélenchon avait parfaitement compris : c'était Jeanne que Jérôme aimait.

– Alors tires-en les conséquences. Et dis donc...

– Quoi ?

– On a le même âge, toi et moi, non ? Trente-cinq, par là, hein ?

– Oui, et alors ?

– Alors pour un gosse, c'est maintenant, si tu veux être sûr de le voir grandir et de ne pas le laisser un jour planté tout seul sur le chemin… Et de ce point de vue, c'est pas plus bête de gagner un peu de temps, d'économiser les premières années. Et puis toi, ça te ferait bientôt un apprenti ! Parce qu'un marmouset dans les langes, tu ne serais pas près de le coller au fournil !

– Mais Jeanne… Elle, c'est être mère, physiquement, dans son ventre, qu'elle veut.

– Tu l'as dit toi-même : elle ne peut pas. C'est triste, mais c'est comme ça. Il faudra bien qu'elle en prenne son parti. Elle le prendrait plus facilement si tu l'y aidais en lui apportant un enfant tout fait, tu ne crois pas ?

En marchant, Jérôme tournait et retournait dans son esprit les paroles de Mélenchon. Tout cela, il se le disait depuis des semaines, depuis des mois. Déjà, avant le départ de Jeanne, il y pensait. Mais il ne pouvait se résoudre à adopter un enfant à son tour. C'était reconduire la malédiction qui avait pesé sur sa vie à lui. Mais peut-être n'y avait-il pas d'autre moyen de reconquérir Jeanne.

– Tu as peut-être raison, dit-il enfin. Mais te voilà chez toi… C'est marrant, on est « ennemis » et c'est auprès de toi que je viens prendre des conseils, dans une affaire aussi personnelle…

– On n'est pas des ennemis, seulement adversaires politiques, corrigea Mélenchon. À mon avis, ça n'oblige pas à se mépriser ou à se tirer dans les pattes sur le plan privé.

– C'est comme ça que je le vois, moi aussi. En tout cas, merci. L'adoption c'est peut-être bien la solution… Bonsoir !

– Tu ne m'as pas dit… Tu seras candidat ?

– Je ne sais pas encore. Il faudrait que l'électorat de droite abandonne Fréret du Castel.

– Il le fera si tu le lui demandes, et si tu t'assures l'appui des caciques : Delouges, Lebédin, le restaurateur, Robillon…

– À ça aussi, je vais réfléchir.
– Il faudrait que je le sache...
– Tu seras le premier à le savoir.
– Alors bonsoir.
– Bonsoir.

Jérôme laissa Mélenchon devant sa porte et poursuivit seul son chemin. Un peu plus loin, il aperçut de la lumière à une des fenêtres de la maison de Stéfano Mancuso. Un homme de gauche, lui aussi. Heureusement qu'il n'avait pas la nationalité française, parce que ça aurait fait un électeur de plus pour Mélenchon.

La droite française ne jurait que par Mussolini. Stéfano Mancuso en savait long, sur les méthodes des fascistes italiens. En sa qualité de vieux militant socialiste, ils l'avaient gardé pendant six jours enchaîné à un radiateur, ils l'avaient insulté, ainsi que ses père et mère, ils l'avaient traité de pédé et de mangeur de merde, ils l'avaient bourré de coups de pied et de coups de poing et, pour finir, ils lui avaient fait boire de l'huile jusqu'à ce qu'il manque en crever. Depuis, il avait l'estomac et les intestins délabrés, mais ce n'était pas tout; psychologiquement aussi, il était resté marqué par cette épreuve. Heureusement pour lui, sa fille Sylvana l'avait suivi dans son exil et prenait soin de lui.

À l'évocation de Sylvana Mancuso, les pensées de Jérôme prirent un tour nettement moins politique. Ce n'était pas qu'il la désirât, non, mais il la trouvait à son goût. Abstinent depuis de longs mois, il ne pouvait s'empêcher d'évoquer avec complaisance la silhouette de Sylvana. Il y a ce qu'on connaît d'une femme, et ce qu'on ne connaît pas, mais qu'on imagine. La brune Sylvana devait avoir des seins veloutés comme des pêches de Toscane. Jérôme chassa à regret ces délicieuses évocations.

Ce soir encore, il allait retrouver un lit vide et froid. Il pensa à Jeanne. Sans doute dormait-elle, à cette heure-ci, dans son lit de jeune fille, chez son père. Ce beau-père avec qui Jérôme ne s'était jamais entendu.

Le père de Jeanne n'était pas mauvais bougre, mais il avait la tête farcie de slogans marxistes, lutte des classes, mainmise du capital, paupérisation des masses, etc. : tout ce que Maître Adeline lui avait appris à détester.

On ne pouvait pas discuter avec lui. Il prétendait détenir la vérité, ou du moins les cadres du P. C. la détenaient en son nom. Très vite, entre Jérôme et lui, ça avait grincé. Aujourd'hui, il devait être content de cette rupture et du retour de sa fille.

La mère de Jeanne, Marie, c'était autre chose. Elle souhaitait simplement le bonheur de Jeanne. Peut-être Jérôme trouverait-il en elle une alliée, quand il s'efforcerait de reconquérir Jeanne.

Orgueilleux, il avait d'abord attendu un signe d'elle, signe que, bien entendu, son orgueil à elle l'avait empêchée de faire.

C'était à lui de faire le premier pas. En tentant de se faire faire un enfant par surprise, elle lui avait donné une magnifique preuve d'amour, puisqu'une nouvelle grossesse risquait de lui être fatale. Faute d'avoir compris, il avait réagi violemment, brutalement. Mais il fallait bien éviter cette catastrophe, que Jeanne tombe enceinte, puisque Delmas était formel... Jérôme serra les poings. Il allait récupérer cette femme, sa femme. Il allait faire tout ce qu'il fallait pour qu'elle revienne vivre auprès de lui, parce que c'était là qu'elle devait vivre, puisqu'il ne pouvait pas vivre sans elle. Et s'il devait adopter un enfant pour cela, eh bien il en adopterait un !

Chapitre XVI

La Fatigue était soulagé. L'homme l'avait laissé partir sans difficulté. Pourtant, La Fatigue avait dit non.

L'homme ne s'était pas mis en colère. Il souriait d'un air bonhomme et compréhensif.

– D'accord, tu n'es pas décidé… Tu vas rentrer chez toi, et tu vas réfléchir… Tu vas voir ta mère, tu vas l'entendre tousser et se plaindre, et tu ne pourras rien faire pour elle. Tu vas te rendre compte qu'il n'y a qu'un moyen de la soigner…

L'homme avait fait tinter les louis d'or dans sa main repliée en forme de corne d'abondance.

–… Et tu comprendras combien c'est facile de gagner cet or. Tu n'as qu'à faire ce que je te demande.

La Fatigue avait secoué la tête.

– Nan. J'veux pas ! Il est gentil avec moi, Jérôme. Il me donne du pain et même des fois des croissants. J'lui ferai rien !

– C'est juste une bonne blague, je te jure ! Et c'est pas seulement à lui que tu la ferais… Imagine ça : tout le village avec la chiasse ! Tout le monde en même temps ! Le maire, le curé, l'instituteur, la mère Sédouzac, le baron du Castel, tout le monde ! Tout le monde mange du pain et il n'y a qu'un boulanger à Perpezac… Et nous deux, bien à l'abri dans les taillis, à se marrer à les voir trotter dans la rue en serrant les fesses ! Qu'est-ce que je dis, trotter ? Ils courront aussi vite qu'ils pourront, si ça les prend dans la rue…

Malgré l'inconfort de sa situation et la peur qui continuait à lui tenailler le ventre, le gosse avait éclaté de rire.

Et l'homme avait imité tour à tour Henry Fréret du Castel, bouche en cul de poule, le curé Robillon tenant les pans de sa soutane pour courir plus vite sans s'emmêler les pieds, la Sidonie Mallet avec ses gros seins tressautant dans son corsage, tous roulant de gros yeux et agitant la main frénétiquement, tous envahis par un besoin naturel irrépressible…

– Alors, qu'est-ce que t'en dis ? Ça ne serait pas poilant, de les voir dans cet état ? Je serais pas étonné qu'ils posent culotte en pleine rue, terrassés, vaincus ! Ah, moi, si j'étais toi, j'hésiterais pas, même s'il n'y avait pas les louis... Rien que pour me fendre la gueule ! Eh quoi ? Qu'est-ce qu'ils font pour toi et ta mère, les gens de Perpezac, tu peux me le dire ? Ils vous laissent crever dans votre maison pourrie, là-bas sur la route...

À cela La Fatigue n'avait rien répondu. C'était vrai, la charité perpezacienne laissait quelque peu à désirer. Qui se souciait de la Maugrée et de son lardon sauvage ? Il n'y avait guère que Jérôme et Jeanne Corbières, la Suzanne Oflaquet qui donnaient de temps en temps du bouillon, un restant de saucisson ou un os de jambon avec encore de la viande autour, quelques autres... L'instituteur Forget, qui, sans beaucoup d'illusions, glissait parfois un morceau de savon ou une brosse à dents et une boîte de pâte dentifrice à son élève. Mais les autres, et surtout ceux qui pouvaient le plus, les riches et les puissants, les Delouges, les Mélenchon, les du Castel, les Gaffarel, ceux-là ne faisaient rien. Mais La Fatigue était à ce point démuni qu'il n'avait jamais pensé que le village aurait dû s'occuper de lui et de sa mère. Certains le faisaient, d'autres non, c'était la vie. Et vis-à-vis de ceux qui montraient un minimum de décence et de générosité, le boulanger et sa femme, Suzanne Oflaquet, l'instituteur, La Fatigue éprouvait une vague loyauté qui évoquait de loin la reconnaissance. Il ne leur voulait pas de mal, mais dans son innocence il n'en voulait pas non plus aux autres.

– Alors prends ça et mets-le dans ta poche, avait repris l'inconnu. Réfléchis bien, et quand tu seras décidé, fais ce que je t'ai dit et les louis seront à toi !

Ce disant, avec les précautions dues au couteau-serpette que le gamin tenait toujours d'une main ferme, il avait posé sous le nez de La Fatigue un tube en métal gris sans aucune inscription, de la taille d'un cigarillo.

La Fatigue avait hésité. L'attitude de l'inconnu, ses discours étaient finalement rassurants. Il n'y avait qu'à prendre le tube, à dire oui-oui, et à filer. Il avait tendu la main.

– Ne l'ouvre pas, surtout ! Ne regarde pas ce qu'il y a dedans, ce n'est pas intéressant, juste une poudre blanche comme de la farine, et surtout n'y goûte pas, ce serait toi qui… Ne l'ouvre qu'au dernier moment, au-dessus du pétrin, quand Corbières regardera ailleurs. Il ne s'apercevra de rien, puisque c'est blanc… Ah ! Quand tu seras décidé, accroche simplement un bout de chiffon blanc à la fenêtre de chez toi, tu sais, la seule qui ferme. Comme ça, je saurai. J'attendrai le spectacle, et quand il aura lieu, toi tu auras tes louis.

– Qui me dit que vous me les donnerez, d'abord ?

Le sourire de l'inconnu s'aiguisa, c'est-à-dire que les poignards qu'il avait dans les yeux devinrent des lames de rasoir.

– Moi, je te le dis. Tu les vois, et tu les auras si tu m'obéis.

Il fit sauter les pièces une dernière fois dans sa main.

– Allez, prends le tube et fiche le camp, maintenant !

Il avait ouvert la porte de la cabane en grand, d'un coup de pied, et s'était écarté pour laisser le passage libre. La Fatigue avait bondi comme un animal traqué qui voit s'ouvrir devant lui le chemin de la liberté. Pourquoi avait-il empoigné le tube de métal, juste avant de s'élancer ? L'inconnu avait eu juste le temps d'esquiver le méchant coup de couteau-serpette que le gosse avait essayé de lui porter en passant. Il avait eu un bref éclat de rire, comme pour saluer un frère en sauvagerie.

– Petit salaud ! tu as essayé, ricana-t-il. N'oublie pas ce que je t'ai dit !

Depuis, La Fatigue errait dans la campagne avec le tube au fond de sa poche. Il se baladait, il maraudait comme d'habitude, sauf qu'en plus il réfléchissait à cette étrange rencontre et à la seule trace tangible qu'il en conservait : le tube. Il se souvenait de tout, et singulièrement de l'instant très bref où, alors qu'il essayait de porter à l'homme un coup de son couteau-serpette, il avait entr'aperçu son visage étrange à la lumière du jour. Figé comme un masque. Et le contraste avec l'éclat fiévreux de son regard produisait un effet saisissant. Mais il s'était tiré des pattes de ce drôle de type, et la vie continuait. Il rentrait chez lui comme d'habitude, c'est-à-dire quand il avait dégotté quelque chose à manger. Des œufs, une poule, quelques légumes piqués dans un cellier... pas de pain, ces temps-ci. Parce qu'il n'osait pas se hasarder du côté de chez Jérôme Corbières avec le tube dans sa poche... Et quand il rentrait chez lui, comme l'inconnu l'avait prédit, La Fatigue entendait la Maugrée tousser. Elle ne mangeait pratiquement rien, elle toussait à s'étouffer, presque tout le temps. Elle se tournait et se retournait sur son grabat innommable en geignant, et quand elle parvenait à s'endormir elle geignait encore dans son sommeil. Elle crachait du sang. Le sang qui remontait de sa gorge et de ses poumons teintait ses dents en rouge. La Fatigue n'aimait pas ça. Quand sa mère lui parlait et qu'il voyait l'intérieur de sa bouche empoissé de sang, il lui semblait qu'elle était déjà morte, que c'était la mort en personne qui lui parlait. Alors, il sortait le tube métallique de sa poche, il pensait aux six pièces d'or, et il réfléchissait.

– Laisse-la donc ! Tu vois bien que tu la désespères au lieu de la réconforter ?

– Je lui dis ce que je pense, j'ai le droit, non ? C'est encore ma fille ! Si elle voulait pas entendre ce que j'ai à lui dire, elle avait qu'à pas revenir !

Marie eut un soupir excédé. Sur la table, elle prit la soupière et alla la poser sur le buffet. Le repas venait de s'achever, les assiettes et les couverts sales attendaient d'être débarrassés. Personne n'avait touché au dessert, l'assiette de pain perdu préparé par Marie. La friandise de Jeanne quand elle était petite. D'ordinaire, Marie s'acquittait des tâches ménagères au fur et à mesure, mais ce soir la conversation l'avait accaparée. D'ordinaire, depuis son retour à la maison, Jeanne l'aidait. Mais ce soir elle était sortie de table avant le dessert, les poings serrés et les larmes aux yeux. Ce soir ils avaient parlé de Jérôme.

– Ce que vous pouvez être lourdauds, vous autres les hommes ! s'exclama Marie. « C'est ma fille ! Je suis son père ! J'ai le droit de ceci ! J'ai le droit de cela !… »

– Ben oui, j'ai bien le droit…

– Parce que tu es son père, tu as le droit de faire pleurer ta fille, c'est ça ? Tu as surtout le devoir de lui être utile, de lui faciliter la vie, de sécher ses larmes, pas de les faire couler !

– Mais c'est pas à cause de moi qu'elle pleure ! C'est à cause de ce boulanger de mes deux, ce jean-foutre qui bat les femmes ! Tu m'as empêché d'aller lui casser la gueule… J'aurais pas dû t'écouter. J'aurais dû suivre mon idée, prendre le car pour Perpezac et aller lui foutre une avoinée, à ce salaud !

Marie haussa les épaules.

– Il a trente ans de moins que toi, et c'est une montagne. Il t'aurait assommé.

– Pas sûr ! Dans la famille, on est petit, mais teigneux. Dans mon jeune temps, j'en ai séché quelques-uns, des mariolles…

Marie leva les yeux au ciel.

– Dans ton jeune temps, peut-être… Écoute, c'est pas en cognant, ni en gueulant, qu'on résout les problèmes. Il faut penser un petit peu.

– Tu vas pas le défendre, quand même ? Je te rappelle qu'il a battu ta fille ! Il aurait pu la tuer… Moi, quand je pense à ça… Toi, ça ne te fait rien ? Il cogne sur notre Jeanne et toi tu t'en fiches…

– Mais non, bien sûr que non. Ce que je veux dire, c'est…

Elle s'interrompit un instant, désespérant de trouver les bons mots, ceux qui parviendraient à percer la carapace de certitudes de son mari. Il était comme ça, Basile, c'était son seul vrai grave défaut. Quand il était persuadé qu'il avait raison, rien ni personne ne pouvait le faire changer d'avis : une vraie tête de cochon, sur laquelle, certains soirs, elle aurait aimé pouvoir cogner encore plus dur que Jérôme ne l'avait fait sur Jeanne.

– Essaie de comprendre, nom d'un chien ! dit-elle enfin... Dans un couple, tout ne va pas toujours pour le mieux. Ça n'empêche pas de s'aimer... Tout à coup, on croit se détester alors qu'on s'aime en réalité. Toi, quand tu m'as trompée avec la grande Gisèle de l'atelier de sertissage, tu crois que j'ai pas eu envie de te tuer ? J'avais préparé mon fer à repasser, et je m'étais juré, si tu revenais encore une fois en sentant le parfum de cette poufiasse, de te le balancer en pleine figure !

Basile rentra la tête dans les épaules. Il n'aimait pas que Marie évoque cette histoire. La Gisèle de l'emboutissage... Une camarade du Parti, en plus. Drôle de fille ! C'était elle qui s'était jetée à sa tête. Il n'avait pas résisté longtemps. Elle était superbement roulée. Et puis, des jalousies, des ragots d'atelier, Dieu sait comment, Marie avait eu vent de la chose, et ça avait bardé pour son matricule. Il fit la grosse voix, pour mieux dissuader Marie de s'appesantir sur ce souvenir brûlant.

– Eh ! Oh ! C'est le passé, on va pas revenir là-dessus !

– Alors comprends ! Entre un homme et une femme qui s'aiment, il y a des hauts et des bas, des drames, des histoires, et Jeanne et Jérôme, eh bien, ils sont dans un bas. Ils ne sont pas séparés pour toujours !...

– Ah, parce que tu voudrais qu'ils se rabibochent, c'est ça ? Tu voudrais qu'elle retourne avec ce fumier qui lui fout des gnons ?

– Je veux qu'elle soit heureuse. C'est pas lui qui l'empêche d'être heureuse. C'est le fait qu'elle ne puisse pas avoir d'enfants ! C'est ça qui les torture, qui les rend fous tous les deux !

Basile prit son air buté.

– Et qui est-ce qui nous dit qu'elle ne peut pas avoir d'enfants, hein ? Si ça se trouve, c'est lui qui peut pas. Toi et moi, on était parfaitement capables d'en avoir, la preuve, on a eu une fille superbe ! C'est peut-être dans sa famille à lui.

– C'est ça ! lança Marie d'une voix sarcastique. Dans sa famille à lui, la stérilité est héréditaire : elle se transmet de père en fils ! Non mais, tu écoutes un peu ce que tu dis ? Non, tu pérores, et la réalité ne t'intéresse pas beaucoup. Tu te crois à ta réunion de cellule ! « Camarades, grâce aux idées du camarade Staline appliquées à l'élevage, les poulets soviétiques naissent désormais avec trois cuisses !... »

Basile gronda. Staline et le parti, c'était sacré !

– Marie, fais attention, tu vas trop loin !

– Toi aussi, fais attention ! À ta fille ! À notre fille ! Tout ce que tu trouves pour lui remonter le moral, c'est de dire du mal de Jérôme. Ça la rend encore plus malheureuse, voilà le résultat. Elle va encore pleurer toute la nuit !

– Pleurer... ma petite Jeanne ?

– Et pourquoi tu crois qu'elle a ces yeux de grenouille, le matin ? C'est pas parce qu'elle est enceinte, eh, ballot !

Le cœur de Basile se serra. Il était grande gueule, brutal, intolérant, mais il aimait sincèrement sa fille. Il se serait jeté au feu pour elle, si cela avait été nécessaire à son bonheur. Malheureusement, personne ne le lui demandait. On lui demandait seulement de se montrer compréhensif, et ça, il ne savait pas le faire.

Il se leva. Il tripotait maladroitement sa serviette de table.

– Elle est montée dans sa chambre ? Je vais lui parler...

– Alors ne lui parle pas de lui !

– Non, non, je te promets. Je lui parlerai pas de cette ordure !

À nouveau, Marie leva les yeux au ciel. Elle avait souvent pensé à l'antagonisme qui s'était révélé entre le beau-père et le beau-fils, après le mariage de Jeanne et de Jérôme. Il avait des raisons politiques, bien sûr.

Mais surtout, il y avait du côté de Basile une antipathie spontanée, féroce, irréductible, envers l'homme qui lui avait « volé » sa fille. Marie soupira. Entre ces deux-là, ça ne s'arrangerait sans doute jamais. Ce qui comptait, c'était que le couple brisé se reconstitue. Basile ferait tout pour l'empêcher.

Chapitre XVII

L'orphelinat des Compagnons de l'Épi de Blé, rue des Vertus, avait été fondé en 1862 par la Guilde des Maîtres Boulangers, deux ans à peine après l'assemblée générale des corps d'état des Compagnons du Devoir. Cette assemblée historique avait vécu la reconnaissance officielle du corps des Compagnons boulangers. Cette reconnaissance, arrachée de haute et longue lutte par les boulangers, avait constitué une grande victoire pour une corporation tenue en piètre estime par l'ensemble des professions « nobles ». Les charpentiers, les menuisiers, les serruriers refusaient que les boulangers, comme d'ailleurs les cordonniers, accèdent au rang de Compagnons du Devoir. Il s'en était suivi, au fil du temps, des règlements de comptes, des rixes à coups de cannes – ces fameuses cannes sculptées des compagnons – qui tournaient en batailles rangées entre « conduites » opposées. Longtemps, entre la corporation des boulangers et les autres, la haine et le mépris avaient prévalu. Les rapports s'étaient limités à des injures, des menaces et des coups. Il y avait eu des blessés et des morts, et aussi des persécutions policières nées du désordre provoqué par ces règlements de comptes. Enfin, en 1860, la sagesse et la justice l'avaient emporté. Au prix d'un long combat, le corps des boulangers avait été admis de plein droit parmi les autres corps d'état, et la discrimination dont ils étaient victimes avait enfin cessé.

Comme les autres corps, les boulangers s'étaient dotés d'organismes destinés à apporter un peu de sécurité et d'humanité dans un monde de travail encore peu protégé. Ainsi était né l'orphelinat de la rue des Vertus. Une centaine d'orphelins de huit à douze ans, issus de la boulange, y étaient pris en charge par des enseignants engagés et appointés par les compagnons. Ces enfants étaient destinés à devenir eux-mêmes des boulangers. C'était là que vingt-cinq ans plus tôt, Maître Adeline était venu chercher Jérôme.

Jérôme s'engagea dans la rue des Vertus. Sa gorge se serra. Dans le train, il s'était préparé à ces retrouvailles avec son passé, à ce que tous les souvenirs lui reviennent en plein cœur. Et le souvenir, le noir souvenir de la scène qui avait pesé sur son enfance et qui aurait pu gâcher sa vie entière. Aussi s'était-il exhorté au courage, à l'impassibilité, à l'indifférence. Rien que des mots. La réalité, c'était autre chose. Une main de fer qui lui broyait la gorge et la poitrine. Et cette main serrait de plus en plus fort à mesure qu'il approchait de l'orphelinat et du haut portail de bois peint en ocre dont il avait gardé le souvenir intact.

Il se revit, le franchissant à son arrivée, vingt-cinq ans plus tôt, la tête basse et le cœur ravagé, et en sortant, deux ans plus tard, en compagnie de Maître Adeline, grâce à qui l'espoir avait à nouveau brillé sur sa vie. Il lui sembla que c'était hier. Il se mordit les lèvres et ravala la grosse boule de chagrin qui menaçait de l'étouffer.

Il s'arrêta devant le portail et actionna la sonnette. Le concierge vint lui ouvrir. C'était un homme d'une cinquantaine d'années, au front bas et au regard torve. Il ne se lavait manifestement pas tous les jours. Il s'adressa à Jérôme sans retirer le mégot collé au coin de ses lèvres. Jérôme s'étonna. Bien sûr, un concierge d'orphelinat n'a pas besoin d'être habillé comme un valet de théâtre, ni de s'exprimer avec la grâce d'un marquis, mais celui-là la foutait mal tout de même !

– Qu'est-ce que vous voulez ? grommela l'homme.

– *Auvergnat l'âme droite*, dit Jérôme, se présentant sous son nom de compagnon. J'ai rendez-vous avec *Vendômois l'ami des arts...*

« Vendômois l'ami des arts », c'était Albin Perladot, le directeur de l'orphelinat. Le tout nouveau directeur. Jérôme le connaissait depuis leur tour de France, qu'ils avaient fait ensemble, en 1913. Ç'avait été une bonne balade, histoire de se mettre en jambes juste avant d'aller faire la guerre. Un brave type, Perladot. Il avait choisi ce surnom-là, l'ami des arts, parce qu'il chantait bien, et aussi parce qu'il avait un joli coup de crayon. Jérôme se souvenait avec émotion de leur longue randonnée à travers la France, de *cayenne* en *cayenne*, comme on appelait les maisons communautaires tenues par les *Mères*, à la fois hôtelières, cantinières et autorités morales du compagnonnage. Jérôme et Albin avaient vécu à cette époque bien des aventures, ils s'étaient livrés à bien des farces et ils avaient retroussé bien des jupons tout en apprenant leur métier sous la houlette de différents maîtres... À sa grande surprise, quand Jérôme avait téléphoné à l'orphelinat (il était allé exprès à la poste de Perperzac pour ça), il était tombé sur Perladot. Celui-ci avait d'abord semblé ravi d'entendre son vieux copain de tour de France, puis il avait eu l'air contrarié quand Jérôme lui avait annoncé sa venue.

– Tu comprends, je viens de prendre la direction de l'établissement, j'ai du boulot par-dessus la tête, mon pauvre vieux...

– Te voilà donc directeur ! C'est pourtant pas ton truc... Tu es un vrai boulanger. J'ai rarement mangé un gruau aussi fin que le tien !

Au bout du fil, Vendômois l'ami des arts avait poussé un profond soupir.

– Crois-moi, si ça ne dépendait que de moi, je serais encore au fournil... Mais la cayenne de Paris m'a demandé de reprendre... enfin, de prendre l'orphelinat en main, et je n'ai pas pu refuser.

– C'est une vraie chance pour moi, s'était enthousiasmé Jérôme.

– Comment ça ?

– Je t'expliquerai. Tu seras là demain, dans l'après-midi ?

– Oui, pourquoi ?

– Je serai là, moi aussi, je t'expliquerai tout, je te dis, de vive voix... Alors d'accord, à demain !

Sur ces mots, Jérôme avait raccroché. Le lendemain, il avait pris l'autocar pour Blois sans accorder un regard à Balibert, le chauffeur, qui avait assisté au départ de Jeanne. En arrivant à Blois, il avait pensé à sa femme qui vivait chez ses parents. Son cœur s'était serré, mais il s'en était tenu au programme qu'il s'était fixé. Il avait résisté au désir de courir vers elle. Il était monté dans le premier train pour Paris, et se retrouvait enfin au milieu de l'après-midi rue des Vertus, face à un portier aux manières déplaisantes.

– Vendômois...

L'homme regardait Jérôme en roulant des yeux. Ignorait-il le nom de compagnon du directeur, son patron ?

– Oui, Vendômois l'ami des arts, M. Perladot, quoi, le directeur !

Le nom de Perladot éveilla une lueur dans l'œil du portier.

– Ah ouais, Perladot, le nouveau directeur. Attendez ici, je vais voir.

Plantant le visiteur à la porte, le concierge se détourna. Il n'eut pas le temps de repousser le vantail. Jérôme n'avait pas l'intention de se laisser traiter comme un vulgaire administré par un fonctionnaire maussade.

Il pesa de tout son poids sur la porte, l'empêchant de se refermer, puis il se glissa vivement à l'intérieur de l'institution.

– Eh là ! qu'est-ce que vous faites ? C't'interdit d'entrer, gronda le portier.

– Et pourtant, je rentre. C'est que je suis actionnaire de cet orphelinat, et par conséquent, votre employeur... C'est comme ça que vous recevez les visiteurs ? C'est un orphelinat, ici, pas une prison ! Poussez-vous !

La carrure et l'assurance de Jérôme étaient telles que l'homme lui laissa le champ libre. Jérôme se dirigea vers le corps de bâtiment qui fermait la cour d'accès sur la gauche. De son temps, les bureaux de l'administration et le logement du directeur y étaient installés. Il n'était pas revenu depuis longtemps assister aux distributions des prix, mais en sa qualité de membre du conseil d'administration, il recevait chaque année un rapport d'exercice. Aucun de ces rapports n'ayant fait état de travaux d'aménagement, Perladot devait se trouver quelque part par là.

Jérôme en était à ce point de ses réflexions, et il marchait d'un bon pas vers les bureaux, quand il croisa un petit groupe d'enfants dont l'habillement et la mine éveillèrent sa curiosité.

Avec leur crâne rasé, leurs joues creuses et leur sarrau noir, élimé et malpropre, on aurait dit de petits forçats. L'expression de leur regard forçait la pitié. Jérôme s'arrêta pour observer ces gosses. Ils le dévisagèrent furtivement, eux aussi, avant de baisser les yeux. Jérôme se mordit les lèvres. Ce qu'il avait eu le temps de lire dans ces yeux-là, c'était pêle-mêle de la peur, de la honte, de la haine, de la... Oui, de la faim, peut-être ! De la peur, de la faim, ici ! Mû par un mouvement irraisonné, Jérôme fourra la main dans son sac de voyage. Il lui restait un des sandwiches qu'Astérie lui avait préparés pour la route. Il le débarrassa de son emballage de papier et il le brandit en direction du groupe d'enfants.

– Hé les gosses ! Qui a faim ?

Ce fut une ruée sur lui et sur le sandwich. Un grand flandrin de douze ans, maigre à faire peur, arriva le premier et lui arracha le sandwich des mains. Le petit blond qui arrivait sur ses talons lui sauta sur le dos, le déséquilibra, et profita de sa chute pour s'emparer du morceau de pain. Ensuite les autres s'en mêlèrent, et bientôt ce fut une mêlée indescriptible, le sandwich changeant plusieurs fois de main, s'émiettant, se disloquant, se transformant en une masse informe et immangeable.

– Arrêtez ! Arrêtez-moi ça tout de suite, bande de petits salopards !...

Furieux, le portier piétinait au bord de la mêlée. Il avait sorti une espèce de mince matraque dont il n'osait pas se servir à cause de la présence de Jérôme. Il ne devait pas s'en priver d'habitude.

– C'est de votre faute ! glapissait le concierge à l'adresse de Jérôme. C't'interdit de leur donner à manger ! Voilà l'résultat, maintenant !

– Ah, c'est interdit ?

Chapitre XVIII

Jérôme saisit le poignet de l'homme et immobilisa son bras de façon à mieux examiner l'étrange matraque. Il s'agissait d'une longue et fine torsade d'une matière sombre.

– Qu'est-ce que c'est que ça ? Mais... C'est un nerf de bœuf !

Stupéfait, il l'arracha de la main du portier.

– Et alors ? De quoi j'me mêle ? C'est pas vous qu'allez m'apprendre... Rendez-moi ça, d'abord !

– Pas question, répondit Jérôme. C'est avec ça que vous faites régner la discipline ?

– Rendez-le-moi, j'vous dis !

Hors de lui, l'homme se faisait menaçant. Les gosses assistaient, ébahis, à la dispute entre les deux adultes. Un petit blond aux yeux malins en profita pour partager en deux le pitoyable sandwich qui venait par miracle de lui tomber entre les mains. Il en engloutit aussitôt la première moitié. Quant à la seconde, il la glissa dans sa poche, en prévision d'un festin ultérieur. Le regard de Jérôme se concentra sur lui, et il aperçut, sur son visage, les traces d'un hématome.

– Dis-moi, mon garçon, qui c'est qui t'a fait ça ? lui demanda Jérôme.

Sans cesser de mâcher, le gamin secoua la tête comme quelqu'un qui ne veut pas répondre.

Jérôme insista :

– Tu es tombé ? Ou c'est en jouant, tu t'es cogné ?

– Ah, ça suffit, hein, maintenant ! reprit le portier. Rendez-moi mon nerf, j'vous dis... Et vous, les mômes, filez ! Sinon...

– Sinon quoi ? demanda Jérôme en se retournant vers lui.

– Sinon ils seront punis ! Pis vous, vous avez pas à leur parler ! C't'interdit !

– Ça aussi ? Décidément, tout est interdit, ici !

Jérôme revint au petit blond. Il avait fini de mâcher sa part de sandwich. Tout heureux de l'aubaine, il était en train de s'esbigner aussi discrètement que possible avec la deuxième moitié. Jérôme le retint par la manche.

– T'en va pas comme ça, toi ! Je t'ai posé une question...

– Y répondra pas, M'sieur !

C'était un gosse un peu plus grand que le premier qui avait répondu. Celui-là était un brun, avec un visage volontaire, des croûtes autour des lèvres et une cicatrice au menton.

– Et pourquoi ?

– Parce qu'il a la trouille, M'sieur !

– Je ne vais pas le manger !

L'enfant eut une moue gouailleuse.

– Vous, non, mais...

Le portier intervint :

– Célérier, vire d'ici ! On t'a rien demandé !

– Ben si, justement, je lui demande quelque chose, dit Jérôme. Alors, qui c'est qui l'a tapé ?

Célérier désigna le portier d'un mouvement de la tête.

– C'est lui, M'sieur, avec Mimile… C'est comme ça qu'il appelle son nerf de bœuf : Mimile !

– Célérier, pour la dernière fois, ferme ta gueule ! gronda le portier.

– Nan, je m'tairai pas ! cria Célérier. Mimile on le connaît bien ! Pas vrai, les mecs ?

Autour du rebelle que le portier fusillait du regard, les gosses se pressaient, soudés par le souvenir des souffrances communes.

– Arrête tes mensonges, Célérier ! cria le portier. Et toi, Faber, dis la vérité au monsieur, que tu t'es cogné au poteau du préau en courant sans regarder…

– C'est pas vrai, que je m'suis cogné ! C'est vous qui m'avez cogné parce que j'avais sali le vestibule avec mes souliers ! Vous nous cognez tout le temps ! Pour une tache sur le parquet, dix coups, pour ceci, dix coups, pour cela, dix coups ! dix coups, dix coups ! C'est comme ça qu'on vous appelle : Dix coups !

Galvanisé par le courage de Célérier et la présence d'un visiteur, le blondinet se dressait sur ses maigres ergots de gibier d'orphelinat et crachait ses vérités au visage du tortionnaire. Autour d'eux, déchaînés, les autres avaient entamé une danse de guerre qu'ils accompagnaient d'une litanie barbare : Dix-coups-Dix-coups-Dix-coups-dicou-dicou-dicou…

– Sales petits menteurs ! hurlait le portier. Vous allez me le payer, je vous jure !

Fou de rage, l'homme leva le poing et se jeta sur le blondinet.

La poigne de fer de Jérôme le saisit au collet et l'arrêta.

– Pas de ça, cloporte ! C'est moi qui tiens Mimile, aujourd'hui, alors ne me forcez pas à m'en servir !

L'intervention de Jérôme produisit sur les enfants un effet extraordinaire. Enfin, une puissance adulte s'interposait entre eux et leur persécuteur. De voir le portier gigoter au bout du bras tendu de Jérôme les mettait en joie. Ils se donnaient des bourrades, ils entrecoupaient leur litanie, dicou-dicou-dicou, de sifflements et de cris d'animaux.

– Eh bien, qu'est-ce qui se passe ici ?

Droit comme un i, le visage sévère, Vendômois l'ami des arts se tenait devant le petit groupe. Dès qu'ils l'eurent reconnu, les enfants se turent. Il fit un simple geste en direction des bâtiments, et ils s'égaillèrent aussitôt comme une volée de moineaux.

– Alors, Castelli ? Je vous écoute.

– M'sieur l'Directeur, c'est ce monsieur-là qu'est venu jeter le désordre dans l'établissement...

Tout en parlant, le dénommé Castelli s'efforçait de se libérer de l'étreinte de Jérôme. Avec un demi-sourire méprisant, celui-ci finit par le lâcher.

– Salut, Albin ! Connais-tu l'auxiliaire pédagogique de ton portier ? Je te présente Mimile ! dit Jérôme en tendant au directeur le nerf de bœuf de Castelli.

– Castelli, qu'est-ce que c'est que cette horreur ?

– C'est... Oh, c'est rien, ça me sert à débloquer la porte du cellier, elle est un peu dure, alors, il faut que je tape dessus pour l'ouvrir...

– Vraiment ?

Au regard glacial qu'Albin Perladot portait tour à tour sur le nerf de bœuf et sur son propriétaire, Jérôme comprit que son vieux compagnon de tour de France savait au moins en partie à quoi s'en tenir sur Castelli. Mais alors pourquoi tolérait-il ce scandale ?

– Il s'en sert, ce salopard ! Albin, ce fumier se sert de ce truc-là pour taper sur les mômes, ils me l'ont dit !

– C'est pas vrai, M'sieur l'Directeur ! C'est pas...

– Taisez-vous, Castelli ! coupa Perladot. Et toi, dit-il en se tournant vers Jérôme, viens avec moi ; nous serons mieux dans mon bureau pour parler… Castelli, reprit-il, il faut que nous ayons une conversation tous les deux. Une conversation… définitive ! Passez me voir après le déjeuner des enfants.

– Bien, M'sieur l'Directeur, dit Castelli d'une voix blanche. Euh… Je peux… ?

D'un signe de tête, il désignait le nerf de bœuf que Jérôme tenait toujours à la main.

– Non ! trancha rageusement Albin Perladot. Cet objet est… confisqué ! C'est ça : confisqué !

Perladot tendit la main vers Mimile. Jérôme le lui abandonna volontiers. Du moment que ce nerf de bœuf ne s'abattrait plus jamais sur un enfant !

– Vous pouvez disposer, Castelli !

Se battant nerveusement la cuisse à l'aide de la matraque, Perladot entraîna Jérôme vers le bâtiment de l'administration.

– Assieds-toi, va, soupira Perladot.

Il montra un siège à son ami, et prit place derrière le bureau directorial. Jérôme le dévisagea attentivement. Il avait changé en quinze ans, mais c'était bien ce cher vieux Perladot avec qui il avait pris de telles rigolades dans son jeune temps. Jérôme scruta les traits de son ami avec une curiosité redoublée par l'inquiétude : Perladot était-il ou non responsable de l'ambiance détestable qui semblait régner à l'intérieur de l'orphelinat ? Ces enfants battus, mal nourris, révoltés par leur sort… Non, ce n'était pas possible, Albin Perladot, « Vendômois l'ami des arts », Jérôme s'en souvenait comme la crème des chics types. Et puis, la cayenne de Paris devait savoir ce qu'elle faisait. On ne nomme pas n'importe qui à la tête d'un orphelinat… Mais alors, comment les choses en étaient-elles arrivées là ? Les Vertus que Jérôme avait connu en tant qu'orphelin et usager n'était certes pas un hôtel de luxe ni une pension de famille pour enfants de milliardaires. L'orphelinat, quoi qu'on fasse, c'est toujours un univers dur, une cour d'école à la puissance dix ou cent.

Mais du temps de Jérôme, les gosses des Vertus ne souffraient ni de la faim, ni des coups. Si on leur coupait les cheveux très court, c'était par hygiène. On ne leur faisait pas ces têtes de bagnards aux joues creuses et à la boule à zéro, couturées de cicatrices, les yeux pleins de peur et de haine !

Jérôme regarda son ami droit dans les yeux.

– Albin, qu'est-ce que c'est que ce bordel ?

Perladot fit la grimace. Il jeta avec dégoût le nerf de bœuf sur le plateau de son bureau.

– Je le découvre en même temps que toi… Je suis là depuis quatre jours, nommé en catastrophe par la cayenne de Paris. L'ancien directeur est en fuite… Des irrégularités étaient apparues lors du contrôle financier de sa gestion. La cayenne a nommé un expert-comptable, le type a préféré prendre les devants : il a filé. Il fallait bien assurer un intérim à la direction. Moi, j'étais disponible… L'asthme des boulangers, tu saisis ? La farine, c'est fini pour moi… Alors bon, pourquoi ne pas me transformer en dirlo, au moins pendant quelque temps, à l'essai, quoi !

Jérôme poussa un soupir de soulagement.

– Donc, tu n'as rien à voir avec cette ambiance de colonie pénitentiaire. Mon vieux, j'aime mieux ça ! Je ne te voyais pas en garde-chiourme…

– Moi non plus, je ne m'y vois pas ! Mais tu n'as pas idée de ce que j'ai trouvé en arrivant ici. L'enquête comptable n'est pas de mon ressort ; elle est en cours, ses conclusions ne seront pas piquées des hannetons ! Moi, c'est de l'aspect humain que je suis chargé, et là aussi, c'est catastrophique. En s'appuyant sur Castelli et sur quelques profs tarés, des incapables et des pervers, l'ancien directeur avait fait des Vertus un véritable enfer…

– Mais pourquoi Castelli est-il encore en poste ? Il faut le virer sur-le-champ, le traduire en justice !

Perladot eut un geste apaisant.

– T'excite pas, Jérôme !… Je te jure que je suis décidé

à faire mon boulot, jusqu'au boulot ! Mais il fallait d'abord que je me rende compte. Or, tu sais que les mômes ne parlent pas facilement... Je te le dis en confidence, on a des trucs bien plus graves que ça à reprocher à Castelli, dit Albin en montrant le nerf de bœuf. Cet après-midi, quand il entrera dans mon bureau, je ne serai pas le seul à l'y accueillir. Il y aura aussi deux inspecteurs de police...

– Qu'est-ce qu'il a fait ? Des trucs sexuels ?

– Pas lui, apparemment, mais son patron, l'ancien dirlo. Et Castelli servait de pourvoyeur. Tu comprends, si tu persécutes un môme suffisamment longtemps, si tu lui rends la vie impossible... En tout cas ça va dinguer. T'en fais pas pour Castelli, il vit ses dernières heures de liberté avant longtemps.

– L'ordure ! gronda Jérôme. Et l'ancien directeur, lui, est en cavale ?

– Oui. Un certain Mâchelard... Ça ne te dit rien ?

– Non. C'est quelqu'un de la boulange ?

– Je crois bien. Ancien combattant. Belle conduite, gueule cassée, brûlée même. Il avait eu de la veine, ça se voyait à peine. D'après l'administrateur qui l'avait engagé, il avait juste la peau trop pâle et tirée sur les os. Le coup de chaleur lui avait brûlé les poumons. Il ne supportait plus de respirer la farine. Tu sais qu'on a toujours du monde à recaser, nous autres, avec l'asthme...

– C'est vrai. Tu te souviens de mon père adoptif, Maître Adeline ? Lui aussi... J'espère que t'as arrêté assez tôt...

– Les toubibs m'ont dit de ne pas m'en faire, du moment que je ne mets plus les pieds dans un fournil. Je suis clair ?

– Heureux pour toi... Mais dommage pour ton gruau.

– Ah oui, ça, le pain de gruau, je savais le faire ! Mais dis donc, t'avais des choses à me dire, alors vas-y...

Jérôme fronça les sourcils.

– Ouais... Des choses qui me tiennent à cœur...

Jérôme s'interrompit et demeura muet un long instant. Ce colosse était pudique comme une vierge, pour certaines choses.

– Alors ? s'impatienta Albin Perladot.

– Il faut d'abord que je te dise que ma femme ne peut pas avoir d'enfant…

Chapitre XIX

Perladot hocha la tête.

– Tu m'avais parlé de ça, la dernière fois qu'on s'était vus… Mais tu avais tout de même de l'espoir, non ?

– Eh bien, c'est fini. Plus d'espoir. La dernière fois, l'enfant est mort, et elle, elle a failli.

– C'est pas de veine ! soupira Perladot. Si c'était ma femme qu'était empêchée, ça ne me déplairait pas trop : qu'il pleuve ou qu'il vente, elle en pond un par an… Des fois deux ! Tu te souviens, quand on s'est perdu de vue, j'en avais quatre ? Eh bien, maintenant, ils sont huit. Ah, quand j'arrive ici le matin, je ne suis pas dépaysé… Sauf pour l'ambiance, évidemment ! Mais bon… Donc, ta femme peut pas en avoir ?

– Non. Et c'est la raison de ma présence. Puisqu'on ne peut pas en faire un à nous, on va en prendre un tout fait. C'est simple. Moi-même, je suis passé par les Vertus, je te l'ai raconté cent fois…

– Oui, oui…

Sur le visage d'ordinaire ouvert et souriant de Perladot se lisait une expression embarrassée. Jérôme s'en aperçut et lui en demanda la raison.

– Et alors ? Tu as l'air dans tes petits souliers… Qu'est-ce qu'il y a ?

Perladot s'éclaircit la gorge.

– Si je comprends bien, commença-t-il d'une voix hésitante, tu es venu ici pour...

– Exactement ! s'exclama Jérôme. Je suis venu ici pour adopter un gosse. Ça ne devrait pas poser de problème. Des orphelins, il y en a plein la cour. Alors je vais faire comme Maître Adeline en son temps, je vais en prendre un par la main, et je vais l'emmener chez moi... Et je te jure que celui-là non plus ne sera pas déçu du voyage ! Un toit, un lit, les taloches d'Astérie, la cuisine de Jeanne, mon pain à moi, le meilleur du département... Et puis, tu connais Perpezac, hein ? C'est le paradis, tout simplement ! Des champs, des bois, la rivière, l'étang... Le bon air, le soleil... Ah, il va apprendre ce que c'est la vraie vie, le mioche ! Il montera Copernic, il nagera dans la Crouelle, je l'emmènerai à la pêche, je lui apprendrai à poser des collets, je...

L'expression lugubre de Perladot contrastait fortement avec l'enthousiasme de Jérôme qui s'échauffait à mesure qu'il évoquait l'avenir radieux de son futur protégé.

– Tout doux, Jérôme, tout doux ! dit enfin le directeur des Vertus. Tu crois que c'est aussi facile que ça : tu arrives les mains dans les poches, et tu repars avec un enfant adopté...

– Et comment il a fait Maître Adeline ? On ne se connaissait ni d'Eve ni d'Adam, quand il est venu ici. Et il m'a bel et bien emmené avec lui ce jour-là !

– Oui, et c'était quand ?

– C'était il y a... vingt-cinq ans, vingt-sept ans, par là.

– Oui, eh bien les choses ont changé, depuis ce temps-là. Et d'ailleurs, l'adoption ne s'est pas effectuée ce jour-là. Je me trompe ?

Perladot avait raison. La décision d'adoption officielle était intervenue beaucoup plus tard. Elle avait même donné lieu à une fête à tout casser chez Maître Adeline. Jérôme se rappela les larmes de joie qui avaient coulé ce jour-là sur les joues d'Astérie, et il sentit une grosse boule gonfler sa gorge. Ce n'était pas le moment de s'attendrir sur son passé...

– C'est vrai, dit-il. Mais l'adoption officielle, on s'en fout, ça viendra plus tard. Moi, tout ce que je veux, c'est un gamin. Je l'emmène, et voilà ! La paperasse, on s'en occupera par la suite.

– Il n'en est pas question.

Jérôme sursauta.

– Qu'est-ce que tu dis ?

– Je dis qu'il n'en est pas question. Ça n'est pas un magasin d'enfants, ici. On n'y entre pas comme chez un marchand de vélos, pour s'en choisir un et partir avec ! En plus, avec la situation actuelle de l'établissement, tu n'imagines pas que je vais te laisser emmener un môme comme ça ? Une enquête est en cours. La police va interroger les enfants et noter leurs dépositions, il y aura sans doute un procès, ce qui entraîne des témoignages... Bref ! ce que tu me demandes est tout simplement impossible !

– Impossible ?

Jérôme avait prononcé ce mot d'une voix étrange, rauque, semblable au feulement d'un fauve.

– Impossible ?

Malgré lui, Perladot rentra la tête dans les épaules. Il connaissait Jérôme Corbières. Du temps de leur tour de France d'apprentis boulangers, ils avaient été unis et complices comme seuls peuvent l'être des adolescents. Jérôme avait toujours dominé Albin, à la fois par sa puissance physique, déjà formidable, mais aussi par sa force de caractère. Perladot avait vu la réalité plier devant la volonté de Corbières, toujours. Quand il voulait quelque chose, il finissait immanquablement par l'obtenir sans même recourir à des moyens illicites ou douteux.

– Pourquoi, impossible ? Je ne suis pas un honnête homme, dis-moi ?

– Si, si...

– On m'a donné la Croix pour ma conduite pendant

la guerre. Je n'ai pas de casier judiciaire ; on n'a pas un vol de noyau de cerises à me reprocher. Je travaille de mes mains depuis l'âge de quinze ans. Je ne dois pas un centime à personne, ni au fisc, ni au diable ! J'ai une femme et une maison. Des enfants, je suis capable d'en nourrir et d'en élever douze, comme toi !

– Oui, euh, non, moi, c'est huit seulement... Pour l'instant, remarque !

– Et avec tout ça, je ne pourrais pas adopter un enfant ? Quel jean-foutre a dit ça ?

– Ne t'excite pas comme ça ! Personne n'a dit ça ! Simplement...

– Simplement quoi ? Il y a une chose que je ne t'ai pas encore dite... À cause de ça, de l'enfant qu'on ne peut pas avoir, ma femme est partie. Je suis tout seul, tu comprends ? Mais si elle sait qu'on a un enfant à la maison, elle reviendra, elle ne pourra pas s'empêcher... Mais si tu ne veux pas me rendre service, toi, mon vieux copain...

– Il ne s'agit pas de...

– Moi, je n'ai jamais hésité à t'aider... Et même qu'une fois, c'était bougrement urgent, non ? Ah, tu ne te souviens peut-être pas ? C'est vrai que ça remonte à loin !

– Jérôme, écoute...

Perladot, sans même s'en rendre compte, avait joint les mains dans une attitude implorante. Bien entendu, il avait deviné où Jérôme voulait en venir. Bien des années auparavant, Jérôme avait eu l'occasion de sauver la vie de son ami au péril de la sienne, il l'avait fait sans hésiter, il le lui rappelait aujourd'hui, quoi de plus légitime ?

Cela s'était produit lors de leur tour de France. Alors qu'ils cheminaient dans le Jura, entre Pontarlier et Monbenoît, Perladot était tombé dans le Doubs en crue. Sa vie aurait dû s'achever là, car en cette période de l'année, la violence du courant qui animait les eaux glacées et bouillonnantes entre les berges ne laissait pratiquement aucune chance à l'infortuné qui s'y trouvait précipité.

Or, sans hésiter, Jérôme avait plongé au secours de son compagnon.

Même pour un nageur comme lui, c'était aller au-devant de la mort. Ils avaient bien failli y rester tous les deux. Quand Perladot avait repris conscience, il avait vu, agenouillé près de lui sur le sol gelé de la berge, un Jérôme Corbières hors d'haleine, comme lui à demi mort de froid, mais hilare.

– Eh ben mon vieux, on a eu du pot !

Mais Perladot avait parfaitement compris que la chance n'était pour rien dans l'affaire, et que c'était Jérôme qui avait tout fait.

– Si. Je m'en souviens. Et je ne t'ai jamais payé ma dette, c'est vrai.

– Arrête ! Qui te parle de dette...

– Toi, sans le dire. Mais bon, je comprends, c'est vital pour toi d'adopter un enfant. Alors écoute, voilà ce qu'on va faire...

Perladot avait capitulé. Au nom de cette vieille dette, de cette vie qu'il devait à Jérôme, il avait accepté. Mais il fallait faire vite, et surtout, choisir un enfant qui n'eût rien à voir dans les vilaines histoires de Mâchelard et Castelli, avant l'arrivée de la police. Aussi, tandis qu'il emboîtait le pas à Perladot dans le long couloir sonore qui menait au réfectoire, Jérôme sentait-il son cœur battre à toute vitesse. Il n'aurait que quelques secondes pour choisir un enfant, celui qui allait devenir son enfant ! Bien sûr, il n'était pas question d'adoption pour le moment ; officiellement, le gosse partirait en apprentissage chez Jérôme Corbières, et on verrait par la suite. Cependant, ce n'était pas d'un apprenti dont il allait faire le choix, mais d'un fils. Et il se mordait les lèvres, et son cœur battait la chamade, parce que ce fils, il allait le choisir à la va-vite, entre deux portes.

Perladot et Jérôme s'étaient mis d'accord sur la façon d'effectuer cette étrange sélection d'enfant. Les gosses allaient défiler dans le couloir. Perladot ne les connaissait pas tous par leur nom, puisqu'il n'était là que depuis quelques jours, mais il disposait d'une liste des malheureux gosses compromis par Mâchelard, ceux que la brigade des mineurs allait interroger cet après-midi. Jérôme dévisagerait les orphelins quand ils passeraient devant lui, et si la tête de l'un d'eux lui revenait particulièrement, il ferait signe à Perladot qui lui demanderait son nom et vérifierait aussitôt s'il figurait sur la liste. S'il n'y figurait pas, on le ferait venir dans le bureau directorial pendant le déjeuner, pour avoir un entretien avec lui. Si rien ne s'y opposait, l'élu partirait dès aujourd'hui, et très officiellement, pour Perpezac en compagnie de Jérôme. Le placement en apprentissage était une procédure habituelle. Elle épargnait à quelques enfants la vie collective de l'orphelinat, souvent éprouvante, même dans des conditions normales, pour des natures trop sensibles. Elle demandait seulement des délais plus longs ainsi que l'aval d'une assistante sociale. C'étaient les deux seuls points sur lesquels on aurait pu contester le plan de Perladot et de Jérôme. Mais avec le dossier irréprochable de Jérôme et sa double qualité de membre du Conseil d'administration et de bienfaiteur de l'institution, Perladot régulariserait aisément la situation.

Les deux hommes s'arrêtèrent devant la porte de l'immense salle d'étude que Jérôme connaissait bien. Il y avait passé des centaines d'heures studieuses, moroses ou gaies... Il y avait joué au cochon pendu et au morpion, il y avait appris des fables de La Fontaine, il y avait séché sur des problèmes de robinet... Cette salle, c'était un des lieux privilégiés de son enfance, de son enfance d'avant la rencontre avec Maître Adeline et Astérie.

– Ils ne vont pas tarder à sortir, dit Perladot en regardant sa montre. Mon vieux, j'aime mieux être à ma place qu'à la tienne... Sélectionnes-en deux, peut-être, et choisis après leur avoir parlé dans mon bureau...

– Non... Je ne pourrais pas faire ça. En sélectionner deux, et en récuser un... T'imagines ?

– Il n'en saurait rien.

– Quand même, non, je ne pourrais pas faire ça.

– Comme tu voudras. Mais alors, choisis bien du premier coup ! Ah ! La sonnerie...

Stridente, assourdissante, la sonnerie retentit. De son temps à lui, c'était le son d'une cloche qui rythmait la vie des pensionnaires.

– Rangez vos affaires... Première rangée, debout ! Les autres, attendez... Première rangée, dans l'ordre, sortez !

Le pion de service avait la parole brève et sèche. Derrière les vitres dépolies de la classe, Jérôme distingua les silhouettes des élèves de la première rangée. Il entendit un bruit de pas sur le plancher brut de la salle. La porte s'ouvrit. Conduits par le responsable de rangée, chargé de surveiller ses camarades et de canaliser leurs déplacements dans les couloirs, les premiers élèves apparurent. Jérôme avala sa salive et recula d'un pas. Derrière lui se trouvait le mur recouvert d'une peinture verdâtre et grenue, noircie par le frottement des mains et des coudes des enfants. Il ne pouvait plus reculer. Le regard de Perladot croisa le sien. Il lut dans les yeux de son ami un message d'encouragement. En aucun cas il ne devait rentrer seul à Perpezac. Cet échec-là aurait été signe d'un autre échec, autrement plus grave : celui de sa vie.

Chapitre XX

Les gosses défilaient. La gorge serrée, Jérôme les dévisageait au passage. Mon Dieu, lequel ? Celui-ci ? Celui-là ? Lequel serait choisi ? Lequel serait sauvé ? Pourquoi pas ce petit gros ? Les petits gros sont souvent bons bougres… Parce qu'ils subissent plus qu'ils ne font subir ; question de force physique, d'agilité, de résignation à une situation difficile dans un univers de conflits et d'affrontements incessants… Ils peuvent se faire une place, s'ils sont assez malins. « Bouboule ? Ah, laisse-le, il est marrant, il est sympa, il pense qu'à bouffer, le fais pas chier ! »… Ou ce petit gars à la coule, qui chaloupe un peu, qui roule des épaules ? Celui-là ne se laissera pas marcher sur les pieds. Il aurait même tendance à marcher sur les pieds des autres. Un gosse qui a de la personnalité, ça n'est pas un mal. Et celui-là ? L'œil vif, la moue malicieuse… Il ne doit pas avoir sa langue dans sa poche ! Un petit malin, ça se voit au premier coup d'œil… Il est déjà passé ! Il aurait fallu se décider plus vite…

Lequel ? Lequel ? Jérôme suait à grosses gouttes. Non, pas celui-là… Trop sale gueule. Mais alors, est-ce qu'une sale gueule vous rejetait à tout jamais dans les ténèbres, loin de la chaleur d'un foyer ? On pouvait avoir une sale gueule et être un bon gars. Jérôme se souvint de Grandpin, son pote Grandpin, ici même aux Vertus… On aurait dit un bouledogue après un accident d'auto. Mais qu'il était gai, drôle, intelligent et bon. C'était presque palpable. Il faisait meilleur, il faisait plus chaud autour de lui, comme autour d'un poêle… Jérôme en aurait bien fait son copain pour toujours. Le sort en avait décidé autrement. Il y avait eu Maître Adeline, Astérie, Perpezac… Et puis la guerre. Grandpin en avait été une des premières victimes. Et aujourd'hui, treize ou quatorze ans après sa mort, dans le couloir de la salle d'étude des Vertus, Jérôme tremblait à l'idée de louper un autre Grandpin.

– Célérier !

Le gosse leva la tête.

– C'est à moi qu'vous parlez, M'sieur ?

– Tu t'appelles bien Célérier ? On s'est vus tout à l'heure, dans la cour.

– Oui, M'sieur. J'm'appelle Sébastien Célérier. Qu'est-ce que vous m'voulez ?

– Rien, rien… Va, avance, tu bouches le passage à tes camarades.

Le gosse haussa les épaules. Si on ne lui voulait rien, pourquoi est-ce qu'on l'appelait ? Mais ce type était sympa. Il avait fauché Mimile à Castelli. Décidément, il se passait des trucs, ces jours-ci : l'arrivée d'un nouveau dirlo, M. Perladot, et puis la venue de ce type… C'était plutôt encourageant, parce que autrement, les Vertus, c'était vraiment la tasse. Sébastien Célérier en avait connu, des institutions et des pensionnats, mais comme aux Vertus, jamais ! Il n'était pas là depuis trois semaines, et il n'avait déjà qu'une idée, en sortir ! Heureusement, il avait eu le temps de se faire un copain. Ils s'entendaient bien, avec Honoré Faber. D'ailleurs, ils partageaient tout. Le sandwich du type, qu'Honoré avait réussi à s'approprier dans la mêlée, tout à l'heure, Sébastien en avait eu sa part. Dis donc, un sandwich comme ça, c'était meilleur que du gâteau ! Après ça, l'ordinaire de la cantine allait paraître un peu terne, même s'il s'était notablement amélioré depuis l'arrivée de M. Perladot : plus de choux pourris, plus de charançons dans la bouillie, plus de harengs verdâtres. Sébastien recommençait à manger à peu près normalement ; parce que depuis son entrée aux Vertus, il avait maigri d'un bon kilo.

– Il est sur ta liste ? demanda Jérôme à Perladot.

– Ouais. Sébastien Célérier. Un nouveau. Apparemment, il n'a connu que les derniers jours du règne de Mâchelard. Je le coche ?

– Vas-y.

– T'en sélectionnes un autre ?

Jérôme se tourna vers Perladot pour lui répondre. Juste à ce moment-là, le petit Faber passa devant lui sans qu'il puisse le voir.

– Non. Il m'a l'air bien. Un gosse courageux ; il a défié Castelli… Il m'a fait bonne impression.

– Alors ça marche. Je dirai à Debrenne de le convoquer pendant le repas. Viens, on va déjeuner chez moi en vitesse… Quand je dis « chez moi »… Fifine et les gosses ne sont pas encore installés, je campe, quoi !

– C'est tout juste mangeable, hein ? Dis-moi franchement ce que t'en penses !

Avant de répondre à son ami, Jérôme considéra la portion de ragoût de mouton qui fumait dans son assiette. Ils étaient attablés dans la salle à manger, chez Perladot.

– Franchement… Sans vouloir t'offenser… Ce serait le moment de sauter un repas, si on était au régime.

– Eh bien, figure-toi que c'est déjà Byzance, à côté de ce que j'ai trouvé en arrivant ici. Des bacs de légumes pourris, des chambres froides bourrées de rogatons, des sacs de farine grouillant de bestioles. J'ai immédiatement viré l'intendant et le cuisinier. Ils seront entendus par l'inspection sanitaire et par la police. Mais il fallait nourrir les gosses. J'ai engagé un nouveau chef. Il arrive la semaine prochaine. Alors en attendant, c'est Mme Verlin, la lingère, qui fait la cuisine.

– Elle est bonne lingère ?

– Meilleure lingère que cuisinière ! Mais elle a une vertu rarissime, aux Vertus : elle est honnête. Elle n'a tripatouillé dans rien du tout…

Perladot déboucha une bouteille de bordeaux.

– Tiens, tends ton verre, ça t'aidera à avaler ce pauvre fricot… La cave Mâchelard…

– Mâtin ! apprécia Jérôme : château clos d'Estournel 1918 ! Il ne se refusait rien, le Mâchelard !

– Rien ! Avec l'argent de la Guilde, bien entendu… La cave est pleine de merveilles de ce genre, les armoires dégueulent de costards et de cravates de luxe, et il roulait en Delahaye. Pendant ce temps-là, les gosses crevaient de faim. Tiens, on frappe ; ça doit être Debrenne… Entrez !

Edgard Debrenne, le surveillant, entra dans la pièce. C'était un ancien du temps de Mâchelard, mais aucune charge ne pesait contre lui. Il avait même alerté la Guilde à plusieurs reprises. L'incrédulité et les pesanteurs administratives avaient joué, et du temps avait été perdu. Sur les talons de Debrenne, la casquette à la main, l'air inquiet, Jérôme reconnut Sébastien Célérier.

– Merci, monsieur Debrenne, vous pouvez nous laisser, dit le directeur. Quant à toi, mon garçon, assieds-toi.

Le gosse hésita. Avait-il bien entendu ? S'asseoir à la table du directeur ! Quand il raconterait ça aux potes...

– N'aie pas peur, assieds-toi, voyons, reprit Perladot.

Le gosse obéit. Ne sachant pas quoi faire de ses bras, il les croisa, comme on le faisait d'ordinaire en se rasseyant, quand le directeur pénétrait dans la classe.

– Tu as fini de manger, Célérier ?

– Oui M'sieur l'Directeur, sauf que j'ai pas eu le dessert.

Perladot actionna une petite sonnette de table. Une femme de service entra.

– Madame Oppenheim, apportez-nous le dessert, s'il vous plaît... C'est de la compote. Vous rajouterez une assiette pour cet enfant...

– Tu aimes la compote de pomme, Célérier ? s'enquit Perladot quand Mme Oppenheim fut revenue avec le compotier et le couvert supplémentaire.

– Oh oui, M'sieur l'Directeur !... Enfin... Ça dépend de la compote, hein, parce que jusqu'ici, elle avait un goût de m...

Le gosse se tut brusquement et porta sa main à sa bouche. Il en avait sûrement trop dit ! À son vif soulagement, au lieu de lui tomber dessus pour son insolence, Perladot et Jérôme éclatèrent de rire.

– Un goût de m... oisi, c'est ça ? demanda Perladot.

– Oui, c'est ça, un goût de moisi ! dit Célérier qui n'avait plus un poil de sec.

– Eh bien, tu vas voir, celle-là est bonne, reprit Perladot en servant copieusement Sébastien. J'en ai commandé quatre cents kilos hier à la Centrale d'achats, et désormais tout sera normal ici, la nourriture et le reste !

– Ah bon ! dit prudemment Sébastien.
– Dis-moi, tu n'es pas ici depuis très longtemps...
– Non. Un peu plus de trois semaines...
Il faillit ajouter que c'était bien assez comme ça, mais il se ravisa *in extremis*.
– Et si tu avais l'occasion de partir en apprentissage, ailleurs, à la campagne, est-ce que ça te dirait ?
Sébastien porta une cuillerée de compote de pomme à sa bouche, et la goûta avec circonspection. Qu'elle était bonne ! Ce directeur-là n'avait pas que des défauts... Mais prudence !
– À la campagne ?
Ce fut l'autre, le type qui avait maté Castelli, qui répondit pour le directeur.
– Oui, Sébastien, à la campagne, tout près d'une toute petite ville, au bord d'une rivière, près d'une forêt et d'un étang, et...
– En apprentissage de quoi ?
– De la boulange, pardi ! On est tous boulangers et fils de boulangers, ici ! Toi aussi, non ?
– Oh, moi...
Sébastien n'en dit pas plus. Son histoire ne regardait personne. Jérôme comprit qu'il ne fallait pas s'aventurer de ce côté-là. Plus tard, peut-être...
– Ce serait chez moi, dit-il au petit. Dans ma maison à moi, dans mon fournil à moi. Il y aurait du monde pour s'occuper de toi... Astérie, qui est comme ma mère, et... Et Jeanne, qui est ma femme. Voilà, t'aurais ta chambre, t'irais à l'école, et puis je t'apprendrais le métier... Tu sais, je suis un bon boulanger, dit Jérôme en baissant la voix, pris d'une soudaine timidité.
– C'est une chance à saisir, dit le directeur. La plupart de tes camarades sauteraient sur une occasion comme ça. Partir en placement, dans une bonne famille, chez un maître boulanger... M. Jérôme Corbières est un as, fiston. Il n'y en a pas beaucoup qui lui arrivent à la cheville,

dans la profession ! Tu ne pourrais pas mieux tomber. Alors, c'est d'accord ?

Il y eut un long silence. Sébastien réfléchissait, le nez dans une assiettée de compote. Un placement. Le bon placement qui l'arracherait à sa condition de petit bagnard, chez un bon maître qui ne gueulerait pas, qui ne cognerait pas, chez qui vous vous sentiriez presque en famille et qui vous apprendrait tranquillement le métier qui ferait de vous, plus tard, un homme aisé et respecté : un bon boulanger. Dieu seul savait pourquoi ça tombait sur lui, c'était cela qu'on était en train de proposer à Sébastien. À sa place, n'importe quel gosse aurait accepté. Et d'ailleurs une terrible envie d'accepter l'avait envahi ; il devait serrer les dents pour ne pas laisser les mots couler de sa bouche : *oui-oui-oui-oui, je veux bien sortir d'ici, fuir le dortoir et le réfectoire, la cour et les chiottes qui puent, oui-oui-oui-oui, je veux bien d'un bon lit avec des draps frais dans une chambre pour moi tout seul, et des bons petits plats et des croissants le dimanche matin et un patron gentil et une patronne gentille qui ne me crient jamais dessus...* Ces mots-là ne demandaient qu'à sortir. Mais ce n'était pas possible. Il ne pouvait pas les prononcer. Alors ça n'était pas la peine de retarder sa réponse.

– Non.

Perladot faillit s'étrangler. L'autre, Corbières, ce fut comme si on l'avait giflé. Il blêmit.

– Comment ça, non ?

– Non, ça me dit rien !

Chapitre XXI

– Mais tu es fou ! Tu ne te rends pas compte de la chance qu'on t'offre ! Tu préfères rester ici de longues années ?

Et puis l'école professionnelle !... Ça n'est pas l'enfer, mais tout de même, jamais tout seul, jamais tranquille, et puis toujours en ville dans les fumées, jamais au bon air... Non, crois-moi, tu devrais réfléchir, mon petit vieux !

– Vous m'avez demandé mon avis, hein ?

– Oui, mais...

– Alors c'est tout réfléchi, M'sieur l'Directeur, c'est non.

Sébastien se tourna vers Jérôme, dont le visage exprimait une déception sans bornes.

– Faut m'excuser, M'sieur, c'est pas contre vous, hein...

– Mais si c'est pas contre moi, c'est contre qui ? explosa Jérôme.

Le petit ne répondit pas tout de suite. Il savait exactement pourquoi il refusait cette offre inespérée, mais comment le dire ? Enfin, les mots lui vinrent, hésitants :

– C'est pas contre... contre quelque chose ou quelqu'un, M'sieur... C'est pour.

– Pour quoi ? Pour qui ?

– Pour Faber, M'sieur.

Perladot ouvrit de grands yeux.

– Faber ? Qui c'est ça, Faber ?

Jérôme avait compris. Faber. Faber, bien sûr ! Le petit blond au sandwich. Le petit futé qui avait réussi à doubler toutes les grandes bringues, qui avait boulotté la moitié du sandwich et qui s'était mis l'autre moitié de côté pour plus tard. Faber, au secours duquel Célérier était venu le matin même en dénonçant les brutalités de Castelli face à Jérôme... Faber c'était tout simplement le copain de Célérier, et Célérier ne partirait pas sans Faber... Et tiens, la deuxième moitié du sandwich, ça ne serait pas Célérier qui l'aurait boulottée, peut-être ?

– Dis-moi, Sébastien, tu n'aurais pas mangé un petit bout de sandwich, ce matin ? Un bon sandwich, au jambon de pays, avec un peu d'oignon, des cornichons et des tranches d'œuf dur...

Ce fut au tour de Sébastien d'écarquiller les yeux.

– Comment vous savez ?

– Mon petit doigt. Et ça ne serait pas Faber qui te l'aurait donné ?

– Il l'avait pas volé !

Jérôme ne put s'empêcher de sourire.

– Faber n'a rien volé, c'est moi qui vous ai proposé le sandwich, pour voir si vous étiez affamés... Et vous l'étiez.

– Depuis que je suis là, ils mangent, hein ! s'écria Perladot.

Jérôme lui fit signe qu'il ne mettait pas en doute sa volonté de restaurer l'équilibre alimentaire des pensionnaires des Vertus.

– Bon, alors, qu'est-ce qu'on fait ? Célérier ne veut pas partir et la P. J. va se pointer. Je t'aime bien, Jérôme, mais je n'ai pas que tes problèmes à arranger...

Jérôme serra les poings.

– C'est très simple, dit-il. Célérier ne veut pas quitter son copain Faber. Je les prends tous les deux. Il y a bien assez de grand air à Perpezac pour deux galopins comme ça !

– Tu veux emmener deux gosses ?

– Qu'est-ce que ça change, un ou deux ? Tu remplis un deuxième formulaire et basta ! De toute façon, les responsables de l'A. P. préfèrent les placements multiples : c'est une présomption de sécurité et d'équilibre affectif.

– Je sais bien, mais...

– Alors ne perdons pas de temps, tu as les flics dans une heure, et moi un train dans... deux heures ! dit Jérôme en consultant sa montre.

– Tu ne crois pas qu'on pourrait demander son avis à Faber ?

– Bien sûr ! admit Jérôme. Mais dépêchons-nous !

– Il voudra, M'sieur ! dit Célérier. Si on est ensemble, il sera d'accord, c'est sûr !

Honoré Faber fut d'accord. Non sans réticences ni craintes inavouées. Lui aussi, nouvel arrivé aux Vertus, avait eu le temps de se familiariser avec la vie d'orphelinat dans les deux précédents établissements par lesquels il était passé. Il savait que dans une « boîte », on se perd dans le nombre. On y est moins facilement en butte aux tracasseries systématiques d'un seul persécuteur. Tandis qu'une fois placé, d'après les récits de camarades plus âgés et qui avaient goûté aux joies des placements, si on ne s'entendait pas avec le chef de famille, on l'avait dans l'os, il fallait le supporter parfois pendant des années. Alors lui, puisque l'ambiance et les conditions de vie aux Vertus, d'abord détestables, étaient en train de changer, il aurait bien continué ici sous le gouvernement de M'sieur Perladot, qui avait l'air plutôt bon type. Cependant, Célérier le pressait d'accepter. Et même, comme Faber se faisait tirer l'oreille, Célérier avait demandé au dirlo et à Jérôme Corbières l'autorisation de lui dire un mot à part, histoire de le convaincre. Les deux hommes avaient accepté. Le boulanger semblait prêt à tout, et Perladot ne pensait qu'à la visite imminente de la police.

Célérier et Faber s'étaient retrouvés seul à seul dans le couloir.

– Fais pas le con, Faber, dis oui ! C'est un bon coup !

– T'es sûr ? On le connaît pas, ce type-là. Il va nous faire marner comme des ânes dans son fournil... Et puis c'est où, son bled ? À perpète ! Quand t'es loin de l'A.P., si ça va vraiment mal tu peux plus te plaindre, t'es coincé... Déjà que quand t'es à Paris, ça ne sert pas à grand-chose...

– Fais-moi confiance ! insista Célérier. Son Berbezac, Lerbanzague, ça peut pas être pire qu'ici !

– Mais ça va mieux, ici, depuis que Perladot a remplacé Mâchelard.

– Et alors ? Tu crois que ça va devenir Versailles ? Ça ne sera jamais qu'une tôle, comme les autres ! Tandis que là-bas y a une petite chance... Enfin, ça pourrait bien être comme une maison... Une sorte de famille !

Honoré Faber, neuf ans aux prunes, avait eu une

grimace de doute quasi métaphysique. Une famille, une vraie famille, quand on n'en a pas eu une bonne du premier coup, c'est pour ainsi dire impossible à trouver. Lui, sa mère était morte de tuberculose osseuse, et son père, grand infirme de guerre, avait fini par mourir des suites de sa brève villégiature à Ypres en 1915... Aucun parent ne s'étant proposé pour prendre Honoré en charge, il n'avait pas vu fleurir les familles d'accueil sous ses pas, et il hantait les orphelinats depuis maintenant trois ans. À l'A.P., on s'était finalement souvenu que François Faber avait exercé la profession de boulanger, avant de partir mourir pour la patrie, et on avait placé son rejeton à la Guilde.

– T'y crois vraiment ?

– Écoute, je te répète que ça peut pas être pire... Et si vraiment ça l'était, qu'est-ce qu'on ferait ?

Le petit ne réfléchit pas plus d'une seconde.

– On foutrait le camp !

– Tu l'as dit. D'un placement, et à deux, il n'y a rien de plus facile. Alors, tu marches ?

Honoré avait bien envie d'accepter. Le boulanger avait une bonne tête. Et puis, sortir d'ici, c'était tentant. Surtout avec Célérier. Il avait de la ressource, il n'était pas trouillard, et on se marrait bien avec lui.

– Tope-là !

– Au poil ! On va leur dire !

Célérier ouvrit la porte de la salle à manger.

– Il est d'accord, M'sieur, ça marche !

Une expression de soulagement s'épanouit sur les traits de Jérôme Corbières. Perladot, lui, ne pensait qu'à l'enquête qui allait commencer.

– Parfait s'exclama-t-il. Allons dans mon bureau. Je remplis les deux certificats de placement, et roule ma poule, en route pour Perpezac : vous me débarrassez le plancher tous les trois. Célérier et Faber, allez chercher vos affaires au dortoir. Pas un mot ! À personne, hein ! Vous faites l'aller et retour...

C'est ainsi qu'une demi-heure plus tard, Jérôme arpentait le quai du métro en compagnie de ses deux protégés. Il se sentait un peu comme un homme ivre. N'avait-il pas commis une énorme bêtise ? Un apprenti, bon... C'était déjà une aventure. Mais *deux apprentis* ! Deux gosses de... Quel âge avaient-ils, déjà ? Huit ans le petit blond, bientôt neuf ans révolus le brun. Et leurs noms ? Il les confondait encore s'il ne les avait pas sous les yeux. Le petit blond, c'était Faber, Honoré Faber, et l'autre, le grand brun, Célérier. Sébastien Célérier. Honoré et Sébastien. Il pensa : « Honoré et Sébastien, mes deux fils... » et il rougit sous son hâle de campagnard. Ses fils ! Il était fou ! Il venait de s'inventer deux fils, comme ça, en vingt-quatre heures. Et il les avait choisis en deux heures. Il n'avait consulté personne, ni un avocat, ni Astérie, ni Jeanne ! Il l'avait fait pour Jeanne, pour qu'elle revienne, mais qu'est-ce qui lui prouvait qu'elle reviendrait à cause de ces deux mômes qu'elle n'avait jamais vus de sa vie, deux parfaits inconnus ?

Pour traverser les rues, tout naturellement, il leur avait pris la main. Ils l'avaient laissé faire. Ça l'avait bouleversé. Eux étaient accaparés par le spectacle de la rue, auquel ils n'avaient plus assisté depuis leur arrivée aux Vertus : depuis trois semaines pour Sébastien, et cinq pour Honoré. Toute cette agitation, les voitures, les passants, les commerces, et maintenant le métro ! Et on leur promettait la campagne. Pour ces deux petits citadins, la campagne, c'était les vaches dessinées dans leur livre de sciences naturelles. Ils allaient voir des vaches et des poules, et sans doute plein d'autres bestioles. Ça risquait d'être rigolo ! Et comme Sébastien l'avait dit, si ça se gâtait, si le patron devenait emmerdant, eh bien on se ferait la belle, et bonsoir !

Dans un grondement assourdissant, la rame de métro entra en gare.

– En avant, les mioches !

Jérôme entraîna Honoré et Sébastien vers un wagon vert. Il y avait du monde. On se serra. Honoré et Sébastien étaient habitués à la promiscuité avec leurs semblables : des gosses de leur âge. Mais tous ces adultes inconnus, si proches, ça les effrayait et même ça les dégoûtait un peu. Ils se rapprochèrent insensiblement de Jérôme. Il leur sourit.

– On descend à…

Il leva les yeux vers la pancarte, et compta les stations en silence.

– On change à la huitième, dit-il enfin. Ensuite, encore six stations, et on prendra le train…

– Et là ? demanda Honoré.

– Ah, là, ça sera plus long. Six heures de train. Il ne faut pas le rater… On sera à la maison à neuf heures ce soir.

Il avait laissé un mot à Astérie, lui demandant de préparer quelque chose de bon pour ce soir. Sans lui dire pourquoi ni pour qui.

Chapitre XXII

Le premier soir ils ne virent pas grand-chose. Il faisait nuit. Ils étaient abrutis de fatigue. Bizarrement, parce que ça ne faisait jamais que six heures de train et une de car. Ce n'était pas ça qui aurait dû les épuiser. Il devait y avoir le changement d'air, et puis… Une sorte de distance plus psychologique que physique. Sans le savoir, ils s'étaient éloignés de l'orphelinat de beaucoup plus que quatre cents kilomètres : des centaines d'années-lumière !

Bâillant et titubant, ils étaient descendus du car et il leur avait encore fallu marcher, le long des rues de Perpezac d'abord, puis sur le bas-côté d'une route. Il avait plu. Ils avaient senti l'humidité de l'herbe leur refroidir les pieds à travers leurs croquenots de pensionnaires. Enfin, ils avaient traversé une cour et ils étaient arrivés devant une grande bâtisse. Dans la cour, un grand chien noir comme du charbon les avait accueillis avec circonspection tout d'abord. Il les avait reniflés sous toutes les coutures, tournant de temps à autre un regard interrogateur en direction de son maître. Qui étaient ces zigotos et qu'est-ce qu'il devait en faire ?

– Voilà Honoré et Sébastien, Diabolo, des copains pour toi... Je sens que vous allez vous en payer, tous les trois !...

Attirée par le bruit des voix et les couinements perplexes de Diabolo, une femme était sortie du bâtiment avec une lampe à pétrole à la main. Une vieille femme, avaient jugé les gosses. Une vieille femme pas très aimable, même. Astérie. Ils allaient apprendre à la connaître, à comprendre qu'il n'y avait pas sur la terre beaucoup de créatures plus « aimables » qu'elle, c'est-à-dire plus dignes d'être aimées, mais les premiers instants, elle leur parut plutôt réfrigérante.

– Eh ben ! Où tu as trouvé ça, Jérôme ?

– Aux Vertus, Astérie...

Il y avait eu un bref silence. Ils étaient là au centre de la cour, tous les quatre, tous les cinq avec Diabolo, et ils se taisaient, même Diabolo, pendant qu'Astérie examinait les nouveaux venus à la lumière de sa lampe à pétrole.

Au terme de cet examen, sans se livrer au moindre commentaire, Astérie abaissa la lampe qu'elle tenait bien haut. Elle se tourna vers l'encadrement de la porte éclairé par une ampoule électrique dans sa jupette de tôle émaillée, fixée au-dessus du seuil, juste sous la marquise de fonte et de verre dépoli.

– Entrez, le souper est prêt.

C'était bon. Très simple, mais infiniment meilleur que tout ce qu'ils avaient pu manger depuis leur naissance.

Une salade de pommes de terre aux herbes et au lard, et du foie de veau. Du foie de veau, ils n'en avaient jamais mangé, ils ne savaient même pas ce que c'était. Et après le foie de veau, un morceau de vieille tomme savoureuse, et après ça, une tarte aux pommes.

– C'est drôle, dit Honoré en clignant des yeux de fatigue.

– Qu'est-ce qui est drôle ? demanda Astérie.

– La tarte... Elle a le goût de beurre !

– Et qu'est-ce que tu veux qu'on y mette d'autre ? Du saindoux ?

Honoré dodelinait. Il rouvrit tant bien que mal les yeux.

– Du saindoux ? Peut-être, je ne sais pas, moi !

– T'as pas dû en manger beaucoup, des tartes, on dirait !

– Oh si, une fois, je me rappelle... Mais elle avait pas le goût de beurre comme celle-là.

Honoré se tut. Astérie hochait la tête en regardant Jérôme. Il se troubla.

– Je t'expliquerai.

– Oh, c'est pas la peine, c'est bien assez clair comme ça ! Je comprends maintenant pourquoi t'as arrangé la chambre sous le toit sans rien me dire, va !... Mais c'est qu'un lit à une place, là-haut, et nous voilà avec deux pensionnaires...

– Ça s'est trouvé comme ça.

– Je vois ! Un lot, une affaire à saisir !

– Te moque pas, Astérie...

– Je me moque pas, mais tu aurais pu réfléchir, prévenir... Il faut les coucher tous les deux ; comment on va se débrouiller ?

– On va bien trouver. Voyons... Le lit de Jules !

– Jules ? Qué Jules ?

– Jules, l'apprenti de papa Adeline, tu sais bien, quand j'étais petit... Il n'est pas resté longtemps : il a grillé deux fournées, et papa Adeline l'a foutu dehors...

– Ah oui, celui-là ! Quel bon à rien !

– Son lit est à la cave. Je m'en charge...

Astérie se tourna vers Honoré et Sébastien.

– Les gosses, pendant qu'on dresse un deuxième lit dans votre chambre, vous allez faire un brin de toilette. Lavez-vous les dents en frottant bien. Vous avez vos affaires ?

Les gosses opinèrent.

– Bon, je vais vous montrer où c'est… Et puis faut que je trouve des draps !

Comme des somnambules, les deux orphelins sortirent de table et suivirent Astérie. Elle les conduisit jusqu'à un petit cabinet de toilette qui donnait sur le couloir principal.

– Pour faire pipi, c'est dans la cour, le cabanon tout au fond. Si vous avez besoin de quelque chose, ma chambre c'est cette porte-là, et celle de Jérôme celle-là… Au fait, je ne connais même pas vos noms ! Toi, le grand, c'est comment ?

– Célérier Sébastien, M'dame.

– Tu n'es pas à l'orphelinat, ici, tu peux dire ton prénom en premier… Sébastien Célérier, hein ? Et toi ?

– Honoré Faber, M'dame…

– Ne m'appelez pas madame, mais Astérie. Ça veut dire « étoile ». C'est joli, non ?

– Si, M'dame !

– Je viens de te dire de… Bon, on verra ça plus tard ; allez vous laver les dents, je reviens !

Basile tournait et retournait la lettre entre ses mains. Il en reconnaissait l'écriture. C'était celle de Jérôme Corbières. Une assez belle écriture, pour un manuel. Ronde, droite, bien formée. Rien à voir avec ses pattes de mouches à lui, Basile. Mais Corbières n'était pas un vrai ouvrier. Un boulanger, c'est un artisan, un commerçant, presque un patron. Si la boutique cst bien située, dès que ça marche, il prend un aide, un mitron, une caissière, il devient chef d'entreprise, exploiteur. Basile était simple. Quand tu travailles pas pour les autres, c'est que les autres travaillent pour toi, et quand les autres gagnent ton pain pour toi, t'es pas grand-chose de propre ! Bref ! Jérôme Corbières n'était pas grand-chose de propre. Pas encore les deux cents familles, mais pas grand-chose de propre.

Cela posé, il y avait cette lettre. Ce n'était pas la première. Depuis le retour de Jeanne, il y en avait déjà eu six. Non, sept. Celle-ci était la huitième. Huit lettres en deux mois. Il fallait qu'on n'en fiche pas lourd, dans la boulange. Basile n'en avait pas écrit autant de toute sa vie. Oui, mais lui, sa femme ne l'avait pas quitté. Preuve qu'il n'était pas un propre à rien comme ce boulanger de mes deux.

Donc, c'était la huitième. Basile avait lu les sept lettres précédentes. Avant de les foutre au feu. Parce qu'il connaissait les femmes. Les femmes c'est romantique, c'est vulnérable. On peut les embobiner rien qu'avec des mots à la gomme du genre mon amour je t'aime, mon amour, ma vie. Même revenir vivre avec un homme qu'elles n'aiment plus, par pitié, par bêtise. C'est bête, les femmes ; ça croit aux mots que les hommes inventent pour les tromper. Mais lui, Basile, veillait au grain. En admettant que Jeanne lise ces lettres, se laisse convaincre et retourne chez son mari, dans trois semaines, dans trois mois, tout recommencerait, les disputes, les coups... Jeanne rentrerait à la maison avec un poche-œil, et là il faudrait qu'il aille casser la gueule à Corbières. Et comme Corbières ne se laisserait pas faire, lui, Basile, risquait d'en prendre dans la gueule autant que lui. Au moins autant que lui. Alors, pourquoi ne pas faire l'économie des trois mois, des billets de car et des coups dans la gueule ?

Depuis le retour de Jeanne, Basile s'arrangeait pour ne jamais manquer l'heure du facteur. Pour être sûr d'intercepter les messages de Jérôme, il s'était mis en cheville avec le préposé. Il sortait de chez lui quelques minutes avant l'heure de son passage et il marchait à sa rencontre en s'en grillant une. Marie s'en était étonnée.

– Tiens, tu sors le matin maintenant ?
– Ben oui, tu vois, je m'sors, ça me fait un petit footing…
– Un footing ? En fumant ?
– J'ai passé l'âge des sprints, alors, bon, un petit tour comme ça le matin, c'est toujours mieux que rien… Le docteur m'a dit que ce qui est malsain, c'est de fumer à l'intérieur… Et puis d'abord, qu'est-ce que ça peut te foutre ?
– Rien, rien ! Mais t'aurais vingt ans de moins, je me poserais des questions.
– J'aurais vingt ans de moins, je serais pas à la retraite, eh, pomme ! Et j'aurais pas à aller me balader pour me maintenir en forme. En atelier, chez Calbuire, on chômait pas, je te jure ! Quand je pense à la sueur que j'ai laissée là-bas et qu'ils ont transformée en lingots d'or.
– Oh ça va, tu vas pas encore nous réciter *Le Capital*…
Donc, Basile allait à la rencontre du facteur.
– Ah, bonjour facteur… Il y a quelque chose pour nous, aujourd'hui ?
– Je crois bien, attendez… Une douloureuse des impôts et une lettre pour votre fille.
– Donnez-les-moi, ça vous fera un arrêt de moins !
– C'est pas de refus, parce que le plus dur c'est pas de rouler, c'est pas de s'arrêter, c'est de repartir…
Basile enfouit la lettre de Jérôme avec l'autre, dans la poche de sa vieille veste de cuir. Il avait lu toutes les autres. Ensuite, il les brûlait dans la chaudière, comme des petits cadavres blancs. Il aurait pu se dispenser de les lire. D'abord parce qu'elles disaient toutes les mêmes conneries, mon amour reviens, je regrette mon amour, mon amour, mon amour. Et que ça lui donnait mauvaise conscience, malgré sa haine pour Jérôme. Cela ne le gênait pas de détourner la correspondance destinée à sa fille ; c'était de la légitime défense, de l'assistance à personne en danger. Mais lire ce que son mari lui écrivait, ça, c'était indiscret, c'était déplaisant. Il s'y forçait, d'une certaine façon ; il lisait en se pinçant le nez. Il devait le faire pour

savoir si l'autre n'allait pas tenter un coup, venir, essayer de voir Jeanne, lui parler. Il fallait qu'il le sache, pour y parer.

Basile poursuivit son chemin. Il y avait, à deux petits kilomètres de la maison, un square minuscule. Square de paumés, grommelait le vieux coco. Pour ces quartiers-là, la municipalité faisait le minimum ! Enfin, là, il était sûr que ni Jeanne, ni Marie ne le surprendrait. Ni personne d'autre, car il faisait encore frisquet, et le square était presque toujours désert. Il n'y avait qu'une ou deux mémées en houppelande et en châle qui venaient donner des graines aux oiseaux.

Il n'avait pas plu. Tant mieux, il pourrait s'asseoir. Il lisait lentement, il relisait, il s'imprégnait du contenu de chaque lettre. Pour prendre parfaitement la mesure du désespoir de son ennemi, pour mieux en jouir. Les phrases d'amoureux transi de Jérôme l'ennuyaient et le passionnaient à la fois. Il aimait lire ces lettres. Elles lui confirmaient à chaque fois sa victoire sur le rival abhorré, l'homme qui lui avait volé sa fille.

Il s'installa, sortit la lettre de sa poche, la soupesa machinalement. Elle était légère. C'en était une courte. Il y en avait eu de longues, d'interminablement larmoyantes, des lettres de désespoir presque puériles… Et aussi des courtes, rageuses, amères. Celles-là l'avaient presque ému. Lui, si Marie l'avait quitté, ç'aurait été plutôt comme ça qu'il lui aurait écrit… Il haussa les épaules : il était incapable d'aligner trois mots. Et puis, il aurait fait beau voir qu'elle le quitte ! Ç'aurait été le coup de pied au cul et à la maison, vite fait, non mais ! Elle avait bien failli le plaquer quand même, au moment de l'affaire Gisèle, la sertisseuse. Comme chaque fois qu'il repensait à Gisèle, il sentit une flamme lui brûler le ventre. Ah, Gisèle ! Mais bon, on n'en était pas à Gisèle, on en était à Jeanne et à ce connard de boulanger et à sa lettre. Basile la décacheta. Il la lut d'un trait. Puis il la relut en pesant bien chaque mot. Après cette deuxième lecture, il resta longtemps à réfléchir, immobile sur son banc, au milieu du square désert et battu par le vent. Heureusement qu'il l'avait arrêtée, celle-là ! Elles étaient toutes dangereuses, mais celle-là l'était encore plus. Jeanne ne la lirait pas plus que les autres. Mais ça ne suffirait pas à écarter la menace.

Corbières allait venir ici en personne, bientôt. C'était inéluctable. À cause des remords, il n'avait pas osé jusqu'ici, mais à force de ne pas recevoir de réponse à ses lettres, il allait sauter le pas et rappliquer. Et à ce moment-là... Basile eut la vision de sa fille tombant dans les bras de Jérôme, pardonnant tout dans les larmes et les baisers. Il chassa cette vision odieuse. Défaite, triomphe du rival. Il ne le tolérerait jamais ! Mais qu'est-ce qu'il pouvait faire ? Il replia la lettre, la replaça dans l'enveloppe et la remit dans sa poche. Puis, afin de se calmer, il posa ses mains bien à plat sur ses genoux, et il s'efforça de respirer profondément. Et l'idée lui vint, simple, lumineuse. Alors, il se frotta les mains l'une contre l'autre, et, en souriant, adressa un mot aimable aux dames qui nourrissaient les oiseaux :

– Pi-pi-pi-pîîîîp ! Comme ils sont gentils !

Chapitre XXIII

Ce matin-là, au lavoir municipal, en l'absence d'Astérie, les langues avaient de quoi s'occuper. Une fois de plus, le boulanger de Perpezac était au centre des conversations. Après la naissance d'un enfant mort, la mésentente du couple, le départ de la femme, la solitude du mari qui avait donné lieu à de délicieux commentaires sur l'impossible chasteté masculine et les divers moyens d'y remédier, après le retour inattendu de Corbières sur la scène politique locale, une nouvelle péripétie passionnante relançait ce qu'on aurait pu appeler la saga des Corbières.

– Deux ? Un, on comprendrait, mais deux ! Décidément, ce Jérôme, il en fait toujours un peu trop ! Quand il bat sa femme il l'estropie, et quand il prend un apprenti, il en prend deux !

La Suzanne Oflaquet s'était redressée, elle avait posé le battoir qu'elle maniait avec une vigueur terrifiante et, les poings sur les hanches, elle prenait ses commères à témoin.

– On aime le pain, mais enfin, deux apprentis pour aider au fournil, c'est un peu beaucoup, non ? Ou alors, le Corbières, à force de se mettre la ceinture question bagatelle, il a tourné gnon-gnon… Vous voyez ce que je veux dire, comme l'ancien bedeau qui aimait beaucoup la jeunesse, quoi !

La mère Sédouzac, confite en dévotion, piqua un fard au rappel de ces turpitudes qui avaient failli éclabousser l'Église. N'écoutant que sa foi, elle monta au créneau :

– Je vous rappelle que l'ancien curé, le père Lécouvilleux, n'avait rien à voir là-dedans !

– Et pour cause ! rugit Suzanne Oflaquet. Les enfants de chœur ne l'intéressaient pas, il avait sa gouvernante !

– Comment pouvez-vous ?…

– Ah, je vous assure que je peux, sans problème ! C'était d'ailleurs une bien brave femme, Hélène Bergereau…

– Tu te souviens, Suzanne, on l'appelait « Madame le Curé » ? dit Sidonie Mallet.

– Quel scandale ! opina Suzanne Oflaquet en riant au souvenir de la merveilleuse affaire du bedeau pédéraste, qui avait défrayé les parlottes du lavoir pendant des mois. Qu'est-ce qu'on s'est poilé, avec cette histoire-là !

– Ouais… Celles qui n'étaient pas concernées parce qu'elles n'avaient pas d'enfants dans le coup, celles-là se sont bien marrées, dit Roberte Béninou… Les autres, elles riaient moins ! Regardez, Raymonde, je suis sûr qu'elle s'est pas beaucoup amusée, à l'époque ! Pas vrai, Raymonde ?

Un coup de battoir magistral envoya en direction de

Roberte Béninou une gerbe d'eau qui l'aurait trempée jusqu'aux os si elle n'avait pas eu la présence d'esprit de se jeter en arrière.

– Ah, ça te plaît de revenir là-dessus, hein, charogne ! gronda la Raymonde Hosten. Parce qu'on a dit que mon Benoît... Mais c'est pas vrai, il s'est jamais laissé faire, jamais ! Quand le bedeau a essayé de le prendre sur ses genoux, il s'est enfui, et il est venu me le dire tout de suite...

– Et toi, t'as rien fait, t'as rien dit ? Le bedeau, c'est des mois plus tard qu'il a commencé à avoir des ennuis, quand le petit Demizan s'est plaint à son père, qui en a parlé au maire, qui en a parlé au commissaire de police...

– Non, moi j'ai rien dit ! Parce que si j'en avais parlé à mon mari, tel que je le connais, il aurait sorti le fusil de chasse ! Et il serait encore en prison, à cette heure-ci ; alors j'ai mis mon mouchoir par-dessus et j'ai juste retiré le gosse du patronage !

Mais Roberte Béninou n'avait pas l'intention de lâcher prise aussi facilement. Elle voulait se faire Raymonde Hosten depuis plusieurs semaines, à cause d'une histoire de murs mitoyens. Le dossier venait de se plaider devant le juge de paix. Roberte avait perdu, et elle avait été condamnée aux frais et aux dépens. Avec le rappel de l'affaire du bedeau, elle avait trouvé l'occasion de mordre un bon coup son heureuse adversaire.

– Ouais-ouais... Mais peut-être que le mal était fait, déjà...

– Salope ! hurla la Raymonde Hosten. Je t'interdis de...

Suzanne Oflaquet essaya de les calmer.

– Allons, les filles, allons !

– Toi, la ferme ! aboya Raymonde. On t'a rien demandé : cette salope a perdu son procès, elle en chie et, de rage, elle prétend que mon Benoît s'est laissé faire par le bedeau... Mais c'est pas vrai, t'entends, poufiasse, c'est pas vrai ! cracha-t-elle en direction de Roberte.

– Vous êtes emmerdantes avec vos querelles ! dit la

vieille Mémée Demizan. On parlait tranquillement de Corbières et vous nous ramenez cette vieille histoire. On s'en fiche, du bedeau ! Il doit être sorti de prison, depuis le temps. Qu'il aille se faire pendre ailleurs !

La mère Sédouzac approuva chaleureusement Mémée Demizan.

– Vous avez raison, Mémée. Le passé, c'est le passé, c'est pas la peine d'y revenir. Et le présent, c'est beaucoup plus intéressant... Dites donc, moi, ça m'étonne qu'on lui ait confié la garde de deux enfants si sa femme n'est pas là, à Corbières !

– Justement ! À mon avis, ça veut dire qu'elle va revenir. Si c'est pas déjà fait.

– On le saurait.

– Oh, elle va sûrement arriver. Elle a peut-être des choses à régler à Paris, ou à Blois... Ou des achats... Deux gosses de l'orphelinat, ça n'a rien à se mettre. Je les ai vus, ils sont bien mignons, déclara Mémée Demizan.

L'arrivée chez Corbières des deux petits de l'Assistance publique remontait à près d'une semaine. Cependant, ils ne sortaient guère, et ils ne se montraient pas à la boutique. Tout le village était au courant de leur présence, Mémée Demizan était l'une des seules à les avoir vus de ses yeux. Ce privilège faisait d'elle la reine de cette matinée de lavage, et elle renouait avec son ancienne gloire de grande gueule et de diva du battoir.

– Alors, Mémée, dites-nous comment ils sont, ces deux mouflets...

– Eh bien, il y a un petit blond, et un autre plus grand, et brun, celui-là... Ils ont l'air bien gentil. Ils m'ont dit bonjour.

– Et quel âge ils ont au juste ? Onze ans ? Douze ans ?

– Je dirais moins : neuf, dix ans... Ces gosses-là, souvent c'est fluet. Les orphelinats de Paris, question nourriture et bon air, c'est pas terrible.

– Pour ça, on veut bien vous croire ! Et comment ils s'appellent ?

À regret, Mémée Demizan avoua son ignorance sur ce point. Elle avait croisé les enfants comme ils sortaient de chez Corbières, elle les avait remarqués, évidemment, deux enfants inconnus, à Perpezac, ça ne pouvait être que les protégés de Jérôme Corbières. On connaissait leur existence par Gaffarel, le pharmacien, à qui Astérie avait fait quelques confidences en venant acheter de la poudre anti-poux, à tout hasard, et du Synthol. Les jours suivants, on les avait aperçus de loin, mais on ne parlait plus que d'eux... Folle de curiosité, elle leur avait dit bonjour, et ils lui avaient répondu bien gentiment... Son témoignage s'arrêtait là. Les gosses ne s'étaient pas attardés.

– Moi je sais comment ils s'appellent !

C'était Sylvie Charron, la femme de charge du restaurateur Lebédin, qui brûlait de faire partager aux dames du lavoir son savoir tout neuf. Elle n'avait pas trop souvent l'occasion de briller, la malheureuse, et elle n'entendait pas se priver de celle qui se présentait.

– Et comment qu'elle le saurait, celle-là ? demanda la Béninou avec dédain.

– Parce que m'sieur Corbières l'a dit à m'sieur Delouges quand ils ont dîné ensemble hier soir à la Petite Poule rousse. M'sieur Lebédin qui les servait lui-même l'a entendu, il l'a dit à m'dame Lebédin, et m'dame Lebédin nous l'a dit à tous, à nous autres de l'auberge, voilà comment je le sais !... Et si m'dame Béninou continue à m'causer sur ce ton, j'le dirai pas !

– On s'en fout, on le saura bien sans toi, va ! maugréa la Béninou.

Les autres femmes ne l'entendaient pas de cette oreille. Elles voulaient soutenir leur réputation de commère et pouvoir dire en rentrant chez elles : « Tiens, les petits apprentis du boulanger, ils s'appellent comme ci et comme ça... »

Suzanne Oflaquet se fit leur porte-parole en volant dans les plumes de la Béninou.

– Roberte, tu nous énerves en agressant tout le monde comme ça !

– Quoi ? J'agresse qui ? J'agresse personne, moi !

– Si, t'agresses ! L'autre jour c'était Astérie, aujourd'hui c'est Raymonde et Sylvie. Si ça continue, on va t'interdire de lavoir. Tu viendras laver ton linge la nuit, quand y aura personne, qu'est-ce que vous en pensez, vous autres ?

Un brouhaha approbateur s'éleva sous la voûte du lavoir, non seulement du rang des femmes courbées sur leur planche, mais aussi des anciennes, assises sur le muret.

– Pauv'tites pauvrettes ! Voilà que j'les agresse, maintenant ! Comme si elles étaient pas encore assez agressées par leurs maris qui les cognent et les trompent !...

– Mais arrête donc, espèce de teigne ! explosa Suzanne Oflaquet. Lâche un peu le crachoir, tu nous gâches la matinée !

Suzanne se tourna vers Sylvie Charron.

– Alors, ces gosses, comment ils s'appellent ?

– Ils s'appellent Honoré et Sébastien. Le petit blond c'est Honoré, et le grand brun c'est Sébastien.

– Bon, ça c'est leur prénom. Mais leur nom, c'est quoi, leur nom ? C'est des noms de chez nous, au moins ?

– Oh, dit Mémée Demizan, moi qui les ai vus, je peux vous dire qu'ils s'appellent pas Slimane, ni Ben Mokri !

– Oui, lança Roberte Béninou, mais ils pourraient s'appeler Mancuso, ou Dobzinsky ou...

Sylvana n'était pas venue au lavoir ce matin-là. D'ailleurs, Roberte ne se serait sûrement pas risquée à la titiller, car l'Italienne, pourtant originaire d'Ombrie, réagissait à toute mise en boîte avec une fougue typiquement napolitaine. Mais, à dire vrai, Roberte n'était pas mieux tombée avec Sidonie Mallet, dont une des filles était montée à Paris et, là-bas, avait épousé un certain Grynspan, tailleur de son métier, avec lequel elle était d'ailleurs parfaitement heureuse.

– Ou Grynspan, c'est ça ? demanda Sidonie Mallet. Si

tu me cherches, je te balance dans le lavoir d'un coup de téton !

L'homérique poitrine de la mère Mallet lui valait le respect goguenard des commères de Perpezac. « Avec des seins comme ça, une femme connaît forcément la vie ! » disait volontiers Suzanne Oflaquet, que, soit dit entre parenthèses, la nature n'avait pas trop mal pourvue.

Roberte Béninou battit à nouveau en retraite.

– Holà ! Holà ! Ta fille peut épouser la rue des Rosiers tout entière, je m'en fous !

– Alors ça va ! dit paisiblement la mère Mallet. Bon, alors, comment ils s'appellent, les petits mitrons ?

– Je ne sais pas, dit piteusement Sylvie Charron. M'sieur Corbières l'a pas dit à M'sieur Delouges, ou alors M'sieur Lebédin n'était pas là à ce moment-là... Ou alors m'sieur Lebédin l'a pas dit à m'dame Lebédin... Ou alors...

– On a compris ! coupa Roberte Béninou. Dis donc, c'est pas étonnant que tu sois pas à la caisse, à l'auberge ; Lebédin pourrait se faire des cheveux, lui qu'est chauve comme un plat à barbe.

Sylvie Charron fut piquée au vif par la vanne de Roberte. La mettre à la caisse, c'est justement ce que le Lebédin lui faisait miroiter, quand il s'arrangeait pour la coincer dans le cellier ou dans la lingerie de l'auberge, en l'absence de la Lebédin. Alors, elle, forcément, elle se laissait caresser sans faire d'histoires. Caresser et parfois plus, quand ils avaient le temps, parce que tenir la caisse, c'était son rêve. La Béninou savait-elle quelque chose ? C'était impossible ; là-dessus, Sylvie était toujours restée muette comme une tombe.

– Et pourquoi ça ? Je sais compter ! Non mais, de quoi elle se mêle, celle-là !

– Tch-tch-tch ! Taisez-vous ! Regardez qui passe... Quand on parle du loup...

Les femmes se turent et portèrent leur regard vers l'avenue Desnoyers, en bordure de laquelle le lavoir était bâti,

Avenue, c'était beaucoup dire. À cet endroit-là, la rue était plus large.

Suzanne Oflaquet émit un léger sifflement d'admiration.

– Mais c'est notre beau boulanger ! Jérôme Corbières en personne !

– Et en dimanche ! ajouta Roberte Béninou. Regardez-moi ça comment il est mis ! Ça ne serait pas son costume de mariage ?

– Peut-être bien. Faut dire que c'est élégant, admit Sidonie Mallet. Et bien coupé. Un peu près du corps peut-être, mais il sait le porter !

– Non, trancha Mémée Demizan, décidément très en forme aujourd'hui. J'm'en souviens très bien, de son mariage. Il portait un complet pied-de-poule... C'était à la mode, cette année-là ! Tandis que ça, c'est bleu, bleu... Comment on appelle ça, déjà ?

– Bleu pétrole, dit Suzanne Oflaquet. Le costume est bleu pétrole, le manteau, c'est du poil de chameau marron foncé... Chapeau gris perle, chaussures bien cirées... La classe ! Ça lui va bien, hein ? Heureusement que Sylvana n'est pas là pour le voir passer comme ça, elle nous ferait des convulsions !

– Des convulsions ? Un orgasme, oui ! renchérit Roberte, toujours charitable avec les copines.

– Un orkasse... quoi ? demanda Sylvie Charron qui n'avait pas beaucoup de vocabulaire.

– Un orgasme, c'est comme quand Lebédin te baise et que tu jouis, lui répondit aimablement la Béninou.

– Hein ? Qu'est-ce que t'insinues ?

– J'insinue rien, eh, pomme ! Je dis carrément !

– Je vais te...

– Assez ! intervint Suzanne Oflaquet. Arrêtez de vous engueuler. Regardez passer un beau brin d'homme !

– Pour être bien, il est bien ! bredouilla Mémée Demizan dans leur dos.

– Eh bien, Mémée, qu'est-ce qui vous arrive, c'est le printemps ?

– Elle va nous faire une orgasme !

– Et où il va comme ça, à votre avis, notre boulanger, beau comme un cœur et sentant la lavande ?

– Il va chercher sa Jeanne ! répondirent les lavandières en chœur.

– C'est sûr, reprit Suzanne Oflaquet, tout y est, les mioches à la maison, lui en pékin allant prendre le car devant le Café du Marché, pas de doute, il va la chercher à Blois ! Et ben tiens, j'espère qu'il va la ramener ! dit-elle en envoyant un baiser en direction de la silhouette de Jérôme.

– Et pourquoi ça ? Qu'est-ce ça peut te faire ? demanda Roberte.

– Parce que c'est le plus bel homme de Perpezac, et que j'ai pas ma chance auprès de lui... Alors, si c'est comme ça, au moins, qu'il retourne avec sa femme, et qu'une cochonne n'aille pas en profiter !

Si elles avaient pu voir Jérôme de plus près, les femmes de Perpezac se seraient aperçues qu'il manquait d'allégresse. Le pli qui barrait son front, l'amertume de sa bouche, l'angoisse qui se lisait dans ses yeux, tout signifiait le contraire. C'était un homme aux abois, fou d'inquiétude : sa dernière lettre à Jeanne n'avait pas reçu plus de réponse que les précédentes. Il allait à Blois tenter la rencontre de la dernière chance.

Chapitre XXIV

Depuis trois jours, Basile était tranquille. Il s'arrangeait toujours pour intercepter le facteur, il ne sursautait plus à chaque fois qu'il entendait du bruit dans la rue, ou qu'on sonnait à sa porte. Si on sonnait, il se levait tranquillement du fauteuil où il s'installait pour lire *L'Humanité*, et il allait ouvrir. Il y allait lui-même : il ne laissait pas Marie y aller. Depuis le départ de Jeanne, c'était sa seule inquiétude. Que Corbières s'amène, et que ce soit Marie qui le reçoive. Parce qu'elle aurait bien été capable de vendre la mèche et de tout foutre par terre en donnant à Jérôme l'adresse de Jeanne.

Il se carra plus confortablement contre ses coussins et il eut un petit rire silencieux. Joli coup, Basile ! Il pouvait bien se congratuler. Personne ne le ferait à sa place. Et pourtant, il était en train de sauver sa fille. C'était comme une partie difficile qu'il aurait jouée contre un adversaire malfaisant et coriace. L'adversaire c'était Jérôme Corbières, l'enjeu c'était Jeanne, le bonheur de Jeanne. Et cette partie, il la jouait tout seul. Il n'avait aucune aide à attendre de Marie, sa femme, qui ne comprenait rien à rien. Elle pensait qu'une réconciliation serait la meilleure solution.

Cela, il ne voulait en entendre parler à aucun prix. Sa haine à l'égard de son gendre était totale, fusion de plusieurs haines. Il haïssait Jérôme parce que celui-ci lui avait volé sa fille et qu'il l'avait rendue malheureuse. Il le haïssait aussi parce que, en politique, il était son ennemi, qu'il appartenait à une corporation que les ouvriers métallurgistes comme lui avaient toujours méprisée et combattue. Le temps des batailles rangées à coups de cannes ferrées et des meurtres à coups de compas n'était pas si lointain, ni celui où le boulanger, c'était, avec le patron d'usine, l'oppresseur le plus immédiat, le plus visible : celui à qui il fallait donner de l'argent tous les jours pour survivre. On était au vingtième siècle, et ces rancunes appartenaient à un passé révolu. Mais dans l'esprit de Basile, elles étaient là, intactes. Et surtout, elles venaient conforter sa haine principale : celle qu'un père maladivement amoureux de sa fille vouait à l'homme qui la lui avait arrachée pour la souiller. Car c'était bien ainsi que Basile concevait la vie commune de Jeanne avec Jérôme : une souillure, bien qu'ils aient été mariés on ne peut plus officiellement.

Alors, il avait mené sa partie avec adresse, et il avait gagné. Quand Jérôme viendrait sonner à la porte dans l'espoir de revoir Jeanne, de la ramener avec lui à Perpezac, il ne l'y trouverait pas, tout simplement !

Si Basile avait été riche, pour l'éloigner de Jérôme, il aurait mis Jeanne dans un bateau en partance pour l'Amérique, ou pour un quelconque paradis exotique. Mais il n'était qu'un ouvrier à la retraite. Il avait tout juste réussi à payer sa petite maison en un demi-siècle de travail et d'économies. Il lui restait quelques milliers de francs à la Caisse d'épargne, ça n'était pas avec ça qu'il allait envoyer Jeanne à Rio ou à Tahiti... Alors il avait réfléchi, et à force de réflexion une idée lui était venue. Elle n'était pas parfaite. Mais c'était la seule à sa portée. Un frère de Marie possédait au-dessus de Marseille, dans la garrigue, un cabanon où il n'allait plus très souvent. Basile et Marie y avaient passé leur lune de miel. Ils s'en souvenaient comme d'un endroit merveilleux, presque étranger au monde, à ses laideurs et à ses tracas. Il faudrait bien un jour que Jeanne reprenne un emploi, mais pour l'instant les économies de Basile pouvaient au moins servir à cela : payer à Jeanne quelques mois de repos complet, dans cet Eden marseillais. Là-bas, elle oublierait tout.

Il avait fallu batailler ferme pour qu'elle accepte de partir. Regrettait-elle à ce point sa vie ancienne qu'elle espérait voir surgir Jérôme sur le pas de la porte ? Basile le craignait autant qu'elle l'espérait. Il avait arraché le morceau à force d'insistance, de promesses, de caresses et de supplications : quatre jours après l'arrivée de la lettre de Jérôme, sans l'avoir lue, et pour cause, Jeanne avait pris le train pour Marseille avec un peu de linge dans une valise toute neuve. Basile, que s'était occupé de tout, l'avait choisie bleue.

– Comme le ciel de Marseille ! avait-il dit en la lui apportant, la veille de son départ.

– Oh, tu sais, à Perpezac aussi, il peut faire beau…
Il s'était renfrogné.
– Oui, bon… J'ai retiré deux mille francs… Avec ça, tu peux voir venir. J'ai encore téléphoné à René ce matin ; il n'y a aucun problème, tu peux rester là-bas autant que tu voudras. Alors profites-en bien… Nous viendrons te voir, ta mère et moi. D'ici là, tu te reposes, tu te requinques. Tu es toute maigre, ma pauvre chérie…
– Oui, papa, mais je n'ai pas vraiment envie d'y aller…
– Mais c'est magnifique ! Le soleil, les arbres, les cigales… On y a été heureux ta mère et moi !
– Vous vous aimiez !… Tandis que moi je serai toute seule…
Contrarié, Basile se tourna vers Marie.
– Dis-lui donc, toi, que c'est ce qu'elle a de mieux à faire dans l'immédiat. Après… Après, on verra !
Marie n'était pas d'accord. Elle soupçonnait son mari de vouloir éloigner Jeanne le plus possible de Perpezac. Mais il était tellement braqué quand il avait quelque chose en tête, qu'elle avait fini par se rallier à son idée.
– Ecoute, chérie, ton père ne veut que ton bien…
Le Paradou, c'était le nom du cabanon. Une petite chambre, une grande pièce où on faisait la cuisine, une véranda au mur plein de lézards, un puits, un bout de terrain planté de micocouliers et de vieux oliviers. C'est vrai qu'on pouvait y être heureux comme nulle part ailleurs, si on n'y amenait pas son malheur avec soi. Jeanne avait renoncé à faire comprendre à son père qu'elle partait la mort dans l'âme. Mais ce départ serait aussi pour elle une délivrance. Elle n'aurait plus à subir la pression continuelle, obsédante, que son père exerçait sur elle. Seule au Paradou, elle pourrait réfléchir en paix à sa vie passée et à venir, à elle, à Jérôme… Mais Jérôme n'avait pas donné signe de vie. Bien sûr, c'était elle qui avait quitté le domicile conjugal. Quand on s'aime vraiment, est-ce que ça compte, ces choses-là ? Pourquoi n'écrivait-il pas ? Elle avait beau guetter le passage du facteur, pas

une fois elle n'avait trouvé dans la boîte l'enveloppe libellée à son nom à elle, de son écriture à lui, qu'elle espérait chaque jour, avec plus d'âpreté et moins d'espoir. Alors, pourquoi pas, après tout, cet exil à Marseille ? Elle avait dit oui. Exultant, Basile l'avait conduite lui-même à la gare. « Je ne te laisserai pas porter ta valise toute seule, quand même ! »

– Mais, papa, il faudra bien que je la porte en arrivant à Marseille ! Et d'ailleurs, elle ne pèse rien…

– Marseille, c'est Marseille, et ici, c'est ici !

En réalité, il voulait être absolument sûr qu'elle prendrait bien le train pour Marseille, et non pour Perpezac. Et le meilleur moyen, c'était de la mettre lui-même dans le train et de rester sur le quai jusqu'à l'heure du départ. À présent, tranquille, sûr de lui, ne craignant qu'une gaffe, involontaire ou non, de Marie, il attendait Jérôme Corbières de pied ferme.

Chapitre XXV

Jérôme avait passé la nuit au fournil. Il ne savait pas combien de temps il resterait absent. En pétrissant, cette nuit-là, il s'était laissé aller à rêver d'une nuit d'amour avec Jeanne, dans la plus belle chambre du plus bel hôtel de Blois, avant leur retour à Perpezac ensemble. Il n'osait pas trop y croire, mais il avait tout de même préféré parer à toute éventualité en cuisant le pain des Perpezaciens pour deux jours. Bien entendu, rien ne vaut le pain frais, mais pain rassis vaut mieux que pas de pain du tout. Et puis le pain de Jérôme Corbières était si équilibré dans sa composition, si bien cuit, si bien protégé par sa croûte comme un marron par sa bogue, qu'il prenait tout son temps pour rassir.

Ainsi donc, Jérôme s'en était allé prendre l'autocar, le cœur plein d'angoisse mais, du moins, l'esprit en paix.

Les commères du lavoir n'avaient pas été les seules à le voir passer et à comprendre, à sa mise, qu'il serait sans aucun doute absent jusqu'au soir, et peut-être plus longtemps encore. De la fourche d'un arbre si haut et si bien situé qu'il constituait un poste d'observation idéal, La Fatigue avait assisté lui aussi au départ de Jérôme Corbières.

Depuis des semaines, La Fatigue dormait mal. À mesure que le temps passait et que l'état de la Maugrée empirait, le marché que lui avait proposé l'inconnu de la cabane du père Laburle hantait toutes ses pensées. Ce n'était même plus seulement les soins nécessaires à sa mère et le moyen d'y subvenir qu'il avait dans l'esprit. Il lui semblait que les louis d'or promis par l'homme allaient tout changer dans son existence comme dans celle de la Maugrée. Lui aussi allait guérir, s'il faisait ce que l'homme attendait de lui ; il allait guérir de cette vilaine maladie qu'était sa vie. Jusqu'alors il n'en avait pas trop souffert, mais tout à coup, elle lui apparaissait dans toute son horreur. La Maugrée et lui, ils vivaient comme des animaux. La Fatigue en avait eu la révélation, quelques jours après cette troublante rencontre, dans les yeux luisants de l'inconnu. Et le moyen de redevenir, ou plus exactement de devenir, des êtres humains, c'était de gagner ces six fichues pièces d'or promises par l'inconnu au regard de loup. Un hiver particulièrement rigoureux, La Fatigue s'était retrouvé nez à nez avec un loup. Un vrai loup, aux flancs creux, aux yeux jaunes, brillants. L'animal ne s'était pas jeté sur La Fatigue. Il l'avait regardé un moment, sans bouger, et puis il avait tourné les talons et s'était enfui. Rétrospectivement, l'image du loup et celle de l'homme se mêlaient dans l'esprit de l'enfant…

Mais si La Fatigue pensait chaque jour à l'inconnu et au tube métallique qu'il lui avait confié, il n'osait pas lui obéir. Tout de même, flanquer la courante à toute la ville, ce serait une sale blague. Elle risquait de valoir de très graves ennuis au boulanger, si on établissait un lien entre son pain et cette épidémie. Or La Fatigue n'avait aucune raison de nuire à Jérôme, au contraire. Et puis, les adultes sont si malins, si ingénieux, qu'ils disposaient peut-être de moyens leur permettant de deviner la vérité et, à travers Jérôme, de remonter jusqu'à La Fatigue... Il se voyait déjà accusé, poursuivi... Et sa mère!... Il n'avait pas une vision très claire du fonctionnement de la justice, mais est-ce qu'on s'embarrasserait d'une enquête, avec eux? On organiserait une battue, et on les tuerait à la chevrotine, comme des bêtes malfaisantes.

Alors, les louis? Les six belles pièces d'or, capables de réchauffer toute une vie? Ils n'appartiendraient donc jamais à La Fatigue? Cela, il ne pouvait l'accepter. Avec ses belles paroles, l'inconnu avait empoisonné l'âme du sauvageon. Lui naguère si serein, si gai dans sa misère, il souffrait désormais de tourments dont il n'avait jamais eu la notion. Agir? Ne pas agir? Oublier les louis et le tube qui lui permettrait de se les approprier, ou au contraire tout mettre en œuvre pour satisfaire l'inconnu et mériter la récompense promise? La Fatigue agitait ces questions sans cesse, depuis des semaines. Incapable d'y répondre, il dépérissait, il séchait sur pied, juché en haut des arbres ou caché dans les buissons depuis lesquels, sans relâche, il épiait Jérôme Corbières. Et voilà que, pour la seconde fois en peu de jours, Jérôme s'absentait, laissant le fournil sans surveillance...

Sans surveillance, voire! Il y avait Astérie, bien sûr, mais en plus, depuis une semaine, il y avait les deux nouveaux venus, les deux gamins que Jérôme avait ramenés de Paris.

Ceux-là, La Fatigue les observait avec une curiosité toute particulière. Lui-même, à l'école, quand il daignait y faire de brèves apparitions, il n'avait guère d'amis. Il était trop différent des autres. On aurait eu honte, sûrement, d'être vu en sa compagnie. Il n'en faisait pas un plat. Il était trop sale, trop mal habillé, trop mauvais élève, trop brutal quand il jouait... Si on lui prêtait un jouet, il le cassait ou il le gardait. Il prétendait l'avoir perdu.

Il n'était pas populaire ? Il s'en fichait. Lui n'avait d'amitié pour personne. Les enfants « normaux » lui étaient trop étrangers. Eux et lui vivaient dans des mondes distincts. À lui les chemins creux et la forêt autour de Perpezac, le soleil et la pluie, le froid et la faim. À eux, cette drôle d'existence molletonnée, gavée, surchauffée, qu'il essayait en vain d'imaginer, mais qu'il n'arrivait pas à envier. Les gosses qui allaient régulièrement à l'école, qui faisaient trois repas par jour et qui dormaient toutes les nuits dans un lit bien chaud et bien propre sous un toit étanche, lui faisaient l'effet d'infirmes ou de demeurés avec lesquels il ne pouvait avoir de langage commun.

Les nouveaux, c'était autre chose. À cause des rapports particuliers qu'il entretenait avec le boulanger, il s'était intéressé à eux. Il avait questionné Suzanne Oflaquet et l'instituteur Forget. De Suzanne, il avait appris d'où ils venaient. « D'un orphelinat à Paris », avait-elle dit. Ces mots avaient produit sur La Fatigue un effet considérable. Des orphelins, il savait ce que c'était. Des enfants encore plus seuls que lui. Des enfants qui n'ont même pas la Maugrée. On méritait le nom d'orphelin quand on n'avait même pas ça : ce repère dans la vie, une mère alcoolique et prostituée, presque une bête, mais à laquelle un lien obscur et nécessaire vous rattachait... Et aussi, il y avait le fait que les gosses arrivaient de Paris. Paris, il n'y était jamais allé. Et ces deux-là arrivaient de ce lieu mythique, où sans doute les orphelinats étaient encore pires ou encore plus « formidables », il ne savait pas au juste, que partout ailleurs. Des orphelins, oui, mais de Paris. Cela devait faire de sacrés types !

En sa qualité d'instituteur-directeur d'école, Aristide

Forget en savait plus que tout le monde à leur sujet. Parce que, évidemment, ces deux mioches-là, il allait bien falloir qu'ils aillent à l'école. En fait d'apprentis boulangers, c'était des apprentis apprentis que Jérôme Corbières avait ramenés de Paris. En bon hussard noir de la République, c'était comme ça que Forget voyait les choses. À peine avait-il appris la nouvelle chez le pharmacien Gaffarel qu'il s'était rendu à la boulangerie. Et là, très amicalement, car les deux hommes entretenaient depuis toujours les meilleurs rapports, Forget avait rappelé à Corbières son obligation de scolariser les deux garçons. Corbières avait promis de s'y conformer. Il avait demandé un répit de quelques jours.

– Laisse-les arriver. Ils n'ont jamais vu un champ ni un animal... Laisse-les s'acclimater ! Ils iront, va, dans ton école qui sent la pisse et la poussière de craie, mais laisse-leur prendre un bol d'air avant de s'y enfermer !

– Elle est propre, mon école ! Je suis intraitable sur l'hygiène !

– Elle est propre, mais elle sent la pisse et la craie. Ça sent comme ça les écoles, toutes ! Tu ne t'en es jamais aperçu ? Tu n'as jamais quitté l'école, alors forcément...

– Je te demande pardon ! Je l'ai tout de même quittée de 1915 à 1918, comme tu as quitté ton fournil...

Le gros Aristide haletait d'indignation. Jérôme lui tapa sur l'épaule d'un geste apaisant.

– Vaï, vaï ! T'énerve pas ! Tu as fait une belle guerre, on le sait, et ton école sent bon la pisse, la craie, et la feuille morte en plus, l'automne ! Ecoute, je te jure que mes deux rombiers suivront la classe. Apprentis, c'est un mot comme ça, histoire de remplir les paperasses. Je vais leur apprendre le métier, c'est sûr, mais je ne vais pas les coller au boulot à neuf ans, rassure-toi !

– T'as pas intérêt. C'est interdit, de toute façon. Et pas de fournée de nuit, hein ? La nuit, un gosse de cet âge-là, ça dort, sinon le lendemain c'est bon à rien en classe !

– Je te juuuuure, Aristide ! Je te juuuuure qu'ils seront au lit à huit heures du soir, et qu'ils ne boiront pas de vin à table ni de gnôle entre les repas ! s'était exclamé Jérôme excédé.

– Bon, bon... Alors comment ils s'appellent, les deux zigotos, que je les inscrive ?...

C'est comme ça que l'instituteur avait su bien avant tout le monde que les gosses s'appelaient Honoré Faber et Sébastien Célérier, et qu'il l'avait appris à La Fatigue.

– Mais pourquoi tu t'intéresses à eux ? avait demandé Forget. Tu crois que tu pourrais t'en faire des copains ?

– Des copains, moi...

L'enfant n'avait pas terminé sa phrase, et le cœur du gros Forget s'était serré. Des copains, La Fatigue n'en avait pas, bien sûr. Forget était bien placé pour le savoir.

– Ecoute, peut-être que ceux-là seront plus gentils avec toi... Ils arrivent, ils connaissent personne...

– J'ai pas besoin qu'on soit gentil avec moi ! J'ai besoin de personne !

– Bon, bon, d'accord...

– Ils sont orphelins, hein ?

– Oui, orphelins... Ça veut dire que...

– Je sais. Ils ont personne à s'occuper.

– Hein ? Mais c'est le contraire, c'est les adultes qui s'occupent des enfants, pas...

Et, plantant là Aristide Forget, La Fatigue avait disparu, imprévisible comme un moineau.

Depuis, il réfléchissait au nom des gosses. Le petit blond, c'était Faber. Honoré Faber. Honoré... Honoré de quoi, par qui ? Honoré d'être orphelin, honoré par le destin. Et l'autre, le brun, qui était plus grand, il s'appelait Sébastien Célérier. Qui qu'a fait le con ? C'est Bastien ? Non, c'est Lérier ! La Fatigue remuait des blagues comme ça dans sa tête et se promettait de les balancer à l'école, s'il s'en souvenait. Mais surtout, il épiait Honoré et Sébastien avec passion. Ces deux-là étaient nés sans parents, sans toit. Et ils avaient trouvé un toit, et quelque chose comme des parents, avec Jérôme et Jeanne. Jeanne n'était pas là, mais elle reviendrait sûrement. On ne l'avait pas enterrée, donc elle reviendrait. Peut-être même que c'était elle que Jérôme allait chercher quelque part, bien habillé comme il était aujourd'hui ? Et peut-être bien que c'était l'occasion à saisir, puisqu'il s'absentait ? Le chemin du fournil, La Fatigue le connaissait bien, comme il connaissait les habitudes d'Astérie. Le fournil, Astérie n'y mettait jamais les pieds. Ça lui rappelait trop son mari, Maître Adeline, que La Fatigue avait à peine connu. Ou parce que le fournil, ce n'était tout simplement pas un endroit pour les femmes. En tout cas, elle n'y allait pas. Et s'il n'y avait pas eu Honoré et Sébastien, un jour comme celui-ci, ç'aurait été un jeu d'enfant que d'aller mélanger la poudre de l'inconnu à la farine du boulanger. Pas à la pâte, hein, parce que là, il n'avait sûrement pas laissé la pâte en attente. Mais La Fatigue savait où était la réserve de farine. Et, mélangée d'avance à la farine, la poudre aurait certainement le même effet que mêlée à la pâte à pain. Peut-être même que ça la diluerait un petit peu, que ça en atténuerait les effets. Ainsi, il aurait rempli sa mission, mérité les louis, et il serait quand même un peu moins coupable vis-à-vis de Jérôme. Et même, tiens, presque pas coupable du tout... Cette idée l'enchanta. À mesure qu'il pensait à tout ça, le cœur de La Fatigue battait plus vite et plus fort. La poudre. La farine. Le chiffon blanc accroché à la fenêtre ouest. Un chiffon blanc, il n'en avait pas. Mais un torchon, un lambeau de torchon ferait l'affaire. Ou bien il trouverait une chemise à voler sur un fil et il en arracherait une manche...

Chapitre XXVI

Honoré jouait sur l'allée de ciment. Des deux, c'était encore lui le plus enfant. Pas seulement par la taille et par l'âge, bien qu'ils n'aient que quelques mois de différence. Pour autant qu'on peut rester « bébé » en traînant ses fonds de culotte sur des bancs d'orphelinat, Honoré l'était resté. Il l'était même redevenu dès son arrivée chez Jérôme Corbières. Il baignait ici dans une atmosphère de sécurité depuis longtemps oubliée et propice à des régressions délicieuses. Aux Vertus, comme dans tous les établissements où il était passé, on n'était jamais seul, il y avait toujours quelqu'un pour vous tomber sur le poil et démolir les constructions imaginaires, ces fragiles échafaudages de pailles et de bulles, de duvets et de fils de la Vierge... Ici, à Perpezac, rien de tel, il pouvait jouer des heures, s'immerger dans son monde intérieur sans que personne ne vienne le déranger. Et il en profitait, il jouait sans retenue et sans inquiétude, comme tous les enfants du monde, à des jeux difficilement explicables aux adultes, parfois dégoûtants ou pervers, vraiment amusants.

Ainsi, il y avait le long du mur du principal corps de bâtiment une allée de ciment dont il avait fait un de ses terrains de jeu favoris. Le revêtement de ciment s'était crevassé et craquelé sous l'effet des intempéries. Il n'était plus d'un seul tenant, mais s'était morcelé en un grand nombre de forts ou de bunkers grands et petits, qu'il était possible de soulever comme des couvercles. Les forts-couvercles abritaient une faune d'insectes bizarroïdes pour cet enfant qui n'avait jamais approché la nature. Ces bestioles qui grouillaient et se dispersaient comme frappées de panique dès qu'il soulevait le toit de leur abri, Honoré adorait les massacrer. Ingénument, il les écrabouillait à l'aide d'un galet, il les coupait en morceaux avec un vieux couteau rouillé, il les brûlait quand il était sûr que personne ne l'observait, grâce à quelques allumettes barbotées dans la cuisine d'Astérie, et avec lesquelles il allumait de longues lianes qu'il fumait d'ailleurs comme des cigarettes. D'une excursion en groupe dans les bois d'Ozoir-la-Ferrière, c'est tout ce que les pensionnaires avaient rapporté, touchant aux bienfaits de la nature : on pouvait cueillir des lianes bien sèches le long des talus, les couper et les fumer exactement comme des cigarillos… Cela n'était pas mauvais, ça flanquait même moins mal au cœur que le vrai tabac.

– T'as des lianes ? File-m'en une !

C'était Sébastien qui avait rejoint Honoré. Les deux garçons s'entendaient toujours aussi bien, sans pour cela « se coller au cul », comme ils disaient. Ils passaient de longues heures chacun de son côté. L'ancienne ferme de Corbières était largement assez grande pour ça.

Honoré fouilla dans sa poche et tendit à son compère un morceau de liane semblable à un bâton de réglisse.

– Tiens… Il a pas plu depuis plusieurs jours ; elles sont sèches au poil !

– Prima !

Ils disaient « Prima » pour signifier que quelque chose était vraiment bon. Ils ne savaient pas d'où ça venait ; c'était de l'allemand ou du hollandais, peut-être… Cela faisait partie de l'argot de boîte.

Sébastien alluma sa liane à celle d'Honoré. Il l'attisa patiemment, puis aspira une profonde bouffée.

– Elles sont pas mauvaises, reprit-il. Plus parfumées que celles d'Ozoir, je trouve…

– Je t'ai cherché, t't'à l'heure. Qu'est-ce que tu foutais ?

– J'ai passé un moment au fournil.

– Le four est éteint…

– Je sais, mais j'aime bien. L'atmosphère, je sais pas, ça me plaît… Et toi, qu'est-ce que tu fous ?

– Tu vois, je me marre…

– Tu te marres à écrabouiller les vers de terre ? Tu serais pas un peu taré ?

– J'suis pas taré, j'joue à Douaumont ! La pierre, c'est le fort avec les Français dedans, et moi je fais l'artillerie allemande…

– C'était le contraire, c'étaient les Allemands qu'étaient dedans !

– Ah bon ?
– Ben oui, chaque fois qu'ils reprenaient le fort, forcément, ils étaient dedans, jusqu'à ce que nos soldats les refoutent dehors…
– Ah, c'est intéressant !
– Eh oui, c'est de l'Histoire ! Tu sais, le patron, enfin, Jérôme, il l'a faite, la guerre. Je lui ai demandé, eh bien il a été décoré.
– Eh, mon pater, il l'a faite ; c'est là qu'il a attrapé les éponges mitées. Il a été blessé, le patron, enfin, Jérôme ?
– Non, il m'a dit qu'il a eu de la veine.
– Ben tu parles, s'il a été décoré sans avoir été blessé ! Mon pater, on l'a décoré pour ça. Ils ont dû lui donner la Croix des éponges mitées, ou un truc du genre… Eh, ils auraient pu la donner à ma mère en même temps, parce qu'elle les avait mitées, elle aussi. En tout cas, ils en sont morts tous les deux.
– Je sais, tu me l'as déjà dit. Pourquoi tu rabâches ça ?
– Parce qu'ils ont changé de mort depuis la dernière fois que je te l'ai dit.
– T'es con, toi, hein ?
Sébastien s'assit à côté d'Honoré, sur le revêtement craquelé.
– Dis donc, reprit-il, on n'est pas mal, ici.
– Non, j'ai vu pire.
– Moi aussi. On peut pas encore dire, mais j'ai l'impression qu'il sera peut-être pas nécessaire de se faire la valise…
– Pour l'instant, y a pas d'urgence… C'est bon ce qu'on mange.
– Ouais. Et puis ils sont gentils, Astérie et le patron, enfin, Jérôme.
– Oui, mais il est allé chercher sa femme. Si ça se trouve c'est une emmerdeuse…
– Ça se peut. Finalement, on est peinards sans elle. Ce serait aussi bien qu'il la ramène pas ! La vieille Astérie, ça suffit bien, comme femme au foyer.

– T'as vu que lundi, on est bons pour l'école ? Cette fois-ci, on n'y coupera pas.

Honoré fit la grimace.

– C'était trop beau !

La liane au bec, Sébastien se releva.

– J'ai envie de pousser jusqu'à la rivière. Astérie m'a dit qu'il y a des coins vachement bien pour se baquer l'été. Tu viens avec moi ?

– Il sera temps d'y aller cet été... Tu vas pas te baquer maintenant, avec le froid qu'il fait ?

– Non, bien sûr, c'est juste pour voir !

Honoré haussa les épaules.

– Cours devant, dit-il sans quitter du regard son écrabouillis d'insectes, j'finis de libérer Douaumont.

Sébastien leva les yeux au ciel.

– Ce que t'es con !

Le petit eut un rire clair.

– C'est celui qui l'dit qui y est !

– Bon, ben j'y vais...

– C'est ça, vas-y.

Tout près, invisible, allongé comme un Mohican de Fenimore Cooper, derrière un épais massif, La Fatigue avait assisté à la scène et n'avait rien manqué de la conversation.

Sébastien flânant au bord de la Crouelle, et Honoré ici, absorbé par son jeu. Parfait. La voie était libre. La Fatigue laissa s'éloigner Sébastien. Il localisa Astérie à l'oreille. Il avait une ouïe et une vue exceptionnelles. Astérie était en haut ; elle ne risquait donc pas de le voir. Souple et silencieux, La Fatigue se glissa vers le fournil.

La porte était fermée, mais à la campagne on ne s'embarrasse pas de la méfiance qui règne dans les villes. Souvent, on ferme sa porte, mais on laisse la clé à proximité, sous une pierre ou dans un pot de fleurs. Ainsi est-on sûr de ne pas la perdre en la portant sur soi. Les voisins savent où elle se trouve, et ça peut rendre service.

La Fatigue le savait, Jérôme laissait la clé dans un petit arrosoir troué, à gauche de la porte. Mais l'y avait-il déposée cette fois-ci, alors qu'il partait peut-être pour plusieurs jours ? Le cœur battant, l'enfant plongea la main dans l'arrosoir. Un sourire de triomphe illumina son visage camus, crasseux. La clé était là ! Il la prit, ouvrit la porte, entra, repoussa la porte derrière lui. Le tout n'avait pas duré deux secondes.

Derrière la porte, après un étroit palier, un escalier de pierre menait au fournil établi dans une ancienne cave. La Fatigue dévala silencieusement l'escalier et poussa une seconde porte. Voilà, il était dans les lieux. C'était la première fois qu'il s'y trouvait seul. Et malgré lui, son cœur battait. Pas d'être entré subrepticement…

Entrer chez les gens, ou dans les celliers et les poulaillers, piller les vergers, barboter et boulotter tout ce qui lui tombait sous la main, il passait son temps à ça. Non, c'était le lieu qui l'intimidait. La boulangerie était un lieu sacré, plus sacré qu'une église, pour un gamin gouverné par son estomac plus que par son âme. C'était ici que s'élaborait, entre les mains de Jérôme, le pain de Perpezac, dont sa mère et lui recevaient parfois leur part. C'est ici que Jérôme préparait ce qui, pour La Fatigue, constituait la nourriture des dieux : les croissants au beurre auxquels, une seule fois, il lui avait été donné de goûter.

Un instant écrasé de respect, le gosse hésita. Il sentait contre sa cuisse, au fond de sa poche, le contact à présent familier du tube de métal.

Le fournil baignait dans la pénombre, mais La Fatigue n'avait aucun mal à s'orienter dans cette pièce. Le coffre de farine était là, à droite, dans l'angle. Comme tous les boulangers, avant de l'utiliser, Jérôme laissait reposer la farine. De la meilleure qualité, moulue et blutée à l'ancienne, elle lui était livrée par un petit meunier avec lequel Maître Adeline travaillait déjà avant lui. Jérôme avait hérité de son père adoptif une méfiance obstinée vis-à-vis de la plupart des progrès intervenus depuis le début du siècle dans la préparation industrielle des ingrédients comme dans les techniques de panification. « Oui, oui, la farine est plus blanche et plus fine aujourd'hui, disait-il volontiers, mais ça ne veut pas dire qu'elle soit meilleure qu'avant... On oublie que la farine, c'est du grain broyé ; une farine ne vaudra jamais que ce que valait le grain dont on l'a tirée ! Leur joli plâtre, les grands minotiers peuvent se le garder ! Chez moi, il n'entrera que la même bonne vieille farine dont se servait Maître Adeline : du blé broyé entre deux pierres. C'était bien assez bon pour la table des rois, et les habitants de Perpezac n'en voudraient pas d'autre ! »

Du temps de Maître Adeline, le couvercle du grand coffre en chêne était pourvu d'un anneau destiné à recevoir un cadenas, mais ce cadenas, Jérôme l'avait égaré depuis longtemps et ne s'était jamais soucié de le remplacer. La Fatigue se dirigea vers le coffre. D'un étroit soupirail qui s'ouvrait sur le mur opposé, filtrait un rai de lumière qui tombait juste sur le coffre. Il fallait agir très vite et filer. La Fatigue se vit déjà, son coup fait, en train d'accrocher à la fenêtre ouest de la maison brûlée le chiffon blanc annonçant son triomphe... Comme ivre, il souleva le lourd couvercle. Un bâton permettait de maintenir le coffre ouvert. L'enfant l'engagea dans les crans prévus à cet effet. Dans la pénombre relative, la farine semblait irradier une lueur légèrement bleutée. La Fatigue plongea sa main dans sa poche et en sortit le tube. Vite, vite, il l'ouvrit et en versa le contenu dans le coffre. De sa main gauche, à l'aveuglette, il le mélangea sommairement à la farine. Il avait retiré sa main, et il était en train de l'essuyer sur son pantalon innommable de crasse, quand il entendit un bruit de pas dans l'escalier, derrière la porte par laquelle il était entré. Son cœur fit un bond dans sa poitrine. Il contourna le coffre et s'accroupit dans son ombre. Des yeux, il chercha l'autre porte, celle qui donnait sur un second escalier, lequel conduisait à l'appartement du boulanger. Mais il n'était plus temps de filer par là, ce qui eût d'ailleurs été très problématique, car il ignorait tout de la disposition des lieux, là-haut, et il risquait de tomber nez à nez avec Astérie. Il entendit la porte tourner sur ses gonds. Il rentra la tête dans les épaules. Dans son crâne grondait la fureur du chat acculé par un chien. Se laisser coincer comme ça, lui !... Une main tourna le commutateur électrique, et une lumière crue, tombant des deux puissantes lampes pendues au plafond, inonda le fournil tout entier. Il faut voir clair pour travailler et pour tout nettoyer tout le temps ; les boulangers, ça passe son temps à frotter et à laver...

Un bruit de pas, maintenant. Des pas trop légers pour être ceux d'un adulte. Nom de Dieu, c'était...

– Où que t'es, toi ? Sors de là, je t'ai vu entrer !

La voix était ferme. Sébastien Célérier n'avait pas froid aux yeux. La Fatigue non plus. Le petit sauvage se sentit soulagé. Pincé, d'accord, mais par un adversaire à sa taille. Le nouveau venu l'ignorait, mais à l'école on ne lui cherchait pas trop des crosses. On savait qu'à la bagarre il tapait comme un sourd, qu'il griffait, qu'il mordait, et qu'il visait les couilles et les yeux.

Il se redressa et se campa devant Sébastien, de côté, dans l'espoir de dissimuler sa main et sa cuisse gauches blanches de farine. On l'avait surnommé La Fatigue, et non La Malice ; il y avait à cela des raisons objectives qui se trahirent à travers sa première réaction :

– Ben, qu'est-ce que tu fous là toi-même ? Je te croyais en route pour la Crouelle...

– Ah, tu t'es trahi ! Alors comme ça, tu nous espionnais ! Pourquoi ? Réponds ! Qui tu es, qu'est-ce que tu fous là ?

La voix de Sébastien ne tremblait pas. La Fatigue se souvint des mots de Suzanne Oflaquet : « Ils arrivent d'un orphelinat à Paris... » On lui aurait dit qu'il venait tout droit de la Cour des Miracles ou du bagne, ou de Tataouine, ça lui aurait fait le même effet, à La Fatigue. Le gars qu'il avait devant lui avait fait ses classes dans un endroit terrible, et ça ne pouvait être qu'un caïd. Mais bon, lui aussi savait se battre ! Le rat des champs et le rat des villes allaient se foutre une peignée; que le plus méchant gagne ! À part l'inconnu qui ne comptait pas, puisque c'était un adulte, La Fatigue n'avait encore jamais rencontré plus méchant que lui-même.

– On m'appelle La Fatigue, parce que je suis né fatigué, il paraît... Mais pas pour tout, hein, nuance !

– Ah ouais ? Et qu'est-ce que tu fous là ?

Dans l'esprit de Sébastien, la question était de pure forme. Dans ses haillons graisseux, avec sa figure et ses mains noires de crasse, La Fatigue ne pouvait être qu'un voleur. Et Sébastien, sans même sans rendre compte, oubliant qu'il n'était lui-même que gibier d'orphelinat et qu'il avait donc une chance raisonnable de devenir gibier de prison, réagissait en chien de garde.

– Je viens souvent ici, dit La Fatigue sur un ton désinvolte. Jérôme c'est un ami.

– Ah ouais ?

L'incrédulité qui se lisait dans la voix de Sébastien mit La Fatigue en colère.

– Ouais ! Je le connais depuis beaucoup plus longtemps que toi, mon pote ! Même qu'il me donne tout le temps des croissants au beurre...

– D'abord, ch'uis pas ton pote. Et puis, si y te donne tout le temps des croissants, je m'demande bien pourquoi tu viens lui chourer de la farine quand il est pas là !

La Fatigue ne connaissait pas l'argot parisien. Il n'avait jamais entendu le mot « chourer », mais dans le contexte, son sens ne pouvait lui échapper. Il s'indignait d'autant plus que cette accusation-là était fausse, et qu'elle lui permettait d'oublier son méfait.

– Eh, où tu vas ? J'ai pas volé d'farine !

– Non ? Alors c'est quoi, cette poudre blanche sur ta main et sur ton fute ?

– Ça ? C'est... Ben oui, c'est d'la farine, mais je volais pas, c'était juste pour goûter !

Sébastien eut un sourire méprisant.

– Pour goûter, hein ? Tu rentres exprès, en cachette, pour goûter la farine crue, toi ?

– Ben ouais, et alors, si ça me plaît ? Et pis tu commences à m'emmerder avec tes questions ! T'es de la police ? Non ? Alors fous-moi la paix ! Laisse-moi passer, j'me barre !

La Fatigue fit un pas en direction de la porte. Dans ses yeux, une lueur menaçante venait de s'allumer. Sébastien se campa sur ses jambes maigres et musclées. La Fatigue n'était sûrement pas un adversaire de tout repos... Sébastien enregistra qu'il avait les mains vides. Il n'avait donc rien volé, ou si peu, que ça ne valait peut-être pas la peine d'engager la castagne...

À ce moment, la porte s'ouvrit à nouveau, et Honoré fit irruption dans la pièce.

– Le laisse pas filer, Sébastien, chope-le ! Il a pas volé de la farine, il a mis quelque chose dedans !

– Qu'est-ce que tu dis ?

– J'l'ai vu par le soupirail ! Il a vidé un tube dedans ! C'est du poison, peut-être ! J'l'ai vu, j'te dis ! Chope-le !

– Fumier !

Sébastien s'élança.

– T'approche pas, connard !

Dans la main de La Fatigue, une lame brilla.

Chapitre XXVII

De part et d'autre de la grille, les deux hommes s'observaient. Dans les yeux du plus âgé brillait une lueur de triomphe sans générosité. Dans la longue lutte qui l'opposait à son gendre détesté, il avait gagné, et il jouissait de sa victoire. De plus, il jouait sur du velours. La crainte qu'il avait nourrie ces derniers jours, que Jérôme rencontre Marie, et que celle-ci mange le morceau, par sentimentalisme, par niaiserie féminine, était totalement apaisée. Aujourd'hui, Marie était à quarante kilomètres de là, à Bazuces, chez sa sœur. Elle ne rentrerait que demain matin. Et c'était justement ce jour-là que l'autre avait choisi pour se pointer, la gueule enfarinée, c'était le cas de le dire.

Face à Basile, Jérôme était accablé. Pour des raisons obscures, Basile ne l'aimait pas. Il y avait la politique, bien sûr, mais ça ne suffisait pas à expliquer une telle haine.

Jérôme aurait préféré être apprécié, mais lui-même avait peu d'estime pour Basile. Hélas, le père de Jeanne. Or, Jeanne avait quitté le domicile conjugal. Dans ce qui n'aurait dû être qu'une brouille passagère, comme il s'en produit à l'intérieur de tous les couples, Jérôme ne pouvait compter que sur l'animosité de Basile.

– Oui ?

– Bonjour, je...

Jérôme se tut. Basile laissa le silence durer, se répandre entre eux comme une flaque d'eau sale.

–... Je voudrais voir Jeanne, dit Jérôme avec effort.

– Jeanne ?... Pourquoi ? Tu veux lui pocher l'autre œil ?

Jérôme secoua la tête, tel un animal agacé par une nuée de mouches.

– Parlez pas comme ça, Basile... Vous savez bien que je regrette. C'était un accident !

– Un accident ? À qui tu vas faire croire ça ? Tu as cogné ma fille, petit salaud, et si j'étais plus jeune, je te ferais voir...

Sous l'injure et la menace, Jérôme frémit. Si ce connard n'avait pas les cheveux blancs, il lui ferait avaler chaque mot à coups de poing... Il parvint à se calmer. Il était venu dans l'espoir de se réconcilier avec Jeanne. Ce serait assez difficile comme ça. Pas la peine d'en rajouter en tabassant le beau-père.

– C'est pas à vous que je veux parler, c'est à Jeanne. Je lui ai écrit. Elle n'a pas répondu à mes lettres...

– Parce qu'elles n'en valaient pas la peine ! Elle nous les a lues, figure-toi, en rigolant ! Chaque fois qu'il en arrivait une, elle nous la lisait en t'imitant, avec des sanglots bidon dans la voix, avant de la foutre à la poubelle !

Jérôme saisit les barreaux de la grille et les serra de toutes ses forces.

– Salaud ! Vous mentez ! Je suis sûr qu'elle n'a pas fait ça. Laissez-moi entrer, je veux la voir, je veux l'entendre me dire elle-même qu'elle a fait ça... Si elle l'a fait, alors je ne discuterai pas, je m'en irai.

– Entrer chez moi, pas question ! C'est une maison honnête, ici, on n'y laisse pas rentrer n'importe quelle raclure d'Action française qui bat sa femme ! Et d'ailleurs, elle n'est pas là, Jeanne, elle est partie, hop ! Et crois-moi, tu n'es pas prêt de la revoir !

– Partie ? Où ?

– Si je savais, je te le dirais pas. Mais la question ne se pose même pas. Elle est partie sans rien nous dire. Peut-être qu'elle est partie aux U.S.A. ?... Ou au Brésil ? Va savoir ! Si ça te chante, tu peux lui courir après : dix jours de bateau, une paille ! Mais ton four refroidirait, petit boulanger ! Ou alors tu fais comme Lindbergh, t'y vas en avion !

– Vous êtes...

– Oui, j'écoute... Qu'est-ce que je suis, à ton avis ?

– Un sale type... Même pas : un pauvre type !

Piqué, Basile se rapprocha de la grille pour mieux cracher sa réponse au visage de Jérôme.

– Et toi, tu sais ce que t'es ? Un cocu ! Un pauvre petit cocu de merde ! Parce que si tu t'imagines qu'elle est partie seule, tu te goures !

– Vous mentez !

– Crois-le si ça te chante. Moi, je te dis qu'elle se fait la vie belle avec un brave gars ! Tu vas foutre le camp, maintenant, tu vas me débarrasser le plancher, sans ça je vais finir par me fâcher !

Hors de lui, Jérôme décocha dans la porte en fer qui les séparait un formidable coup de pied qui l'ébranla et la fit sonner comme un gong.

– Viens-y donc, salaud ! Sors de ton trou, tu vas voir comment je vais t'arranger !

Bien qu'à l'abri derrière la porte, Basile recula de deux pas. Jérôme était dans un tel état de rage que, s'il avait le malheur de sortir dans la rue, il le mettrait en pièces. Basile avait peur, et cette constatation décupla sa propre fureur.

– Attends, mon salaud... Y a la chevrotine pour te calmer ! J'vais chercher mon fusil ! Toujours chargé en prévision du Grand Soir, mais là c'est toi qui vas en bénéficier ! Bouge pas, surtout, je reviens !

Aveuglé par la colère, Jérôme n'avait aucunement l'intention de s'en aller. Il avait recommencé à balancer de grands coups de pied dans la porte, dont le montant de fer commençait à se désolidariser de son poteau de béton.

Basile disparut dans la maison pour réapparaître quelques instants plus tard, armé d'un fusil de chasse à canons juxtaposés.

– Tiens, ma vache, j'ai de quoi te doucher, là !... Tu vas voir, dans une seconde, tous tes ennuis seront terminés !

– Basile ! Arrête ! Fais pas le con, Basile !...

C'était un voisin, un métallo, retraité comme lui, qui, alerté par les beuglements des deux hommes et par l'effroyable tintamare de Jérôme, avait mis le nez à sa fenêtre.

– Arrête, Basile ! Si tu le flingues, c'est toi qui vas trinquer !

– M'en fous ! J'aurai au moins eu sa peau, à cette ordure !

– Arrête, je te dis ! J'appelle la police ; ils vont venir le coffrer !...

Basile visait Jérôme, s'apprêtant à le foudroyer d'une décharge de chevrotine en pleine tête, entre les barreaux de sa porte sérieusement malmenée. Il suspendit son geste. Son voisin Lepertuis avait le téléphone. Une vraie rareté dans ce lotissement ouvrier. Mais la femme de Lepertuis était malade et pouvait mourir à tout instant. Lepertuis s'était donc fait installer le téléphone afin d'appeler le dispensaire en cas de besoin...

– T'as raison, tiens, appelle-les, ces feignants, qu'ils servent à quelque chose, pour une fois !

– Mais oui ! Tu vas pas aller aux assises pour un trou du cul pareil ! Surveille-le, pendant que j'les appelle...

Un sourire éclaira le visage haineux de Basile. Les flics ! Bonne idée, qu'il avait eue là, Lepertuis. La vision de Jérôme appréhendé, menotté, passé à tabac, avait tout pour lui plaire.

Cependant, Jérôme commençait lui aussi à se calmer. Il donna un dernier coup de pied dans la porte, traita son beau-père de pauvre merde et tourna les talons. Il n'avait plus rien à faire ici.

Basile ne l'entendait pas de cette oreille. Il voulait sa vengeance : l'arrestation de Jérôme, son humiliation publique, son exécution, en place de Grève, si possible... Sans aller jusque-là, il ne fallait pas trop rêver quand même, un bon internement d'office dans une maison de fous, pour scandale et violences sur la voie publique, voilà qui aurait été satisfaisant.

– Eh ! Bouge pas de là, toi. Tu vas attendre la police bien gentiment.

Jérôme haussa les épaules et continua à marcher.

– Bouge pas, je te dis, ou je te descends !

– Dans le dos ? demanda Jérôme d'une voix lasse, sans se retourner. Si vous faites ça, c'est au parloir d'une prison que vous reverrez votre fille chérie !

– Arrête-toi, ou je tire ! Me tente pas, hein, ça me démange !

– Va te faire foutre !

Chapitre XXVIII

Il était tard. L'heure du dernier train était passée depuis longtemps. Le Grand Café de l'Industrie était en train de fermer. La caissière faisait sa caisse. Le patron, M. Lerendu, un petit calepin à la main, comptait les bouteilles pour le réassortiment. Le garçon, M. Alphonse, avait commencé à ranger les chaises. Dans la grande salle aux banquettes capitonnées de cuir rouge, surmontées de baguettes de cuivre (un investissement considérable, dont M. Lerendu était particulièrement fier), il ne restait qu'un client. Ce n'était pas un habitué. Les habitués, après 1 heure du matin, étaient déjà rentrés se coucher, en marchant plus ou moins droit. Celui qui restait était un client de passage. Il venait de régler son addition sans faire d'histoires. Des clients de passage comme ça, Lerendu en aurait bien accueilli dix tous les soirs. Voilà quelqu'un qui savait boire ! Seize vermouths, pas un de moins. Il cocha le vermouth sur son calepin. En monter de la cave. Très bien. La marchandise doit tourner. Drôle de type, se dit-il. Pas le physique du buveur. Le buveur, M. Lerendu connaissait. Le buveur de vermouth ne se dégrade pas comme le buveur de bière. L'amateur de la petite Côtes ne se détériore pas comme l'amateur d'alcools anisés... À chacun sa façon de trinquer, à chacun sa façon de mourir. Enfin, tous payaient, c'était le principal. Une cirrhose au muscadet rapportait-elle moins qu'un cancer de l'estomac à l'anis ? Mystère ! Ça dépendait autant des buveurs que des alcools. Ainsi, le buveur de ce soir... Pour boire ainsi sans tomber par terre, il fallait s'être beaucoup entraîné. Mais l'homme n'avait ni la mine bouffie, ni la couperose, ni les pattes-d'oie, ni les yeux injectés de sang, ni la main tremblante, ni la langue embarrassée, toutes choses par lesquelles se distingue un vrai buveur. Il était frais comme l'œil. Sauf qu'il n'avait pas l'air gai. C'était un buveur par dépit, se dit M. Lerendu. Le buveur par dépit, il connaissait aussi. C'est un buveur d'occasion. En conséquence de quoi, il ne tient pas l'alcool. Il pleure ou il rit, il parle fort ou il se renferme pour jouir plus fort de son malheur, mais au bout de quelques verres, son organisme, puceau en quelque sorte, se révolte. Il vomit ou s'évanouit. Mais cet homme-là ne paraissait pas prêt à s'évanouir, mais alors pas du tout ! Il rangeait dans son porte-monnaie la monnaie que lui avait apportée Alphonse. Il était bâti en force. La quarantaine. Haute taille, larges épaules, ventre plat, des bras et des jambes comme des troncs d'arbre… Qu'est-ce que c'était que seize vermouths pour une nature pareille ? Et voilà, cet homme-montagne allait se lever et s'en aller d'un pas posé, après avoir ingurgité assez d'alcool pour assommer un légionnaire. Il est délicat et même indiscret de demander aux gens pourquoi ils se saoulent la gueule, surtout quand, à l'évidence, ils n'y arrivent pas. M. Lerendu aurait bien aimer vérifier son hypothèse : buveur par dépit. Mais il n'osait pas. Dommage, avec ses insomnies, il était fichu de retourner ça dans sa tête une bonne partie de la nuit.

Jérôme se leva, enfila son pardessus et se dirigea vers la sortie sans tituber, mais du pas hésitant d'un homme qui ne sait absolument pas où il va.

Bien que simple employé, M. Alphonse était un homme plus pragmatique que son patron. Quand Jérôme passa devant lui et lui adressa un vague bonsoir, il ne lui demanda rien. Il se contenta de lui glisser un petit carton imprimé dans la main, en lui soufflant :

– Si vous avez envie de vous distraire… c'est une maison sérieuse. Allez-y de la part de M. Alphonse, ils vous feront un prix… Ils font aussi hôtel, si vous n'avez pas de chambre…

Jérôme prit le carton machinalement et sortit du café.

C'était un bordel, tout simplement, Jérôme aurait dû s'en douter. Mais à quarante ans bientôt il n'avait jamais mis les pieds dans un endroit de ce genre. Même pas à l'armée. Il était de ces privilégiés qui trouvent toujours chaussure à leur pied sans avoir besoin de payer, sur leur bonne mine et sur leur audace. Bien sûr, c'était avant Jeanne. Il sourit au souvenir de ses bonnes fortunes de naguère. Il n'avait jamais vraiment compris qu'on puisse aller au bordel, puisqu'il lui avait toujours suffi de sourire à une femme et d'engager la conversation pour gagner ses faveurs. Mais pour les types moins bien servis par la nature, ça ne devait pas être facile tous les jours.

Quand il comprit de quoi il s'agissait, il ne rentra dans l'établissement que lui avait conseillé M. Alphonse que par curiosité. Toutefois, étant demeuré absolument chaste depuis le départ de Jeanne, une part de lui-même estimait que ça commençait à bien faire…

S'il n'était jamais entré dans un bouic, il en avait tout de même entendu parler. Il trouva l'ambiance beaucoup plus excitante qu'il n'aurait cru. Peut-être parce qu'il était ivre ? Il avait beau ne pas sembler ivre, il l'était, en réalité, mais à sa manière. Une ivresse froide, presque compassée. La terrible déception qu'il avait éprouvée cet après-midi et son entrevue pénible avec Basile l'avaient mis dans un tel état de nerfs qu'il ne savait plus exactement ce qu'il faisait. Il aurait dû rentrer à Perpezac par le premier car, mais une force irrésistible l'en avait empêché. Il allait par inertie, comme un navire sans ancre ni gouvernail, que rien ni personne ne pourra plus empêcher d'aller s'échouer Dieu sait où. Jérôme allait donc au naufrage, c'était inéluctable. Il s'était efforcé de s'assommer d'alcool, lui qui ne buvait jamais, dans le seul but de limiter les dégâts. Plus tôt il tomberait par terre de tout son long, mieux ça vaudrait. On l'emmènerait au poste de police ou à l'hôpital. Quand il se réveillerait, il aurait très mal au crâne mais tout serait redevenu normal, et il n'aurait qu'à rentrer chez lui et rallumer son four. Il avait compté sans sa force physique et sans ses nerfs. La bête en lui ne voulait pas lâcher. Eh bien, on allait voir. Si seize vermouths ne suffisaient pas à la mater on lui en donnerait trente-deux ! Mais pourquoi ne pas lui donner aussi de la chair fraîche ?... Si l'on pouvait qualifier de fraîche la chair effectivement exposée avec beaucoup de complaisance par les filles de ce bordel de province...

Il commanda un vermouth et laissa errer son regard sur le décor vieillot du salon et les créatures qui le hantaient. Là aussi, l'heure de la fermeture approchait. Les filles bâillaient et les habitués consultaient leur montre. Pour relancer tout ça, se dit Jérôme, pour convaincre la tôlière de ne pas fermer d'ici une demi-heure, pour redonner de l'éclat aux yeux des filles, il aurait fallu offrir du champagne à tout le monde... Et pourquoi pas ? Il s'en foutait, il avait de l'argent... Il en avait pris sur lui beaucoup plus que d'habitude, dans l'éventualité d'une nuit de retrouvailles passionnées avec Jeanne... Jeanne ! Pourquoi pensait-il encore à Jeanne ? Pour se faire du mal ? Il fallait la rayer de sa mémoire. Elle était partie, grand bien lui fasse. Sans répondre à ses lettres. Sans un mot, sans un signe. Avec un autre homme, avait prétendu ce fumier de Basile. Cela, Jérôme n'arrivait pas à le croire. Jeanne, dans les bras d'un autre homme ? Impossible !

Il but une gorgée de vermouth. Impossible ? Crétin ! Etait-elle infirme, ou moche, ou asexuée ? Non, elle était jeune, belle, drôle... Et elle aimait l'amour. Et si elle se mettait en tête de trouver un homme pour le remplacer, elle n'aurait qu'un geste à faire et il en accourrait cent !

– S'il vous plaît... Champagne !

Jérôme eut du mal à reconnaître sa propre voix. La soubrette blonde qui lui avait déjà apporté son vermouth le regardait d'un œil curieux. Blonde, elle était vêtue d'une petite robe noire très décolletée. Elle avait une carnation laiteuse agréable, se dit-il.

– Pardon, monsieur ?
– Champagne, mademoiselle...
– Mais je viens de...
– Oui, moi je roule au vermouth, mais servez du champagne pour tout le monde !
– C'est que... À cette heure-ci, il faut que je demande à Mme Denise...
– Faites, faites !
Mme Denise était une longue brune au type espagnol, entre deux âges, mais encore très plaisante, dans sa robe discrètement décolletée sous un châle de shantung mordoré. Elle considéra Jérôme avec attention avant de donner son aval à ces tardives bacchanales. Cet examen dut lui paraître particulièrement satisfaisant, car elle tint à remercier elle-même son généreux client.
– C'est gentil, monsieur, de penser aux autres... Vous êtes de passage à Blois ?
Jérôme opina.
– Je suis industriel... Mécanique et tôlerie ! Je suis venu acheter une usine. L'affaire est faite. Après le travail, on mérite bien un peu de détente, non ?
Jérôme s'écoutait mentir avec le même étonnement qu'il s'était entendu commander une tournée générale de champagne. C'était un autre homme qui parlait !... Mais c'était lui qui allait payer. Il chassa ces pensées inopportunes. Au diable l'avarice !
Jeanne était peut-être entre les bras d'une autre homme. Tout était bon pour penser à autre chose.
– Certainement... Pour ce qui est de la détente, vous avez trouvé la bonne adresse ! J'ai plusieurs petites protégées d'un commerce fort agréable pour les messieurs seuls. Permettez-moi de vous les présenter, monsieur... Monsieur ?
– Delaveau. Julien Delaveau.
– Julien... C'est un très joli prénom ! Je vais vous présenter mes jeunes filles. Mademoiselle Irina ! Mademoiselle Hélène ! venez, s'il vous plaît, venez, mes enfants...

Les deux intéressées se levèrent du sofa sur lequel elles papotaient, et s'approchèrent de Jérôme et de la tôlière. Un micheton à cette heure-là ?

Elles esquissèrent devant Jérôme une révérence de jeunes filles de bonne famille.

– Mademoiselle Irina est très artiste, dit la tôlière à propos de la plus jeune des deux, une petite boulotte au nez retroussé. À ses moments perdus, elle peint, elle écrit des vers...

– Vraiment ?

– Je vous jure ! Elle est d'une sensibilité ! Quant à Mademoiselle Hélène, c'est une nature... Comment dire ? Impétueuse... Hein, les filles, qu'elle est tout feu tout flammes, notre Hélène ?

Un brouhaha approbateur confirma ces propos. C'est vrai qu'elle était impétueuse, Hélène ! Les jours de presse, quand les permissionnaires du 52e de ligne stationné à Blois étaient lâchés en ville, elle les épongeait trois par trois !

À cet instant, la soubrette apporta deux bouteilles de champagne dans des seaux à glace. La consigne de la tôlière. On n'allait pas retarder l'heure du coucher pour une seule roteuse ! Elle observa du coin de l'œil la réaction du prétendu Julien Delaveau. Il s'en foutait. Un industriel qui achète des usines, ça a de l'argent.

– Posez ça sur le guéridon, Annie, et servez... C'est notre petite nouvelle, dit la patronne à Jérôme.

Elle se pencha vers lui et poursuivit à voix basse :

– Elle ne monte pas encore, elle est trop jeune. Mais pour un monsieur, on peut bien faire une exception. Si le cœur vous en dit... Tarif spécial, bien entendu, mais elle est pour ainsi dire toute neuve, et elle a une très jolie peau. C'est du nanan !

– Mmmoui, elle est agréable.

En toute autre occasion, Jérôme aurait envoyé la maquerelle au diable. Mais il n'était plus lui-même, il n'était plus personne. En partant, Jeanne avait retiré toute signification aux choses, toute réalité aux êtres.

– Si vous préférez, vous pouvez la prendre accompagnée d'un chaperon... Une personne d'expérience, Mademoiselle Irina, par exemple ; elle est très pédagogue. Elle a été institutrice...

Chapitre XXIX

Dans les grands ports, il y a toujours une écume humaine qui traîne, amenée par les bateaux, par les courants de la misère. Le jour même de son arrivée à Marseille, Jeanne y avait été confrontée. Elle venait de descendre du train. Lourdement chargée, elle était en quête d'un taxi, devant la gare Saint-Charles, quand un homme lui avait arraché son sac à main. Elle avait poussé un cri de détresse. Tout l'argent que lui avait confié son père était contenu dans ce sac. Ecrasée par ce coup du sort, elle regardait l'homme détaler. Désormais hors d'atteinte, il allait se perdre dans la foule nombreuse à cet endroit et à cette heure-là. Soudain, sous les yeux de Jeanne incrédule, un miracle s'était produit. Alerté par la cavalcade du fuyard, un homme bien habillé, qui se tenait sur son passage, adossé à un bec de gaz et plongé dans la lecture de son journal, avait levé la tête et jaugé la situation en un clin d'œil. Avec un flegme parfait, il avait simplement tendu la jambe. Le voleur, fauché en plein élan, avait effectué un spectaculaire vol plané avant d'aller se répandre sur l'éventaire de poissons frais d'une marchande ambulante. Avec un cri de rage il s'était redressé et avait tenté de reprendre sa course, mais déjà, l'homme qui avait provoqué sa chute était sur lui. La lutte avait été brève. De deux coups de poing décochés avec maestria, le monsieur bien mis avait eu raison du malfrat. Sonné, le nez ensanglanté, celui-ci n'avait plus opposé de résistance. Le monsieur avait alors ramassé le sac de Jeanne entre les rascasses et les rougets qui jonchaient le trottoir, et l'avait tendu à sa propriétaire sous les vivats de la foule.

– Madame, permettez-moi de vous restituer votre bien… dit le sauveur avec tout l'accent et toute la rondeur des Marseillais.

Jeanne, qui n'embrassait pas volontiers les inconnus, aurait volontiers embrassé celui-là.

– Oh monsieur, si vous saviez comme j'ai eu peur ! Comment vous remercier ?

L'homme eut un petit signe des doigts qui signifiait à peu près : « Broutille, voyons, ce n'est pas la peine d'en parler »…

– Je me présente : Albert Le Mentec, homme d'affaires et *sportsman*… reprit-il avec un sourire légèrement infatué. En ma qualité de Marseillais de vieille souche, je ne voudrais pas que cet incident vous incline à méjuger ma ville natale et ses habitants… Ce misérable petit voyou n'est manifestement pas de chez nous, ajouta-t-il en montrant le malfrat, à présent maîtrisé par deux agents de police.

Les badauds éclatèrent de rire : le voleur était vietnamien. Il se lança d'ailleurs, dans cette langue, dans une longue tirade vengeresse à l'adresse d'Albert Le Mentec. À la surprise générale, celui-ci lui cloua le bec en lui répondant dans sa langue, d'une courte phrase probablement foudroyante.

– Et voilà le travail ! dit Le Mentec en se retournant vers Jeanne. Il faut savoir s'imposer à cette pègre !

Jeanne le considéra avec une réelle admiration, qui laissait cependant libre cours à l'esprit critique. L'homme était étonnant, mais il y avait dans ses manières et dans sa mise quelque chose de plébéien, d'un peu canaille, qui déroutait. Les gants étaient beurre frais, la coupe et le pli des vêtements impeccables, le panama de première qualité, les cheveux et la moustache parfaitement calamistrés, l'épingle de cravate en or véritable, et pourtant on pressentait derrière tout cela autre chose, qu'on aurait d'ailleurs été bien en peine d'analyser. Peut-être était-ce cet accent un peu excessif, cette faconde qu'une vraie bonne éducation aurait canalisée, qui produisait cette impression de déséquilibre ?

L'homme n'était peut-être pas un véritable gentleman ; ou bien il ne l'avait pas toujours été, pensa Jeanne. Mais cela n'avait aucune importance. Cet homme était son bienfaiteur, et il avait droit à toute sa reconnaissance.

– Monsieur, je suis confuse, je…

– Allons, allons, laissons cela ! Vous êtes encore bouleversée… Ces messieurs vont vous demander de porter plainte contre ce triste individu… Je vous accompagne au commissariat, car ma déposition sera requise également. Me permettez-vous de vous offrir un cordial en sortant ?

Jeanne ne pouvait échapper aux formalités policières. À présent qu'elle avait récupéré son sac et son contenu, elle aurait facilement renoncé à porter plainte, mais elle n'osa pas. La foule qui l'entourait, qui lui témoignait une sollicitude bon enfant et qui congratulait Albert Le Mentec pour sa présence d'esprit et sa vigueur, ne l'aurait sans doute pas permis. Aussi passa-t-elle les premières heures de son séjour à Marseille au commissariat du quartier Saint-Charles, en compagnie de son agresseur et de son sauveur. À la sortie (le voleur à l'arraché, pour sa part, n'était apparemment pas près de sortir), elle ne put refuser l'invitation de Le Mentec. Elle avait suffisamment l'expérience des hommes pour deviner qu'il espérait une certaine récompense. Elle répondit de façon à ne lui laisser aucun espoir. Il se montra beau joueur et, pour finir, l'accompagna jusqu'à une station de taxis.

– Tenez, petite madame, dit-il en lui tendant un bristol à l'instant de la quitter, voici ma carte et mon numéro de téléphone. Peut-être aurai-je encore l'honneur et le plaisir de vous venir en aide !

– Sait-on jamais ? Je vous remercie encore, monsieur.

À l'instant où démarrait le taxi qui la conduisait vers les hauts de Marseille, il avait encore décoché à Jeanne un de ses sourires avantageux. Elle n'avait pu s'empêcher de rire. Quel drôle de zèbre, ce monsieur... Comment, déjà ? Un coup d'œil à la carte de visite lui avait rappelé son nom : Le Mentec. Cela aussi, c'était rigolo. En tout cas, c'était un homme à poigne, et elle lui devait une fière chandelle. Et malgré son discret mauvais goût, il était fort bel homme. Si elle n'était pas mariée... Mais était-elle encore mariée ?

On avait beau tenir l'alcool comme personne, une fois qu'on l'a ingurgité, il faut du temps pour l'évacuer. À son réveil, Jérôme fit connaissance avec un malaise communément appelé « gueule de bois ». Il n'avait encore jamais fait cette expérience.

– Tu vas pas fort, mon biquet... C'est normal, avec tout ce que t'as biberonné !

La voix plutôt harmonieuse, en dépit de sa gouaille faubourienne, n'en déchira pas moins les tympans de Jérôme. Il se tourna dans sa direction. Son cerveau tout entier clapotait d'un côté à l'autre de sa boîte crânienne. Ce mouvement, ainsi que l'étrange translation cervicale qui l'accompagnait, n'était pas encore achevé qu'une autre voix répondait à la première. Moins mélodieuse, une râpe à fromage sur les nerfs à vif de Jérôme.

– Pauv'Nonoche ! Qu'est-ce qu'il doit déguster ! T'as déjà vu un balaise comme ça ? Quand je pense qu'il nous a fait notre fête à toutes les deux avec tout ce qu'il avait dans le coco !...

Jérôme ouvrit les yeux. La première voix était celle d'Annie, et la seconde celle de... C'était... Non ! Eh bien si, c'était Mme Denise en personne ! Il avait bel et bien monté la tôlière en même temps que la plus jeune de ses pensionnaires. Il tenta de se remémorer les péripéties de la nuit, mais un tel effort intellectuel excédait largement ses capacités présentes.

– Bonjour, monsieur Delaveau... puis-je vous appeler Julien après nos... Enfin, maintenant qu'on se connaît mieux ? Mais peut-être préférez-vous... Jérôme Corbières ?

Il parvint à bouger un cil en manière de réponse évasive, et ce mouvement infime lui fut très pénible.

– Bon, qu'il s'appelle Delaveau ou Corbières, on s'en fout ! dit Mme Denise. Annie, prépare-lui un bain, tu veux, et demande un café très fort à Mariette, à la cuisine.

Annie se leva. Jérôme, les yeux mi-clos, entraperçut sa nudité laiteuse. La jeune fille enfila un peignoir et sortit.

– Il va falloir penser à rentrer chez soi, mon poulet, reprit Mme Denise. Le patron admet les extras, mais pour prendre pension, c'est autre chose, faut régler d'avance...

Jérôme parvint à hocher la tête. Il faudrait bien essayer de parler à un moment ou à un autre.

– Pour cette nuit... Vous vous êtes payée, j'imagine ? Sa voix résonnait assez bizarrement à l'intérieur de son crâne, mais il s'estima tout de même satisfait d'avoir pu s'exprimer.

– Y avait juste le compte. Coup de chance, hein ? Avec toutes les roteuses qui y sont passées et les vermouths qui ont défilé, l'addition n'était pas légère !

Jérôme n'eut pas à se forcer pour faire la grimace. Il s'était fait « entôler ».

– Ma montre ?

Mme Denise s'indigna.

– Qu'est-ce que tu vas chercher ? C'est une maison honnête, ici ! T'as consommé, t'as payé, on se sépare bons amis !...

Jérôme avait acheté son billet de retour d'avance. Salutaire habitude ! Il avait également pris le billet de Jeanne. Penser à autre chose. Ne pas penser du tout, si possible.

– T'es d'accord ? redemanda Mme Denise.

Elle n'était pas inquiète. Elle avait bel et bien entôlé Jérôme de quelques centaines de francs. Le patron, M. Marcel, et son homme à tout faire, Luigi, savaient comment s'y prendre avec les clients qui faisaient du scroum. Mais autant s'entendre entre gens de bonne compagnie…

– D'accord, souffla Jérôme.

– Parfait ! Tu vas prendre un bon bain, une tasse de café bien chaud, et tout ira très bien… Mon salaud, t'as de la santé, toi ! Y a longtemps que j'étais pas montée aussi haut en ballon ! Et la petite aussi était contente… C'est bien, pour la formation des jeunes, des occasions comme ça…

Une heure plus tard, lavé, rasé grâce au prêt d'un rasoir, rhabillé, réconforté par deux grandes tasses de café bouillant, Jérôme se dirigea d'un pas encore hésitant vers la station d'autocar.

Pendant le trajet il s'assoupit, terrassé par la fatigue et les dernières vapeurs d'alcool. À son arrivée à Perpezac, il serra les dents et ignora les regards de ceux qui, du Café du Marché, assistaient à son retour solitaire, dans son beau costume et son pardessus un peu défraîchis. La tête haute, il prit le chemin de sa boulangerie. Mais entre ses tempes encore prises en tenaille par la gueule de bois, et dans son corps navré, ça n'allait pas. Il revenait seul, vaincu, et sali par sa nuit de « débauche », comme aurait dit le curé Robillon. Ce n'était d'ailleurs pas tant sa nuit au bordel qu'il regrettait, que d'avoir bu comme un trou. Le souvenir de son père lui revint en mémoire. L'alcool, c'était le mal. Il se jura qu'il n'y toucherait plus. Même sans Jeanne, il avait désormais des responsabilités : les deux galopins qui l'attendaient à la boulangerie… Est-ce qu'ils avaient été sages, au moins ? En une semaine, il s'était attaché à eux. Et Astérie aussi, malgré ses airs bougons. Elle se comportait avec eux comme elle l'avait fait avec lui, presque trente ans plus tôt…

La première chose qu'il vit, au détour de la route, ce fut le cabriolet du Dr Delmas dans la cour de la maison. Alors, malgré le mal aux cheveux et les élancements qui lui vrillaient le cerveau, il se mit à courir.

Chapitre XXX

– Un coup de couteau ? Mais qui a fait ça ? Qui a fait ça, nom de Dieu !

Furieux, Jérôme marchait de long en large dans la chambre où l'on avait installé Sébastien. L'enfant était couché sur le dos, très pâle, le torse serré dans un pansement qu'on venait manifestement de refaire, à en juger par celui, ensanglanté, qui reposait dans une bassine près du lit. Le vieux Delmas se tenait à son chevet et examinait le thermomètre qu'il venait de lui retirer de la bouche. Astérie était assise sur le lit de camp qu'elle avait disposé là pour veiller Sébastien la nuit passée. Honoré, les yeux battus, couvait du regard son copain blessé.

– C'est La Fatigue ! C'est lui qui l'a mis dans cet état, parce qu'on lui est tombé dessus dans le fournil, hier matin !...

– Qu'est-ce que c'est que cette histoire ?

Astérie intervint :

– C'est vrai, Jérôme ; ça s'est passé après ton départ... T'étais même peut-être pas encore rendu à Blois...

D'une voix lasse, elle raconta tout à Jérôme. Comment les cris aigus d'Honoré l'avaient attirée dans le fournil, et le spectacle terrible qu'elle y avait découvert : Sébastien baignant par terre dans son sang, et Honoré comme hystérique, hurlant, appelant au secours. Se penchant sur le blessé, elle avait constaté qu'il souffrait d'une profonde blessure à l'abdomen. « C'est l'autre, là, celui qu'est mal habillé et qui sent mauvais, avec son drôle de couteau ! glapissait Honoré. Il a mis quelque chose dans la farine, alors avec Sébastien on a voulu le choper, mais il a sorti son couteau... »

Jérôme se pencha vers Sébastien. Il ressentit un pincement au cœur, en détaillant les traits de l'enfant, creusés par la souffrance.

– Tu as mal ?

– Non, pas trop, dit Sébastien d'une voix faible. Quand je bouge, seulement.

Jérôme se tourna vers Delmas.

– La plaie est profonde ?

Delmas se fit rassurant.

– Non... Non... Enfin, pas très profonde ! Il est tiré d'affaire. Mais ça n'était pas rien, et puis il y a eu le choc émotionnel. Mets-toi à sa place... Poignardé !

– Mais je ne comprends pas ! La Fatigue n'est pas un ange, mais de là à... Où est-il, d'abord ?

Delmas secoua la tête.

– Introuvable. Astérie a prévenu la police. L'affaire est beaucoup plus grave qu'une bagarre d'enfants. La Fatigue aurait frappé un peu plus profond...

– Les gendarmes sont allés à la maison brûlée, poursuivit Astérie. Il y ont trouvé la Maugrée... Mourante...

– Tuberculose pulmonaire, confirma Delmas. Sans parler des conséquences de son éthylisme... Je l'ai fait hospitaliser à Blois... Elle n'en a plus pour très longtemps. À moins qu'un séjour en montagne ne la prolonge quelques années... De toute façon, le problème du gosse se serait posé à un moment ou à un autre !

– Lui, en tout cas, ils ne l'ont pas trouvé. Il doit se cacher dans la forêt. Il la connaît comme sa poche. On n'est pas près de l'attraper.

– Mais tout ça est absurde, soupira Jérôme en se laissant tomber sur une chaise. C'est un malentendu ! Qu'est-ce qu'il aurait pu mettre dans la farine ? Rien !

Il se tourna vers Honoré.
– Vous avez cru qu'il y mettait quelque chose ? C'est ça ?
Le visage d'Honoré se ferma.
– J'crois c'que je vois ! dit-il d'une voix têtue. Je l'ai vu à travers le soupirail. Il a ouvert un tube et il l'a vidé dans le coffre, et puis il a touillé avec sa main… Je l'ai vu !
– C'est vrai, dit Sébastien. Moi, je croyais qu'il avait volé de la farine… Mais c'était pas ça ; il en avait *rajouté* !
– Ça ne tient pas debout ! Il aurait rajouté quoi, à la fin ? Je n'y crois pas !
– Tu as tort, dit le vieux toubib de sa voix calme. J'ai retrouvé le tube en question dans la cour. La Fatigue l'a perdu en s'enfuyant… Il restait un peu de poudre dedans. Comme tu n'étais pas là, j'ai pris sur moi d'effectuer des prélèvements dans ton coffre à farine… J'ai ressorti mes plaques de verre et mes solutions, j'ai flanqué tout ça sous mon microscope, et j'ai vu… !
– Qu'est-ce que vous avez vu ? Qu'est-ce que c'était ?
– De la farine.
– C'est idiot !
– Non, ça n'est pas idiot, c'est terrifiant !
– Et pourquoi ça ?
– Parce que ce n'est pas la même farine que la tienne. C'est du seigle ergoté. Ça te dit quelque chose ?
En entendant ces mots, Jérôme devint livide.
– L'ergot ! Vous en êtes sûr ?
- Je crois bien. Pour ne pas perdre de temps, j'en ai envoyé un échantillon au laboratoire des services de toxicologie du département…
Accablé, Jérôme se prit la tête entre les mains. Qu'est-ce qu'il avait fait au bon Dieu, pour qu'il s'acharne comme ça sur lui ?
Hier il se heurtait à ce fou haineux de Basile, il apprenait la disparition de Jeanne, il finissait brillamment la nuit par un entôlage de première grandeur… Encore heu-

reux s'il n'avait pas attrapé une sale maladie, cela, l'avenir le dirait. Et ce matin il trouve Sébastien blessé et sa farine empoisonnée... Il avait beau avoir les épaules larges, c'était beaucoup !...

– *Claviceps purpurea*, hein ? Alors c'est fini, je peux mettre la clé sous la porte. L'inspection départementale va apposer les scellés, je vais passer en conseil de discipline, je... Je n'ai plus qu'à changer de métier ; malheureusement, je n'en connais aucun autre !

Delmas leva les bras au ciel.

– Jérôme, n'en rajoute pas, tu veux ?

– Vous savez ce que c'est, l'ergot ?

– Mon petit vieux, je suis médecin, et je crois savoir ce que c'est, l'ergot de seigle...

– C'est ce qui peut arriver de pire à un boulanger.

– Oui, et à sa clientèle aussi, il faut bien le dire ! L'intoxication par ce parasite produit des effets apocalyptiques. Le « mal des ardents », au Moyen Age, c'est ça... Atteintes nerveuses, digestives, cardio-vasculaires, respiratoires, convulsions, délires, hallucinations... Tout ça menant dans la plupart des cas au coma et à la mort. Un vrai bonheur !

Malgré la description effrayante de Delmas, le visage de Jérôme s'apaisa. Le destin lui envoyait une épreuve de plus. Il allait faire face.

– Je vais m'expliquer avec l'Inspection sanitaire et avec les gendarmes.

Delmas haussa les épaules.

– Rassure-toi, je n'ai pas précisé que ça venait de ton fournil. Voilà ce que tu vas faire : tu vas changer ton vieux coffre à farine pour un tout neuf, tu vas brûler l'ancien avec tout son contenu et hop, roule ma poule ! les gendarmes de Perpezac, je ne leur ai pas parlé d'ergot de seigle. Et puis, je les connais bien. Le brigadier Genassin n'a pas inventé la pince à vélo, crois-moi ! Pour l'instant, ils recherchent La Fatigue... Le moment venu, si La Fatigue parle d'ergot de seigle, j'interviendrai auprès de

Genassin. Un vieux toubib comme moi a eu l'occasion de rendre service à tout le monde, même à un brigadier de gendarmerie…

– Ça me fait mal de me comporter comme un coupable, dit Jérôme à mi-voix.

Astérie, qui se tenait juste derrière lui, lui asséna une forte taloche sur le sommet du crâne.

– Aïe ! Aïe ! je ne veux pas entendre ça !

– Il n'est pas question que tu perdes la boulangerie ! protesta Delmas. Ton pain est beaucoup trop bon pour ça. Reste tout de même une grave question : où La Fatigue s'est-il procuré cet ergot de seigle ? *Claviceps purpurea* ne pousse pas sous le sabot d'un cheval, heureusement ! Il faut des conditions bien particulières pour produire ce champignon toxique… Je mettrais ma tête à couper que La Fatigue ignore tout de ses effets, et donc de la gravité de son geste… De son premier geste, en tout cas, celui qui consistait à mélanger cette saloperie à ta réserve de farine. Alors ?

– Le tube… Vous avez examiné le tube ?

– Bien sûr ! C'est un tube de cigare. De petite taille. Un demi *short panatella*, je dirais… L'inscription qui figurait dessus a été soigneusement grattée et effacée. Je l'ai montré à un ami amateur de cigares. Il a parié pour un demi-panatella, lui aussi, et pour la marque Carl Upmann. C'est cubain, c'est excellent, ça coûte cher… Je me suis renseigné auprès de Mme Lorangeot, la buraliste de la place de la mairie. Personne n'en consomme à Perpezac. En tout cas, elle, elle n'en a pas. Mon ami fumeur de cigares m'a d'ailleurs précisé que des cigares de cette taille-là conditionnés en étui métallique individuel, c'est très rare. On n'en trouve que dans certains débits de tabac très chics… Sur la Croisette à Cannes ou place de l'Opéra à Paris, par exemple… Dans ces conditions…

Il laissa la fin de sa phrase en suspens. Ce fut Jérôme qui la compléta d'un air songeur.

–… On peut estimer que La Fatigue ne fume pas de

Short panatellas de chez *Upmann*, achetés à l'unité à la Civette de la Croisette ou de la Promenade des Anglais. Comme il faut bien que cet étui soit entré en sa possession d'une manière ou d'une autre, on peut envisager deux hypothèses. Première hypothèse, il l'a trouvé... Deuxième hypothèse, on le lui a donné. S'il l'a trouvé, c'est à Perpezac ou dans les environs puisqu'il n'a jamais mis les pieds ailleurs... Qu'est-ce qu'un étui à cigare plein de farine ergotée fichait là ? Si au contraire on le lui a donné, qui a fait ça, et pourquoi ?

– Mon garçon, dit le Dr Delmas, si un jour nos concitoyens te chassent de ta boulangerie à coups de fourche, tu pourras toujours ouvrir une agence de détective privé. Tout ça me paraît bien raisonné !... Te connais-tu des ennemis ?

– Vous me connaissez un seul ennemi ?

– Ta ta ta ! Tu as pris position il y a quelques jours dans la vie politique de notre ville. Cela n'a pas dû faire plaisir à tout le monde...

– Vous pensez à Fréret du Castel ?

– Je n'ai pas dit ça...

– Je n'y crois pas. Oh, si Fréret pouvait m'envoyer au diable sans danger, je suis sûr qu'il n'hésiterait pas une seconde... Mais ça, non, parce que c'est terriblement dangereux ! Fréret veut que les Perpezaciens votent pour lui et l'élisent maire à la place de Mélenchon. Pas qu'ils meurent dans d'atroces souffrances comme ç'aurait été le cas si j'avais fait du pain avec cette farine-là !... Non, décidément, je ne peux pas y croire.

– Il faut pourtant que quelqu'un t'en veuille à mort. La Fatigue ?...

– C'est un gosse... Et en plus il m'aime bien, je crois. Je lui ai souvent donné du pain... Et... Et une ou deux fois des croissants, dit Jérôme en baissant instinctivement la voix, parce qu'il savait bien que le « deux fois » était de trop.

Delmas baissa la voix à son tour.

–… Pas de mari trompé, des fois ?

– Pas depuis mon mariage, répondit Jérôme sur le même ton. Vous voyez que ça commence à faire… Il faudrait avoir de la rancune !

– Il faut bien que tu aies un ennemi, et un sérieux, qui ne recule devant rien. *Claviceps purpurea*, ça n'est pas une plaisanterie ! Alors réfléchis ; cherche dans ta mémoire. Il y a forcément quelque chose, quelqu'un… Dans tous les cas, il serait bon que nous retrouvions La Fatigue avant le brigadier Genassin ; ça nous simplifierait les choses, rapport à l'ergot !

Jérôme haussa les épaules.

– Il peut survivre indéfiniment de chapardages sans se montrer. Il vit comme ça depuis toujours, alors. En attendant, Sébastien ne pourra pas aller à l'école tout de suite…

– Oh, y a rien qui presse, gouailla Sébastien depuis son lit de douleur.

– Pour toi, non, j'imagine, dit Jérôme. Mais Forget va faire une tête ! Il me tarabuste avec ça depuis votre arrivée à Perpezac…

– Je ne le savais pas si sensible, Forget, dit le Dr Delmas. Il est littéralement bouleversé par cette affaire…

– C'est normal, non ? dit Jérôme. Sébastien a été blessé, il aurait pu mourir…

Le Dr Delmas fit la moue.

– Oh, il se fait du souci pour Sébastien, bien sûr… Mais je crois qu'il s'en fait encore plus pour La Fatigue…

Chapitre XXXI

Les deux derniers élèves pénétrèrent dans la classe. L'avant-dernier gagna sa table, tandis que le dernier s'immobilisait au pied de l'estrade comme Forget le lui avait dit avant de les faire tous entrer.

Nouveau dans une classe, exposé à tous les regards, ce n'était pas une situation confortable. Mais Honoré en avait vu d'autres, et il ne se faisait pas trop de bile.

Debout dans l'allée, les vingt-trois enfants attendaient pour s'asseoir que Forget en donne l'autorisation. Quelques chuchotements retardèrent cet instant. Forget promena sur la classe un regard sévère. Il sentait ses élèves excités comme des puces, aujourd'hui. Il leur serrait la vis. Honoré Faber devait comprendre qui faisait la loi ici. Il n'avait pas l'air bien féroce, mais avec ces orphelins passés par des établissements durs, on ne savait jamais. Autant montrer les dents pour n'avoir pas à mordre ! Tiens, Martherot, cet ahuri de Martherot, pouffait de rire en regardant le nouveau. Il ferait l'affaire. Tant pis pour lui. Condamné pour l'exemple. Raison d'État.

– Martherot, cent lignes !

– Oh m'sieur !... C'est Sédouzac, qui...

– Sédouzac, cent lignes !

Silence. Les gosses, matés, baissèrent la tête sous le cimeterre luisant d'Aristide Forget.

– Asseyez-vous.

Vingt-trois gros souliers firent chacun un pas de côté, qui vers la droite, qui vers la gauche. Vingt-trois derrières revêtus d'un sarrau noir ou gris se posèrent sur des bancs de bois. Vingt-trois autres gros souliers rejoignirent les vingt-trois premiers.

Un chuchotis. La voix tranchante de Forget.

– Silence ! Oflaquet, cent lignes !

Les gosses rentrèrent carrément la tête dans les épaules. C'était Verdun, ce matin !

– Comme vous l'avez remarqué, dit Forget, nous accueillons ce matin un nouveau...

Tu parles qu'on l'avait remarqué ! Dis donc, à ce tarif, heureusement qu'on n'accueillait pas un nouveau tous les jours !

– Je compte sur vous pour lui faire bon accueil... et faciliter son intégration parmi nous.

Martherot, Sédouzac et Oflaquet, qui avaient déjà écopé de cent lignes chacun à cause du nouveau, se jurèrent de faciliter son intégration à leur manière.

– Mon garçon, tu vas dire à tes camarades comment tu t'appelles...

– J'm'appelle Honoré Faber, dit Honoré en se tournant vers la classe. Et mon copain qui devrait être là aussi ce matin mais qu'est malade, il s'appelle Sébastien Célérier.

– C'est bien, opina Forget. Et maintenant...

– Et maintenant, déclara solennellement Honoré à ses nouveaux condisciples, je dois vous prévenir que je suis déjà pas commode quand on me cherche, mais que Sébastien il est encore pire que moi ! Alors faites gaffe ! À bon entendeur...

– Allons, allons, mon garçon, qu'est-ce que c'est que ce discours ? dit Forget effaré.

Il s'était mis d'accord la veille au soir avec Corbières pour qu'Honoré ne parle pas du coup de couteau ni de La Fatigue. Pour les enfants, Sébastien était malade. Corbières avait passé la consigne à Honoré, mais le reste de la déclaration du petit avait échappé à son contrôle...

– Tu es ici dans une école convenable, dans *mon* école, et tout se passera bien !

– Oui-oui, je disais ça comme ça, des fois qu'il y en aurait qui auraient envie de me chercher des crosses...

– Je suis sûr que tout le monde a parfaitement compris. Maintenant, tu vas aller t'asseoir là-bas, à côté de Grégoire Landeman, le petit gros à côté de la fenêtre...

La classe s'esclaffa. Forget fut enchanté du moyen qu'il avait trouvé pour détendre l'atmosphère. Venant de tout autre que lui, appeler un élève « le petit gros » aurait constitué une faute professionnelle. Mais dans sa bouche, avec son mètre soixante et ses 98 kilos, c'était juste une bonne blague… Détendre, d'accord, mais aussi tenir en respect !

–… Et je ne veux plus t'entendre tant que je ne demanderai rien, parce que c'est moi qui commande ici. C'est d'accord ?

– C'est d'accord.

– Alors exécution !

Honoré alla s'asseoir à côté du petit gros qui, visiblement catastrophé que ça tombe sur lui, se poussa pour lui faire de la place.

– Te bile pas, lui souffla Honoré, j'suis pas le mauvais bougre !

– Faber, cent lignes !

– Bienvenue au club ! chuchota Oflaquet à l'intention de Faber, depuis sa place de l'autre côté de l'allée.

– Qu'est-ce qu'il faudra copier, m'sieur ?

– Tu copieras cent fois : « Je ne prends la parole en classe que lorsque j'y suis invité par le maître. »

– Eh, m'sieur, ça fait bien une ligne et demie !

– Tu n'auras qu'à écrire petit. Bon, à présent, renouons avec le cours paisible de nos travaux. Sortez vos cahiers, inscrivez la date d'aujourd'hui, mardi 22 avril 1930… Dites, les enfants, l'un d'entre vous aurait-il aperçu La Fatigue, euh, je veux dire : Bergavon ?

Les élèves se consultèrent du regard. Non, personne n'avait vu La Fatigue.

– Personne ? Bon, bon…

Il haussa ostensiblement les épaules. Sa question n'avait rien d'inhabituel. C'était peu dire que l'assiduité de l'élève Jean Bergavon, alias La Fatigue, laissait à désirer. Régulièrement, Forget devait avoir recours aux services des élèves pour lui faire passer le même message : « L'école est obligatoire, et ça fait une semaine (ou deux, ou trois) qu'on ne t'a pas vu en classe ! »… La veille, avant d'aller voir Jérôme Corbières, Forget s'était entendu avec le brigadier Genassin. L'affaire du coup de couteau ne devait pas être ébruitée au sein de la population, pour ne pas compromettre définitivement l'avenir de La Fatigue. Le brigadier s'était montré quelque peu sceptique. L'avenir de La Fatigue? Devant l'insistance de Forget, le brigadier avait accepté de chapitrer son escouade. La discrétion de la gendarmerie va de soi, mais dans une toute petite ville, la discrétion se heurte à tous les réseaux d'alliance, à toutes les amitiés et à toutes les haines installées, et se déchire facilement à leurs aspérités. C'est pourquoi Forget avait bataillé sur ce point. Et d'ailleurs, la prétendue maladie d'un des protégés de Jérôme, celle, bien réelle de la Maugrée, ainsi que son hospitalisation, suffisaient à elles seules à expliquer le remue-ménage observé autour de la maison brûlée et de la boulangerie.

- Si vous le voyez, reprit Forget, dites-lui de venir me voir, même le soir après l'école... Je lui donnerai des nouvelles de sa maman.

Les élèves se regardèrent. Cela faisait drôle d'entendre prononcer le mot « maman » à propos de la Maugrée, tant son image en était éloignée... Mais le premier qui se permettrait le moindre commentaire écoperait de cinq cents lignes au bas mot. On sortit les cahiers des casiers et les porte-plume des plumiers, on trempa dans l'encrier de faïence les longues sergent-major crissantes, et on écrivit, certains en tirant la langue : *mardi 22 avril 1930...*

Le Paradou méritait son nom. Si elle avait eu l'esprit en repos, Jeanne s'y serait sans doute sentie parfaitement heureuse. Mais « Un seul être vous manque et tout est dépeuplé... » Jérôme lui manquait. Elle avait perdu tout espoir. Les premiers temps, elle avait attendu un signe de lui. Il devait bien savoir où elle était... S'il lui avait écrit à ce moment-là, s'il avait su plaider sa cause, leur cause à tous les deux, elle lui serait revenue. Mais son silence signifiait qu'il prenait son parti de cette séparation. C'était pour cela qu'elle avait fini par accepter cet exil thérapeutique que lui conseillait son père avec tant d'insistance. Le temps avait passé. Jérôme n'écrirait ni ne viendrait plus à présent. Après tout, se disait-elle, c'était un enfant qu'il voulait, et n'importe quelle femme était capable de lui en donner un, sauf elle. À cette pensée, elle sombrait dans un abîme de chagrin. Elle se sentait disqualifiée, exclue sans recours de la communauté humaine. Elle était donc la plus misérable créature qu'on puisse imaginer ? La dernière idiote, le dernier laideron jouissaient sur elle d'un avantage exorbitant, fabuleux : elles étaient capables de donner la vie ! Obsédée par son malheur, il lui semblait voir grouiller des nouveau-nés partout où elle posait les yeux. Elle maudissait son ventre stérile. Et puis son naturel reprenait le dessus. Elle maîtrisait sa douleur et séchait ses larmes. Elle s'efforçait d'accepter son sort, mais c'était d'autant plus dur qu'à la certitude de ne jamais pouvoir donner naissance à un enfant se mêlait à présent celle d'avoir perdu Jérôme. Aussi, malgré sa fermeté de caractère, errait-elle au Paradou comme une âme en peine.

La maison n'était pas grande. « Maison », d'ailleurs, c'était un bien grand mot ! Celui de « cabanon » convenait infiniment mieux à cette bicoque perchée sur les hauts de Marseille dans un inextricable fouillis d'arbres et de plantes parfumées. Au moins, là, elle ne voyait personne ; ni femmes enceintes ni nourrissons ! Ses voisins les plus proches étaient un vieux bonhomme qui coulait des jours paisibles en soignant ses oliviers, et un couple de lesbiennes, cheveux courts et pantalons, qui jouaient du sécateur toute la sainte journée dans leur jardin d'Eden dépourvu d'Adam. Celles-là au moins ne feraient pas d'enfant ! Elles n'auraient pas détesté que Jeanne les rejoigne un de ces après-midi pour la sieste, mais Jeanne ne mangeait pas de ce pain-là, et elle avait décliné leurs invites. Le vieux aux oliviers avait passé l'âge de presque tout, sauf d'un verre de vin après le repas et d'une cigarette le soir sur le pas de sa porte. Restaient la lecture, le jardinage et le sommeil. Jeanne dormait peu la nuit car les souvenirs venaient l'assaillir, mais elle passait des heures au lit en pleine journée. Curieusement, à ces moments-là, elle s'endormait. Elle rêvait. En s'éveillant, il lui restait une impression de paix et de douceur, et de vagues visions de promenades à deux au bord d'un lac.

Un après-midi, une voix la tira de cette somnolence. Une voix immédiatement reconnaissable. Celle, sonore et joviale, d'Albert Le Mentec. Mais qu'est-ce qu'il faisait là, celui-là ? Et comment connaissait-il son nom ? Car il l'appelait par son nom, depuis la barrière de bois qui séparait le Paradou du sentier escarpé et défoncé qui longeait le jardin.

– Madame Corbières ! Madame Corbières ! Vous êtes là ?

Au Paradou, Jeanne ne se souciait pas beaucoup d'élégance. Il faisait si chaud qu'elle passait ses journées presque nue. Elle mit des mules, et enfila un peignoir bleu dont elle se hâta de nouer la ceinture autour de sa taille en traversant le jardin.

C'était bien Le Mentec. Toujours tiré à quatre épingles, la moustache conquérante et le verbe fleuri.

– Madame Corbières ! Je suis bien aise de vous voir !... Mais je m'aperçois que je trouble votre retraite champêtre. Je suis désolé. J'aurais dû vous avertir de ma visite... J'y pensais depuis plusieurs jours déjà, et voilà que ce matin, ça m'a pris comme... comme... Enfin, peu importe, ça m'a pris, je me suis dit : « Albert, il faut que tu ailles la voir », et hop, me voilà !

– Mais comment m'avez-vous trouvée ?

Le Mentec eut un sourire modeste. Mais un sourire modeste, chez lui, ressemblait au sourire de triomphe d'un savant recevant le prix Nobel.

– Ah ! Comment j'ai fait pour vous retrouver dans cette ville immense ? C'est très simple, quand nous nous sommes quittés, vous avez donné votre adresse au chauffeur de taxi, et je l'ai retenue. J'ai une mémoire d'éléphant... Aimez-vous les pralines ?

– Les pralines ?… Oui, beaucoup.

– Eh bien, en voici ; elles viennent de chez le meilleur confiseur de Marseille. J'étais sûr que vous aimiez ça… Je ne connais pas de femme qui n'aime pas les pralines !

Peu de femmes apprécient qu'on leur tombe dessus chez elles, à l'improviste. Mais la bonne humeur d'Albert Le Mentec était la bienvenue. Qu'aurait été sa journée s'il n'avait pas eu l'idée de lui rendre visite ? Ce n'était pas une vie, à la longue. Le Mentec était venu en voiture. Son Hispano l'attendait en bas du raidillon impraticable où se cachait le Paradou. Il proposa une promenade en voiture dans l'arrière-pays. Elle ne se fit pas trop prier. Mais il fallait qu'elle se change, elle n'allait pas sortir en pauvresse, comme ça ! Il répondit galamment qu'elle serait la plus séduisante en quelque toilette que ce soit, et jura d'attendre patiemment qu'elle soit prête. Alors, énervée comme une jeune fille qui va échapper au train-train d'un week-end ennuyeux, elle courut se changer. Elle n'avait pas grand-chose à se mettre ; elle revêtit la robe qu'elle portait lors de son arrivée, mais elle parvint à en changer l'accent au moyen d'un foulard et d'une broche. En un clin d'œil elle fut prête et rejoignit Le Mentec sur la véranda.

– Je connais cette robe, dit-il en la voyant réapparaître. Elle est d'ailleurs charmante… Mais la broche et le foulard sont nouveaux.

– Nouveaux, pas vraiment… Vous êtes attentif à la toilette des femmes ! C'est rare, chez les hommes…

– Je m'intéresse à la toilette des femmes qui m'intéressent, corrigea-t-il avec un sourire un peu fat.

– J'en conclus que je vous intéresse…

– Sinon, serais-je venu jusqu'ici ?

Elle baissa les yeux.

– Je vous l'ai déjà dit, je crois : je suis mariée…

– Mariée, mais seule… Mais je ne veux être ni indiscret ni importun. Il fait une journée magnifique, l'air est pur, la route est large… À nous l'espace, la vitesse et l'ivresse !

Chapitre XXXII

Il fallait que l'homme sache que La Fatigue avait essayé. Peut-être alors lui donnerait-il non pas les six louis d'or promis, mais au moins un, à titre de dédommagement ? S'il se berçait de cet espoir, La Fatigue n'y croyait pas vraiment. L'homme n'était pas bon. Il ne « dédommagerait » pas La Fatigue pour avoir raté son coup. Mais alors, que lui restait-il, à La Fatigue ? De loin, il avait vu les gendarmes transporter la Maugrée sur un brancard dans un fourgon automobile frappé d'une croix rouge sur le côté. C'était la première fois de sa vie qu'elle montait en voiture. Mais elle devait être trop malade pour avoir peur. La Fatigue ignorait où on avait emmené sa mère. Peut-être à l'hôpital ? Peut-être en prison ? Elle n'avait rien fait, elle, mais elle était quand même la mère d'un criminel. Il était certainement un « criminel », puisque les gendarmes le cherchaient. Ils pouvaient toujours chercher, tiens !

Toute cette histoire avait quand même un résultat positif : on allait s'occuper de la Maugrée. Un jour, à la récré, ils avaient parlé de la prison avec Oflaquet et les autres. Oflaquet soutenait qu'en prison on soignait les gens quand ils étaient malades. À cette époque, La Fatigue croyait qu'on les laissait crever dans leur oubliette. Logique, ça faisait une bouche de moins à nourrir. Déjà, qu'en prison on nourrisse les gens *gratuitement*, ça l'étonnait. Aujourd'hui, en y réfléchissant, il se disait qu'Oflaquet devait avoir raison. C'était au moins rassurant pour la Maugrée. On devait la soigner... Est-ce qu'on allait l'envoyer à la montagne, dans un de ces endroits qui coûtaient si cher ? Ce serait quand même bizarre...

Mais La Fatigue ne comprenait pas grand-chose à la façon dont fonctionnait le monde des adultes. Personne ne s'était jamais occupé d'évacuer la Maugrée en ambulance avant que son fils ne donne un coup de couteau à un des orphelins recueillis par Jérôme Corbières... C'était tout de même une preuve de l'absurdité de ce monde-là !...

Pour communiquer avec l'homme, La Fatigue ne disposait que d'un signe : le chiffon blanc à la fenêtre de la maison brûlée. Le lendemain de sa tentative malheureuse, aux premières heures de l'aube, il rentra chez lui. Il n'y resta pas longtemps : juste le temps d'accrocher à l'endroit convenu un torchon blanc qu'il avait volé sur le fil à linge de Mme Sédouzac.

Les gendarmes avaient mis les scellés sur la maison. Mais mettre des scellés sur une passoire ! Il grimpa sur un arbre dont les branches donnaient sur le toit crevé, rentra par là, et fit tranquillement ce qu'il avait à faire. Puis, discret comme un chat, il regagna l'abri de la forêt. Un seul homme était sans doute capable de l'y retrouver : l'inconnu aux louis d'or. Il l'avait dit lui-même, il voyait tout, il savait tout. D'autres que La Fatigue n'y auraient vu que vantardise. Lui non; il y croyait.

Le soir même, alors qu'il rêvassait au bord de la Crouelle, dans une de ces cachettes-belvédères connues de lui seul, tout à coup l'homme fut devant lui.

Dans la pénombre de la cabane du père Laburle, l'autre jour, La Fatigue n'avait pas eu le loisir de détailler la mise de l'inconnu. Là, il le voyait mieux. Il était vêtu d'un gros pull-over de laine, d'une veste et d'un pantalon de velours côtelé bien usagés, avec des poches aux genoux et aux coudes. Le gosse remarqua que les poches n'étaient pas exactement à l'endroit où elles auraient dû être : le costume de velours était trop grand pour l'inconnu. À nouveau, La Fatigue fut impressionné par la lueur d'intelligence et de méchanceté qui brillait dans le regard impérieux de l'homme. Celui-ci laissa de côté tout préliminaire.

– Alors ?

La Fatigue s'éclaircit la gorge.

– Vous avez vu le signal ?

– C'est pour ça que je suis ici.

La Fatigue fut tenté de demander à l'homme comment il avait fait pour le retrouver. Se doutant que sa question ne recevrait aucune réponse, il y renonça. L'homme avait le don d'omniscience, et peut-être celui d'ubiquité…

– J'ai fait ce que vous m'avez dit…

– Ah bon ? Est-ce pour cela que le Dr Delmas est venu d'urgence chez Corbières, qu'on a emmené ta mère en ambulance, et que les gendarmes battent la région à ta recherche ?

La voix de l'homme coupait comme un couteau. La voix de Forget quand il était en colère, c'était de la petite bière à côté.

– Je… ça s'est mal passé… Les enfants… Les orphelins de Corbières, ils m'ont vu. Ils ont voulu me sauter dessus, mais je ne me suis pas laissé faire…

Autant pour préciser sa pensée que pour signifier à l'inconnu qu'il était plus que jamais prêt à se défendre, La Fatigue sortit son couteau-serpette et l'ouvrit. L'homme ne parut pas y prendre garde.

– Des orphelins, tu dis ?

Tiens ? Il ne savait pas tout, pour une fois ?

– Oui, des orphelins de Paris. Il les a pris en apprentissage, et aussi…

– Et aussi ?

- Je sais pas, moi, on dit que sa femme elle peut pas avoir d'enfants, ça lui en fera des tout faits !

Face à La Fatigue, les yeux mi-clos, la bouche tordue, le front plissé, l'homme semblait perdu dans une intense méditation.

– Un peu comme des enfants adoptés, hein ? dit-il enfin.

– Oui, si on veut…

– Sais-tu de quel orphelinat ils viennent ?

– Mme Oflaquet m'a dit en riant que dans cette famille, question enfants, ils se fournissaient toujours au même endroit !

– Au même endroit…

Les yeux de l'inconnu, à présent grands ouverts, jetaient des éclairs. Ces informations avaient produit sur lui un effet considérable. Il dansait d'un pied sur l'autre, et, sans même s'en rendre compte, se tordait les mains. Il fit l'effort de se maîtriser.

– Et la poudre ? demanda-t-il d'une voix redevenue glaciale.

– Je l'ai mélangée à la farine. Mais les gosses ont dû le dire, parce qu'il s'est rien passé…

– Le tube ?

– Je l'ai perdu…

Un brusque accès de rage tordit les traits de l'inconnu.

– Imbécile ! Tu te fais pincer, tu blesses un gosse, tu perds le tube… Tu es vraiment bon à rien !

Bien sûr, qu'il était bon à rien ; c'était de notoriété publique. Mais il n'avait rien demandé à personne, lui, on était venu le chercher !

– Fallait pas me demander de faire ça ! Si vous m'aviez rien demandé, j'aurais rien fait !

L'homme reprit d'une voix étonnamment calme :

– Tu as raison. Ces orphelins, comment s'appellent-ils ?

Ils s'appelaient Honoré Faber et Sébastien Célérier. L'homme lui demanda de les lui décrire. La Fatigue obéit. L'homme hocha la tête.

– Et lequel as-tu blessé ?

– Le grand, Sébastien Célérier. J'lui ai fait une boutonnière ! Il doit moins la ramener, maintenant…

– Sûrement !

– Dites…

– Quoi ?

La Fatigue hésita encore avant de demander :

– Vous me donnerez un louis d'or ?

– Hein ?

– Pas les six ! Un seul ! J'ai mis la poudre... Et maintenant, on a emmené ma mère, les gendarmes me cherchent, et je peux plus rentrer à la maison brûlée !

Depuis quelques instants, l'homme semblait chercher quelque chose du regard. Ses yeux glissaient sur les eaux de la Crouelle qui commençaient à se perdre dans la brume du soir, et revenaient errer sur le sol de la falaise où ils se tenaient, et qui surplombait de cinq ou six bons mètres une plage minuscule, très abritée, bordée de buissons épineux. Il vit que la Fatigue s'en était aperçu, et il lui sourit.

– Excuse-moi, je réfléchissais... Alors comme ça, tu veux un louis d'or ?

– Oui. Un seul.

Ce louis d'or qu'il réclamait prenait soudain toute la place dans son esprit. Il l'avait mérité, il l'avait même payé cher !

– Tu te souviens du pacte que nous avions conclu ?

– Oui, mais j'ai fait ce que je devais faire... C'est pas de ma faute si ces connards m'ont piqué ! Je veux un louis !

– Écoute, je ne suis pas forcé de t'en donner un... Tu comprends ça ?

– Non ! J'ai mis la poudre ! Il me faut un louis !

La voix de l'homme se fit indulgente, compréhensive.

– Un louis... C'est beaucoup, tu sais ? Un louis, alors que tu n'as pas rempli ta mission ! Et puis ta mère n'a plus besoin de ça, maintenant, on va la soigner gratis...

– C'est pas pour la soigner, dit La Fatigue, c'est le louis pour montrer aux autres...

– Les autres ? Mais tu es recherché par la police. Tu n'es pas près de retourner à l'école...

– J'm'en fous ! Je le veux quand même !

– Bon, bon, si tu insistes... Après tout, pourquoi pas ?

L'homme porta la main à sa poche. Il en sortit un louis qu'il fit sauter dans sa main.

– C'est bien ça que tu veux ?

– Oui.

– Alors attrape !

L'homme lança la pièce d'or aux pieds de La Fatigue. Celui-ci se baissa précipitamment pour la ramasser. Alors, avec une incroyable agilité, l'homme se baissa lui aussi, saisit une grosse pierre et en frappa La Fatigue à la tête. Le gosse poussa un cri et roula sur le sol. Avec un rire de triomphe, l'inconnu, brandissant à deux mains la lourde pierre, se jeta sur lui pour l'achever. Mais La Fatigue n'était qu'étourdi, et un farouche désir de vivre l'animait. Il avait laissé échapper son couteau-serpette. Il se tordait frénétiquement, ruait des quatre fers pour échapper au coup mortel. Tout en s'efforçant de le tuer, l'inconnu crachait entre ses dents des obscénités entrecoupées de ahanements.

– Attends, petit salaud, attends... Je vais te casser la tête. Ça va être drôlement bon !

La Fatigue, dans une brume sanglante, comprit qu'il allait mourir mais il continua à lutter. Des pieds, des poings, des ongles et des dents, il se battait contre un ennemi infiniment plus fort que lui. Ses coups portaient parfois ; il entendait alors l'inconnu jurer plus fort ou redoubler d'insultes. Une rage désespérée saisit l'enfant. Son couteau ! Si au moins il avait pu récupérer son couteau ! Avec quelle volupté il l'aurait enfoncé dans le ventre de l'homme ! Avec quelle joie il lui aurait fendu le visage, crevé les yeux ! Mais ils luttaient maintenant à l'extrême bord de la plate-forme naturelle qui surplombait la rive. Il n'y avait aucune chance pour que l'inconnu le laisse récupérer sa lame. Tout à coup, une lueur d'espoir se fit jour dans l'esprit de La Fatigue. La Crouelle ! C'était sa seule chance ! Six mètres plus bas, elle roulait des eaux rapides, grossies par la fonte des neiges. S'il parvenait à se laisser tomber du promontoire et à atterrir sur l'étroite grève en contrebas sans se casser une jambe, il se jetterait à l'eau. En cette saison, la Crouelle était large d'une trentaine de mètres. L'homme n'oserait pas le suivre.

– Fumier ! Petit fumier ! Je vais te tuer !...

Mais les choses se révélèrent plus malaisées qu'il ne l'avait espéré. La peur que quelqu'un les surprenne commençait à monter en lui. Il fallait faire vite ! Il recula de quelques pas afin de prendre son élan et d'en finir avec le gamin. C'était la chance de La Fatigue. Il roula sur le côté, parvint à se redresser et fonça vers le vide. Un cri furieux jaillit des lèvres écumantes de l'inconnu. La Fatigue se jeta en avant de toute son énergie, de tout son être. Il sentait sur sa nuque le souffle haletant de l'homme. Encore trois pas, deux pas, un pas... Déjà le vide salvateur s'ouvrait sous les pas de l'enfant. Derrière lui, le bras de l'inconnu se détendit. Sa main armée de la pierre décrivit une large courbe dans l'air froid du soir, et alla frapper le crâne de La Fatigue. Il y eut un craquement, un filet de sang jaillit, le corps de La Fatigue tournoya dans le vide, tandis que l'homme se retenait de justesse aux branches d'un buisson au bord de l'abîme. Epuisé, l'homme se laissa tomber sur le sol et ferma les yeux un court instant. Il l'avait eu ! Il avait vu le sang gicler dans l'air... Cette fois-ci, il devait être bien sonné. Maintenant, il ne restait qu'à descendre l'achever si c'était nécessaire, et à jouir de son triomphe.

Il rouvrit les yeux et se pencha vers la crique. Le corps de La Fatigue était invisible. L'homme se mordit les lèvres. Nom de Dieu, où était-il passé ? Il devait être là, inanimé, peut-être déjà mort, dans les taillis qui bordaient la crique. Il se releva et examina avec soin la disposition des lieux. La berge, en contrebas, était très difficilement accessible depuis l'endroit où il se tenait... Il n'y avait pas d'autre voie d'accès que la Crouelle. Une fois en bas, il ne risquerait plus d'être vu. Ne resterait que la rive opposée. Il haussa les épaules. Il n'y avait âme qui vive, et d'ailleurs la nuit tombait.

Un sourire de satisfaction éclaira son visage trempé de sueur et couvert d'écorchures récoltées au cours de la lutte. Prudemment, en s'aidant des lianes et des racines, il entama la descente.

– Jean ?

L'homme était à mi-hauteur, agrippé à une racine forte et noueuse. Son cœur, qui avait repris un rythme plus régulier, se remit à battre à toute vitesse.

– Jean... Jean Bergavon !

La voix venait d'en haut. Quelqu'un arpentait le sommet de la falaise. Le nouvel arrivant n'était plus très loin de la plate-forme où La Fatigue avait si chèrement défendu sa vie. D'un instant à l'autre, il allait y parvenir. S'il venait jusqu'au bord, s'il se penchait, il n'allait pas manquer de voir l'homme.

– Jean... Jean ! La Fatigue, si tu es là, réponds-moi... C'est moi, M. Forget !... Tu n'as rien à craindre !

Cramponné à sa racine, l'homme se mordit les lèvres jusqu'au sang. Forget l'instituteur ! Il cherchait son élève, bien sûr... Jean Bergavon, c'était La Fatigue ! Et La Fatigue, l'homme savait où il était : sous ses pieds, quelque part dans les taillis, le crâne fendu. Il fallait se tirer vite fait ! S'il remontait, il se jetterait dans les pattes de Forget. S'il continuait à descendre, il avait une chance de se cacher dans les buissons pour y attendre le départ de l'instituteur. Les buissons seraient-ils assez épais pour le dissimuler aux regards ? Il verrait bien ; de toute façon, il n'avait pas réellement le choix et, au pire, il lui resterait la possibilité de traverser la Crouelle à la nage...

– Jean ? Réponds-moi, mon petit ! Tu ne peux pas rester à battre la campagne comme ça, voyons ! Si tu es là, montre-toi, tout est arrangé... Allons, viens !...

L'homme étouffa une insulte. Aussi vite, aussi silencieusement que possible, glissant et jurant à voix basse, il acheva sa descente vers la berge.

Chapitre XXXIII

– Eh ! Qu'est-ce que vous faites là ?

L'homme ne commit pas l'erreur de se retourner et de lever la tête vers son interpellateur. Il se laissa glisser entre les branches jusqu'au bas de la falaise et courut vers la Crouelle. La nuit tombait, tout commençait à se perdre dans la grisaille. *Et puis il y avait si longtemps…*

– Eh ! Eh là ! Qu'est-ce que…

Sous le regard incrédule de Forget, l'homme se jeta à l'eau sans marquer une seconde d'hésitation. Il se mit à nager vigoureusement vers l'autre rive.

– Mais vous êtes fou ! L'eau est glacée ! Vous allez vous noyer…

L'eau était glacée, en effet, et le courant très puissant entraînait l'homme, le tenant à distance de la rive opposée. Un instant, Forget crut bien que l'inconnu allait s'engloutir. Mais il devait avoir la vie chevillée au corps, car d'un ultime effort il parvint à vaincre le courant et à aborder une centaine de mètres en aval. Là, il sortit de l'eau, s'ébroua comme un chien mouillé, et, toujours sans se retourner, s'enfuit en courant. Sa silhouette fut bientôt hors de vue.

– Quel drôle de paroissien ! se dit Forget.

Soudain, un soupçon lui vint à l'esprit. Cet homme avait quelque chose à cacher, mais quoi ? Manifestement, Forget l'avait surpris alors qu'il venait, ou alors qu'il s'apprêtait à commettre un acte délictueux… Mais que pouvait-on faire de mal tout seul en pleine nature ? Forget haussa les épaules. Il n'y avait rien à voler sur cette boucle de la Crouelle. Tout juste pouvait-on s'y cacher… C'était d'ailleurs pour cela qu'il avait poussé ses recherches par ici.

Du haut des plus hauts arbres de ce promontoire qui appartenait encore à la forêt mais qui formait balcon sur la Crouelle, on pouvait surveiller une bonne partie de la ville et singulièrement le commissariat de police, tout en demeurant invisible depuis le village. Forget avait pensé que La Fatigue s'était peut-être dissimulé là. Depuis l'affaire du fournil, il ne tenait plus en place. Il imaginait La Fatigue, seul, affamé, vêtu de haillons, pourchassé par le brigadier Genassin et ses pandores alors que sa mère agonisait à l'hôpital de Blois, et un terrible sentiment de culpabilité longtemps refoulé le tenaillait à présent...

Quittant la berge, il revint au centre de la plate-forme. Quand il l'avait aperçu, l'homme avait atteint le bas de la falaise. Il ne pouvait venir que d'ici... Forget maudit la pénombre grandissante qui risquait de rendre tout examen des lieux illusoire. Pourtant, les hautes herbes qui recouvraient la plate-forme après les gelées de l'hiver avaient été foulées aux pieds. Quelque chose brilla et attira son regard. Il se pencha et ramassa l'objet. Une pièce. Une pièce qui avait bien l'air d'être en or. C'était un vrai, un beau louis d'or impeccable ! Fleur de coin, comme disent les numismates. Il venait de tomber là, à en juger par sa propreté : pas une goutte de pluie, pas une buée de rosée n'en avait jamais terni la surface. Il y avait sûrement un lien entre la présence de cette pièce d'or et celle de l'homme qui venait de fuir. Étrange ! Un homme perd un louis d'or dans l'herbe, et au lieu de le chercher, il s'enfuit !

Très excité, Forget poursuivit ses recherches. Il n'eut d'ailleurs pas à chercher bien longtemps : à moins d'un mètre de l'endroit où il avait trouvé le louis, il trouva un couteau. Pas n'importe quel couteau. Le couteau-serpette de La Fatigue. Le couteau avec lequel La Fatigue avait failli tuer Sébastien Célérier, selon le témoignage du petit Faber. Il était ouvert. Sa lame était propre. Aucune trace d'humidité ou d'oxydation récente, qui aurait donné à penser que le couteau était là depuis un ou plusieurs jours... Forget en aurait mis sa tête à couper, une heure plus tôt, peut-être moins, ce couteau était encore dans la poche de La Fatigue ! La conclusion s'imposait d'elle-même. L'homme que Forget avait vu s'enfuir avait à faire avec la pièce d'or et avec le couteau, c'est-à-dire avec La Fatigue. Et si le fuyard était en train de descendre en direction du rivage quand Forget était arrivé, cela signifiait peut-être que La Fatigue se trouvait déjà sur la berge...

Le louis et le couteau à la main, Forget regagna l'extrémité de la falaise.

– Jean !... Jean... La Fatigue ! Tu es là ? Réponds-moi ! Jean ! Mon petit Jean !

Il se tut, tous ses sens aux aguets, le cœur battant d'espoir. Mais il n'entendit pas d'autres réponses que le gémissement du vent qui soufflait dans les branches des arbres et l'inlassable grondement de la rivière. Si La Fatigue était là, il ne pouvait être loin. Ce n'était pas la peine de crier... Il fallait moduler, au contraire. Le rassurer, l'apprivoiser... À moins que... À moins qu'il soit là, mais *incapable* de répondre ! Parce que... Parce que... La fuite de l'inconnu devenait logique, alors. Elle devenait la fuite d'un agresseur surpris, peut-être d'un assassin !

– Jean ! Mon petit Jean ! Réponds-moi ! Où es-tu ?

Forget se tut à nouveau. Il aurait voulu faire taire le vent et la rivière, qui couvraient peut-être une réponse murmurée... Et soudain le miracle se produisit : il entendit une plainte, très basse, presque inaudible... Ne l'avait-il pas inventée ? Elle semblait venir du fouillis de buissons qui recouvrait le pied de la falaise.

– La Fatigue ? La Fatigue ? Tu es là ?

À nouveau, la plainte se fit entendre. Cette fois-ci, il en avait situé plus précisément la source. En bas, derrière le talus qui formait comme une lèvre minuscule au bas de la bouche énorme de la falaise.

– Jean !

La sueur au front, le cœur battant à rompre, le gros Forget s'élança sur la pente. Il n'avait pas fait le moindre exercice physique depuis plus de quinze ans, il pesait près d'un quintal d'os mous, de viscères flageolants et de mauvaise graisse, il crevait de peur, mais rien au monde ne l'aurait empêché de descendre. Il se tordait les chevilles, il s'entaillait les phalanges à l'écorce rugueuse des branches dont il s'aidait pour progresser tant bien que mal, ses doigts se lardaient d'épines et d'échardes, mais il descendait de plus en plus vite vers cette plainte de plus en plus distincte.

– Jean ! Jean ! Mon fils !

L'enfant gisait près du talus, le front ensanglanté, couvert d'écorchures et de traces de coups.

– Le salaud ! L'ordure ! Qu'est-ce qu'il t'a fait ?

La Fatigue geignait doucement. Agenouillé près de lui, Forget l'examina rapidement. Il constata deux blessures à la tête, dont une au moins était sans doute très grave, et une fracture de la jambe droite. Ce diagnostic sommaire effectué, Forget leva les yeux vers le sommet de la falaise. Il allait falloir remonter. Avec La Fatigue inconscient. Forget avait eu déjà l'occasion de déplorer son embonpoint et sa piètre forme physique, mais là, il les maudit carrément. Ne vaudrait-il pas mieux remonter seul et aller chercher du secours ? Il pesa le pour et le contre avant de rejeter cette idée Même s'il arrivait à remonter sans perdre trop de temps, il y avait bien une demi-heure de marche jusqu'à l'entrée de Perpezac. Le temps de trouver un médecin, de revenir... Le souffle de vie presque imperceptible qui soulevait la poitrine de La Fatigue pouvait se tarir, cesser... Cela, il ne se le pardonnerait pas. En portant l'enfant, il gagnait une demi-heure, au moins. Et tant pis si son cœur à lui lâchait ! Après tout, ce ne serait que justice ; il expierait ainsi son crime : avoir donné la vie à ce misérable enfant, et par lâcheté, l'avoir jusqu'alors laissé vivre dans un dénuement total... Sur le plan sexuel, son mariage était un fiasco. Pire qu'un fiasco : une tragédie minable, sordide. Il n'avait jamais obtenu d'Yvonne que le minimum vital conjugal... Et encore ! Dans les premiers temps, car depuis une dizaine d'années elle ne lui permettait même plus de la toucher. Alors forcément, un homme sans grâce ni pouvoir de séduction, ça marine dans sa frustration, ça gamberge, ça ne pense pratiquement plus qu'à ça. Quand il partait tout seul en balade autour d'Eparvay, Forget croisait souvent la Maugrée. Elle était encore jeune, encore fraîche, et sa réputation de Marie-couche-toi-là n'était plus à faire. Un jour, ce qui devait arriver était arrivé. Forget avait dit : « Couche-toi là ! », et elle n'avait pas fait de difficultés. Cela avait duré un été ; le temps des vacances scolaires. Il lui apportait une babiole, parfois un simple croissant acheté en passant chez Corbières, et elle lui ouvrait ses bras et ses jambes. Il n'avait certainement pas été le seul à bénéficier de ses faveurs cet été-là... L'été, il y a du monde dans les champs et sur les chemins de campagne, et avec la Maugrée, ça n'était pas difficile, on n'avait qu'à sourire, dire trois mots gentils et ouvrir sa braguette. Aussi, quand il était devenu évident qu'elle était enceinte, et même longtemps après la naissance de Jean, il ne s'en était pas beaucoup soucié. Mais un jour, en sa qualité d'instituteur de Perpezac et après de longs pourparlers avec la Maugrée (à cette époque-là il avait cessé depuis longtemps de la voir en secret), il avait vu entrer dans sa classe le petit Jean Bergavon, ce mioche qu'on surnommait déjà La Fatigue et qui lui ressemblait trait pour trait au même âge. Un jour, n'y tenant plus, il était allé voir sa propre mère pour lui demander de lui montrer toutes les photos qu'elle avait de lui enfant. Ce test avait été on ne peut plus concluant. La Fatigue avait un père et ce ne pouvait être que Forget ! Était-il donc le seul à Perpezac à s'en être aperçu ? Il se berçait de cette illusion. Au « café des femmes », c'est-à-dire au lavoir, on n'avait guère de doutes là-dessus, mais comme tout le monde aimait et respectait Forget, même les pires langues de vipère mettaient la sourdine à ce sujet.

Avec cette prise de conscience, un véritable supplice avait commencé pour Forget. Cet enfant, à la fois son élève et son fils secret, Forget s'était mis à le chérir. Quand il le voyait arriver le matin de la maison brûlée où il vivait avec sa mère pathétique, jamais lavé, jamais coiffé, habillé de rogatons glanés ici ou là, le ventre vide, le cœur de Forget se serrait. Mais quand il ne venait pas, parfois quatre ou cinq jours de suite, c'était encore pire. Il se demandait s'il ne lui était rien arrivé, s'il n'était pas malade, s'il ne s'était pas brisé le cou en tombant d'un arbre... En classe aussi, l'indécrottable nullité de La Fatigue était un crève-cœur pour Forget. Son fils, son fils à lui, était le dernier de la classe. Il n'écoutait rien, n'apprenait rien et ne comprenait à peu près rien : une bûche. À force de vivre comme un animal, La Fatigue était presque devenu un « enfant sauvage ». Forget n'osait même plus lui demander s'il avait fait ses devoirs. Il ne les faisait jamais. Il fallait le punir. Et Forget ne s'en reconnaissait pas le droit. Bien sûr, il aurait pu, il aurait dû aider la Maugrée. Mais il avait peur que la chose ne s'ébruite et ne donne matière à des commérages qui auraient pu arriver aux oreilles de sa femme. Et puis, la Maugrée n'était pas quelqu'un de facile à aider. Une dizaine d'années avaient passé depuis la naissance de Jean. Le temps, l'alcool, la misère et maintenant la maladie avaient accompli leur œuvre. La Maugrée était désormais une épave, un déchet humain qu'il aurait fallu prendre en charge entièrement. Aussi Forget avait-il laissé filer les choses. À présent, accroupi auprès de La Fatigue qui était peut-être en train de mourir, il se le reprochait amèrement. Etait-il encore temps de se racheter? Il était décidé à faire tout ce qui serait en son pouvoir, jusqu'à l'extrême limite de ses forces, pour sauver La Fatigue.

À l'aide de lianes, il confectionna un harnais grossier mais solide en se servant du couteau de La Fatigue. Puis, manipulant le corps de l'enfant inconscient avec d'infinies précautions, il parvint à l'accrocher sur son dos à l'aide du harnais. Quand il en eut terminé, la nuit tombait pour de bon. Il fallait profiter des dernières lueurs de jour pour escalader la falaise. Il cracha dans ses mains, et entama la difficile ascension.

Chapitre XXXIV

– Comment tu l'aimes ton café ? Fort ?

Du lit, Jeanne répondit qu'elle l'aimait léger. Elle ressentait une saisissante impression d'irréalité. Un homme était en train de lui préparer son petit déjeuner après une nuit d'amour, et ce n'était pas Jérôme.

– Alors, je le fais fort, et je l'étendrai un peu. C'est plus facile que le contraire, dit Le Mentec.

– Ils sont doux, tes draps. Qu'est-ce que c'est ?

– De la soie, petite madame ! Vous êtes chez Albert Le Mentec ; les draps sont en soie, ça va de soi !

Il continua à s'affairer dans la cuisine, apparaissant de temps à autre dans l'encadrement de la porte pour demander si elle aimait le miel, ou si elle préférait le pain grillé aux biscottes. Il était nu, à l'exception d'une serviette de bain drapée autour de ses reins comme un pagne. Un trouble l'envahit. Elle n'avait jamais vu qu'un homme nu auparavant, et c'était Jérôme. Le Mentec et Jérôme étaient à peu près du même gabarit : des armoires à glace tous les deux. Mais Jérôme était plus doux, plus tendre ; Le Mentec plus brusque, plus rugueux... Mais un amant remarquable. Elle pouvait donc prendre du plaisir avec un autre homme que Jérôme ! Le Mentec avait dans l'œil une petite lueur faraude qui n'avait pas d'autre sens. Il avait su la faire jouir ; son orgueil de mâle méditerranéen, un peu enfantin, s'épanouissait à cette idée.

Elle avait découvert qu'il était abondamment tatoué.

Cela s'accordait au côté canaille qu'elle lui avait trouvé dès leur première rencontre. Dans l'intimité du lit, il n'avait pas cherché à continuer à jouer au gentleman. Ce n'était pas à Polytechnique ou à l'École centrale, ni en fréquentant la meilleure société marseillaise, qu'on pouvait attraper de tels tatouages : un voilier sur la poitrine, une femme nue sur le biceps gauche, et un canon faisant feu sur le droit. Ces tatouages guère discrets, il en avait un peu honte. Il s'en était presque excusé auprès de Jeanne.

– C'est un peu... Un peu vulgaire, non ?

– Non, c'est original...

– C'est bien ce que je dis, tu trouves ça vulgaire ! J'étais jeune, je ne me rendais pas compte... Mais ce qui est fait est fait... Tu sais, il faisait vraiment chaud, là-bas ; on ne se donnait pas longtemps à vivre, alors rien n'avait d'importance.

– Où ça, là-bas ?

– Dans le Rif. À vingt ans, j'étais *joyeux*... Ça te dit quelque chose ?

– Vaguement... Ce sont des soldats punis, non ?

– Les joyeux, ce sont les types des bataillons disciplinaires... J'en étais. 147e C.A.C. 147e bataillon de chair à canon. Avec les joyeux, l'état-major ne se gêne pas, crois-moi. À la bigorne, et on ne s'occupe pas trop des pertes !

– Pourquoi tu étais là-bas ?

– Une bêtise... Basta ! C'est le passé ! J'aurais préféré ne pas te montrer tout ça, mais c'est difficile à cacher. Remarque, il y a des femmes que ça excite... Mais tu n'es pas une femme comme ça.

– Oh, je ne sais même plus comme je suis !

Au lieu de la raccompagner chez elle il l'avait ramenée chez lui, et ils avaient fait l'amour. C'était venu tout naturellement.

Il habitait dans un bel immeuble qui donnait sur la Canebière. L'appartement n'était pas très grand – appartement de célibataire –, mais il était luxueusement décoré et meublé, avec un goût auquel un puriste aurait sans doute trouvé à redire. Mais Jeanne n'était pas cultivée en matière de décoration. Tout au plus trouva-t-elle les tentures grenat et les cadres des tableaux dorés un peu tape-à-l'œil, comme leur propriétaire.

– Tu as fait ton chemin, pour un ancien joyeux !...

Il bomba le torse. Là, elle lui avait fait plaisir. Elle sourit. C'était cette naïveté qui le rendait attachant et qui inclinait à lui pardonner sa jactance et ses manières de parvenu.

– Je crois bien ! Quand j'ai débarqué à Marseille une fois démobilisé, je te jure, je n'avais qu'un lacet pour mes deux chaussures ! Et voilà le travail, dix ans après, un bel appartement qui m'appartient, au mur, des tableaux de peintres morts depuis longtemps, une Hispano au garage, un portefeuille d'actions bien garni... et des filles de rêve dans mon lit !

Cela, c'était pour elle : la délicatesse finale, le compliment qu'il imaginait bien tourné...

– Et c'est quoi, tes affaires ?

– Oh, c'est très divers. Je brasse, je brasse beaucoup ! En bourse et les matières premières. C'est une ville de rêve pour les affaires.

Elle avait hoché la tête. Un boursicoteur. Un affairiste qui traficotait et spéculait sur les huiles et le vin d'Algérie, sur le savon, sur le suif... Tout ce que Basile, le père de Jeanne, détestait. Pauvre Basile, qui s'était imaginé que son gendre, un honnête et simple boulanger, incarnait le « Grand Capital » à lui tout seul ! S'il savait avec qui elle couchait à présent ! Avec qui « elle couchait » ? Avec qui « elle avait couché », une fois, nuance ! Elle n'était pas amoureuse de Le Mentec et leur aventure n'aurait pas de lendemain. Il était gentil, amusant, il faisait bien l'amour, mais elle n'envisageait pas de poursuivre leur relation plus avant. S'il s'était mis autre chose en tête, elle le lui expliquerait. Il avait de l'humour. Et d'ailleurs, lui-même ne songeait certainement pas à une liaison durable.

Il revint vers le lit, portant un plateau de bois laqué sur lequel il avait disposé les éléments d'un copieux petit déjeuner.

– Voilà, princesse ! Alors, tu ne m'as pas dit... Comment c'était, cette nuit ?

Quel enfant ! Il semblait réellement anxieux du jugement de Jeanne. Mais, sur ce plan-là au moins, elle pouvait le rassurer.

– C'était...

Elle laissa sa phrase en suspens. Sa prunelle s'assombrit sous l'effet de l'inquiétude du mâle dont on juge les capacités amoureuses. Ses sourcils se froncèrent.

– Eh bien ? C'était comment ?

– C'était très bien ! Vraiment trrrrès bien ! répéta-t-elle complaisamment, en faisant rouler les r avec insistance.

Une expression de soulagement se peignit sur le visage de Le Mentec.

– Ah bon ! Tu me rassures... Alors vraiment, ça t'a plu ?

– Vraiment ! dit-elle en ouvrant de grands yeux admiratifs.

Il s'assit au bord du lit, satisfait.

– Moi, les femmes, je les rends folles ! Tiens... Voilà ton café... Attends, je vais y verser un peu d'eau chaude. Dis donc, tu es mariée ?

Elle prit la tasse sans rien dire. À quoi bon, puisqu'il connaissait la réponse.

– Tu es mariée... Enfin, tu...

– Mon mari et moi, nous sommes séparés.

– Bien !... Comme ça, si on veut se revoir, ça ne posera pas de problèmes...

– Non, ça ne poserait pas de problèmes...

Il était peut-être naïf, Le Mentec, mais il n'était pas sot. Le conditionnel de Jeanne le mit en garde. Il se tut, évitant une réponse qui compromettrait une possible liaison.

Il se leva et alla ouvrir la fenêtre.

– Regarde-moi cette journée. On ne se croirait jamais en mai ! C'est ce que j'aime, ici… Tu es d'où, toi ?

Elle lui parla de Perpezac. Elle lui décrivit le village, le lavoir et l'église, le château des Fréret du Castel, les berges de la Crouelle… En parlant, la nostalgie la gagnait. Elle finit par se taire, la voix brisée, au bord des larmes.

– Toi, tu as le mal du pays…

Elle écrasa furtivement une larme. Elle ne devait pas se laisser aller. Ni devant Le Mentec, ni devant personne…

– Non. Tout va bien… Il va faire une journée splendide. Tu pourras me raccompagner pas trop tard ?

– Bien sûr. J'ai moi-même une journée chargée ; des clients, des associés, un tas de gens à voir. Mais tu as tout de même le temps de prendre un bain. Sol et murs en marbre, baignoire et vasque peintes « grand siècle », robinetterie dorée… Y a des femmes qui ne viennent ici que pour ça !…

– Tu reçois beaucoup, on dirait…

– Je ne dirais pas que ça défile, mais presque… Attention ! Le Mentec n'est pas un cœur d'artichaut. Si un jour il rencontre une vraie femme, il n'y aura qu'elle qui comptera !

– Qu'est-ce que tu appelles une vraie femme ?

– Une vraie femme ? C'est… Une femme digne d'être aimée…

– Nous le sommes presque toutes, tu sais ?

– Une femme digne d'être aimée par Le Mentec, je veux dire.

– Alors effectivement, ça ne doit pas courir les rues.

Il avala une gorgée de café et fit claquer sa langue contre son palais.

– Tu me chambres, là.

– Non, non…

– Si, tu me chambres, je le vois bien. Mais c'est parce que tu ne sais pas à quel point je suis un type formidable ! Pas un ange, ça non, mais un type formidable… Dans le

Rif, plus tard en Syrie, et plus tard encore au Tonkin et en Chine du Sud, j'ai fait des trucs inimaginables.

– Tu as été en Chine, toi ? Pour quoi faire ?

Il eut un geste vague de la main.

– Les affaires... Le thé, les pierres précieuses... Je suis un aventurier de haut vol !

Elle le dévisagea avec incrédulité. Comment pouvait-il parler de lui-même avec une telle fatuité, une telle prétention ?... Cependant, elle se souvint de l'incident de la gare Saint-Charles, de son agresseur indochinois à qui il avait répondu dans sa langue après l'avoir rossé. Il devait avoir réellement roulé sa bosse. Mais habituée à la simplicité de Jérôme, elle ne pouvait s'empêcher de trouver Le Mentec un peu ridicule. Bardé de décorations, même quand on insistait, Jérôme refusait de raconter ses exploits de combattant de la grande guerre.

– Montre-moi cette salle de bain, dit-elle. Au Paradou, le confort est plutôt sommaire...

– Tu vas voir, c'est formidable, on se croirait à Hollywood !

Il éclata de rire. Jeanne aussi. Quel drôle de pistolet ! Capable à quelques secondes d'intervalle, de chanter ses propres louanges et de se moquer de lui-même.

– Bon, je te fais couler ton bain. Tu veux des sels ? De la mousse ? Tout vient de chez Roger Gallet.

– Comment, pas de lait d'ânesse ?

– Ah non, pas aujourd'hui, l'ânesse est en congé... Mais je peux descendre traire la concierge, si tu veux !

Elle était en train d'avaler une gorgée de café. Elle faillit s'étrangler de rire. Tout à l'heure, au Paradou, elle retrouverait le souvenir de Jérôme, de Perpezac, de sa vie brisée... Pour l'instant, c'était bon de dire des bêtises, de s'étourdir.

Chapitre XXXV

Les services de toxicologie du département avaient confirmé la présence d'ergot de seigle dans les échantillons fournis par le Dr Delmas. Le bon docteur avait eu toutes les peines du monde à rassurer son correspondant. Celui-ci avait senti ses cheveux se dresser sur sa tête quand il avait reconnu *Claviceps purpurea* sous l'objectif de son microscope. Malheureusement, la police judiciaire enquêtait après la tentative d'assassinat perpétrée contre La Fatigue. Il n'avait pas été possible de dissimuler plus longtemps la provenance de ces échantillons. Un commando de spécialistes des services d'hygiène avait débarqué dans le fournil de Jérôme. Ils l'avaient traité comme un criminel de guerre, procédé à de nouveaux prélèvements, et mis les scellés sur le fournil et sur la boutique. Jérôme et Delmas avaient eu beau leur expliquer que tout danger était écarté, ils n'avaient rien voulu entendre. Pendant deux jours, les habitants de Perpezac avaient été privés de pain. Le troisième jour, Mélenchon, le maire, avait piqué un coup de sang. Il avait téléphoné au ministre de l'Agriculture, lequel avait téléphoné au responsable du ministère de la Santé, lequel avait téléphoné au responsable des services d'hygiène locaux, lequel, sur ordre écrit de son ministre, avait retiré l'interdiction de boulange qui frappait Jérôme Corbières.

Le boulanger affrontait la tourmente avec courage. Astérie était inquiète. Après le départ de Jeanne et la blessure de Sébastien, la fermeture de sa boulangerie avait ébranlé ses assises. L'énergie qu'il dépensait pour les deux orphelins des Vertus suffirait-elle à rétablir l'équilibre ?

Sébastien Célérier se remettait rapidement. Il n'en allait pas de même de La Fatigue. Le sauvageon se débattait toujours entre la vie et la mort à l'hôpital de Blois. Inconscient, il n'avait pu fournir le moindre renseignement sur son agresseur. Seul indice, le louis d'or retrouvé sur les lieux par Forget.

Depuis le drame, Forget passait le plus clair de son temps libre à Blois, auprès de La Fatigue, et aussi de la Maugrée dont la mort semblait inéluctable. Forget tenait compagnie aussi souvent que possible à celle qui avait été sa maîtresse le temps d'un été. Il avait contacté un avocat pour lui exposer son intention de reconnaître dès que possible La Fatigue comme son fils naturel, de façon à en avoir la garde après la mort de la Maugrée. Ce faisant, Forget savait qu'il allait briser sa vie, mais il n'en avait cure. « Si ton vin est mauvais, jette-le, si ta vie est mauvaise, brise-la ! » avait-il dit à Jérôme qui s'inquiétait des conséquences de cette reconnaissance de paternité.

– Ma femme demandera le divorce, et alors ? Nous n'avons jamais rien eu à nous dire. Je vais enfin me mettre en règle avec ma conscience... Je ne supportais plus ces mensonges. Si Jean survit, je me consacrerai à lui... Mon Dieu, faites qu'il vive !

– Delmas est optimiste.

– Oui, mais il faut qu'il sorte du coma... Il le faut ! La voix de Forget se brisa. Jérôme lui mit la main sur l'épaule.

– Aristide, mon vieux...

– Excuse-moi... Les nerfs... Mais toi, tu as des nouvelles de Jeanne ?

– Rien. Je crois que c'est fini.

– Allons donc ! Pour une dispute ?

– Plus qu'une dispute. Je l'ai frappée, et puis...

– Oui, je sais. Mais tout de même, je n'arrive pas à y croire. Tu as relancé tes beaux-parents ?

Jérôme haussa les épaules.

– Inutile. Mon beau-père me hait. Même s'il sait quelque chose, il ne me dira rien.

– Alors, à ta place, j'engagerais un détective privé.

– Hein ? Comme pour...

Jérôme n'acheva pas sa phrase. Forget en comprit le sens et la termina à sa place.

– Comme pour un adultère ? Non, comme pour une disparition. Ta femme est partie, tu ne sais plus où elle se trouve, tu t'en inquiètes... Quoi de plus normal ? Si un détective te la retrouve et lui transmet un message de ta part, peut-être refusera-t-elle d'y répondre, mais tu auras essayé... Le pire serait le silence. À cause de mon silence, mon fils est peut-être en train de mourir, et il n'aura même jamais su qu'il avait un père !...

Les deux hommes en étaient là de leur conversation quand Astérie annonça l'inspecteur Guillemineau, le policier chargé de l'enquête. Il s'était installé chez Lebédin, à l'auberge de la Petite Poule rousse, et depuis quelques jours, il écumait la région en quête d'indices sur l'agresseur de La Fatigue.

– Fais-le entrer, dit Jérôme. Peut-être aura-t-il du nouveau ?

– S'il y en a, tu me raconteras, dit Forget. Il faut que je parte...

– J'espère que ce n'est pas moi qui vous fais fuir, monsieur Forget ? dit l'inspecteur Guillemineau.

– Pensez-vous, inspecteur ! avec ces allées et venues entre Perpezac et Blois, j'ai un de ces boulots en retard à l'école !...

– Alors je ne veux pas vous retenir... Des nouvelles du petit ?

Forget secoua la tête. Guillemineau n'insista pas. Les deux hommes se saluèrent, et Forget quitta rapidement la boulangerie.

– Eh bien, monsieur l'inspecteur, êtes-vous toujours satisfait de la cuisine de Lebédin ?

– Si je reste ici trop longtemps, je vais prendre dix kilos, et je vais perdre une partie de mon sex-appeal. Je dois donc résoudre cette affaire aussi vite que possible... Si vous le voulez bien, j'ai quelques renseignements complémentaires à vous demander.

– Je suis à votre disposition... Voulez-vous boire quelque chose ? Astérie...

– Non, rien, merci. Voilà, avez-vous récemment été en relation avec l'orphelinat des Vertus, à Paris... En dehors du fait que vous y avez passé... voyons...

L'inspecteur s'interrompit pour sortir un calepin de sa poche et pour consulter ses notes.

–... Deux ans pendant votre enfance, acheva-t-il.

– Je suis depuis longtemps membre bienfaiteur de l'association qui le patronne, la Guilde des Maîtres Boulangers... Et à ce titre, membre du Conseil d'administration. Mais je n'assiste que très rarement aux réunions ; Paris est loin, et un fournil est plus astreignant qu'une maîtresse.

– Je sais tout cela, monsieur Corbières. Ce que je voudrais savoir, c'est si vous avez eu affaire personnellement avec le directeur de l'établissement.

Jérôme s'éclaircit la voix. Lors de sa visite aux Vertus, il avait bel et bien forcé la main à Delaveau, pour emmener avec lui les deux gosses le soir même, et maintenant les choses se gâtaient. Il trembla pour Honoré et Sébastien. On allait les lui reprendre... Cela, jamais ! Mais pourquoi Guillemineau se serait-il occupé de ça ?

– Le directeur, M. Delaveau, est un vieil ami.

– M. Delaveau est le nouveau directeur, le coupa Guillemineau. Moi, je vous parle de l'ancien, Mâchelard.

– Mâchelard ? Celui qui est en fuite ?

Guillemineau acquiesça.

– Je ne l'ai jamais rencontré. Lors de ma dernière visite aux Vertus, il y a une semaine, il avait été déjà démis de ses fonctions et remplacé par M. Delaveau.

– Et vous n'étiez pour rien dans la mise à pied de Mâchelard ?

– Pour rien... Je vous l'ai dit, depuis quelques années, je n'allais plus aux réunions du Conseil d'administration. J'ignorais même le nom du directeur.

– Mâchelard vous est inconnu ?

– Totalement.

– Il n'aurait aucune raison de vous en vouloir ?

– Aucune, puisque je ne le connais pas.

Le front de Guillemineau se plissa. Ses doigts tapotaient avec nervosité la couverture cartonnée de son calepin. A l'évidence, il était déçu; il avait attendu autre chose des réponses de Jérôme.

– Cela m'embête. Ce n'est pas logique. Il *doit* y avoir un lien entre Mâchelard et vous... Un lien plus fort qu'une simple coïncidence.

– Mais pourquoi ?

– Parce que, sur la pièce d'or trouvée par Forget, il y a les empreintes de Mâchelard... En tout cas, celui qui se faisait appeler Mâchelard. Un vrai miracle qu'on ait eu l'idée de les comparer. Mes collègues chargés de l'enquête sur les agissements de Mâchelard aux Vertus se sont aperçus que Mâchelard n'existait pas ! Les pièces d'identité présentées par lui lors de son engagement par la Guilde et avalisées par l'Assistance publique sont des faux. L'anthropométrie judiciaire sert à ça : lever les masques, identifier les petits malins comme ce Mâchelard, qui s'inventent un état civil pour couvrir leurs agissements. On a relevé les empreintes du directeur des Vertus, et on les a envoyées au Sommier. Là, rien, chou blanc ! Notre oiseau n'avait jamais été fiché par la police, ni sous sa véritable identité, ni sous aucune autre. Et puis, par chance, le technicien chargé de l'identification des empreintes trouvées aux Vertus avait également en charge celles du louis d'or, que j'avais expédié à Paris à cette fin. Et il les a comparées, comme ça par hasard. Ce sont les mêmes. Quel que soit son véritable nom, c'est l'ancien directeur des Vertus qui a laissé ses empreintes sur le louis d'or trouvé sur la falaise... Vous voyez, quelques-unes des pièces du puzzle ont l'air de s'emboîter, mais d'autres restent inutilisables. Ce qui s'emboîte, c'est par exemple *le louis d'or-Jean Bergavon-l'ergot de seigle*... Si on lit cette séquence de la façon suivante : *Jean Bergavon a reçu, ou devait recevoir le louis d'or pour mélanger l'ergot à la farine*, c'est cohérent. Si on ajoute *Mâchelard* à cette séquence, elle devient encore plus cohérente ; cela donne : *Mâchelard a donné, ou promis, un louis d'or à Jean Bergavon pour mélanger l'ergot à la farine*. Pas à n'importe quelle farine, hein ? À la farine de *Jérôme Corbières*. On peut même continuer, en ajoutant les éléments *échec de Jean Bergavon*, et *tentative d'assassinat*, et ça reste logique... Vous me suivez ?

– Je crois bien, dit Jérôme. Cela doit aboutir à quelque chose comme *Mâchelard a donné, ou promis, un louis d'or à Jean Bergavon pour mélanger l'ergot à la farine de Jérôme Corbières, mais en raison de son échec il a tenté de l'assassiner...*

– Tout juste ! Vous auriez dû entrer dans la police, monsieur Corbières, vous êtes doué !

– Merci, monsieur l'inspecteur, mais vous m'aviez mâché le travail.

– Ça n'est pas terminé. Parlons des pièces du puzzle qui ne s'emboîtent pas... *Qui ont l'air de s'emboîter*. Prenez les éléments *Sébastien Célérier* et *Honoré Faber...* Tous les deux ont un lien avec Mâchelard, le même que vous, d'ailleurs : *les Vertus*. Pour un flic, c'est excitant ça, on se dit qu'on est sur la bonne voie, et puis non, ça ne colle pas ! Le jeune Sébastien Célérier a été blessé par le jeune Jean Bergavon *par hasard* ! J'ai vérifié auprès des enquêteurs parisiens : Célérier et Faber n'ont passé que quelques semaines aux Vertus pendant que Mâchelard en était le directeur. Ils n'ont pas été impliqués dans les affaires de mœurs qui lui sont, entre autres, reprochées... Vous voyez, c'est un joli casse-tête. Nous en comprenons quelques aspects, mais l'essentiel nous échappera tant que nous ne saurons pas pourquoi Mâchelard a voulu empoisonner *votre* farine, alors qu'en principe il ne vous connaît pas personnellement.

– Peut-être a-t-il lu mon nom sur des documents du Conseil d'administration ? dit Jérôme. Peut-être a-t-il décidé de se venger de ceux qui l'ont limogé et accusé de malversations et de détournements de mineurs ?

– Détournement de mineurs aggravé ! précisa Guillemineau. Il était investi d'une autorité officielle... Il a d'ores et déjà sur le dos une tentative d'empoisonnement collectif si je parviens à prouver qu'il a soudoyé Jean Bergavon. Les premières charges parisiennes étaient déjà très lourdes !... Mais pardon, continuez...

– Oui, je me demandais... A-t-il cru que j'étais de ceux qui ont alerté la police ? Les autres membres du Conseil d'administration sont-ils menacés ?...

– J'y ai pensé. En ce moment même, les administrateurs sont sans doute en train de répondre aux mêmes questions que vous... Presque tous sont des boulangers. Deux d'entre eux sont minotiers... Cette saloperie, là, l'ergot, ça ne rigole pas, hein ? Ç'aurait été une hécatombe...

Jérôme opina, avec un frisson rétrospectif.

– Tout le village aurait été frappé. Il y aurait eu des morts, des handicapés à vie...

– Charmant ! Bref... Ce type est un vrai méchant, un dingue. J'espérais que vous alliez me donner la clé de l'énigme... Mais puisque vous ne connaissez pas Mâchelard...

– Désolé, monsieur l'inspecteur.

– Et vos ennuis personnels ?... Rien de neuf ?

– Mes ennuis ?...

– Votre femme a quitté le domicile conjugal à la suite d'une violente dispute avec vous, n'est-ce pas ?

– C'est exact, dit Jérôme avec raideur. Mais cela n'a rien à voir avec...

– Peut-être, peut-être pas. On est en train de vérifier.

Jérôme tomba des nues. Pourquoi mêler Jeanne à cette affaire ?

– Vérifier quoi au juste ?...

L'inspecteur Guillemineau poussa un soupir, puis sans agressivité, avec patience, il s'expliqua.

– Nous vérifions tout, monsieur Corbières… Ça en vaut la peine. On a failli empoisonner toute une ville, puis tenté d'assassiner un enfant, tout cela pour vous nuire. Alors, nous cherchons qui pourrait vous haïr assez pour en venir à ces extrémités.

– Mais ma femme…

– Vous l'avez battue. C'était pour elle une humiliation. Elle a pu vouloir se venger.

– C'est absurde ! C'est un homme qui…

– Il arrive qu'une femme prenne un amant… Spécialement quand son mari lui poche un œil…

Chapitre XXXVI

– Ma femme n'a pas d'amant ! dit Jérôme avec colère.

– Ce n'est qu'une hypothèse, dit prudemment Guillemineau. Il y en a d'autres, que nous nous employons à vérifier. J'ai rendu visite à M. le maire…

– Vous ne perdez pas votre temps !

– M. Mélenchon est votre adversaire politique. Si les habitants de Perpezac tombaient comme des mouches après avoir mangé de votre pain, je ne donnerais pas cher de votre avenir électoral.

– Bien entendu, mais je connais Mélenchon depuis l'enfance. Il ne ferait jamais ça… C'est un radsoc, mais c'est un type bien !

– Admettons… Et M. Fréret du Castel, dont vous êtes le challenger à droite ?

Jérôme demeura silencieux.

– Vous voyez bien… Ça n'est pas impossible…

– Ce n'est pas un type bien, laissa tomber Jérôme. Mais, même pour gagner les élections, je ne le vois pas faire ça… Et puis, tout le monde le connaît ici !

– Oh, dans toute petite ville, être connu de tous ou de personne, ça revient au même, de toute façon on ne passe jamais inaperçu... Mais ce n'est pas la question ; Fréret du Castel pourrait être le commanditaire.

– Il aurait engagé Mâchelard ? Encore faudrait-il établir un lien entre eux... Ça vaut aussi pour Mélenchon, d'ailleurs.

– On cherche. Mais cherchez, vous aussi, dans votre mémoire. Vous étiez la cible. Entre le coupable et vous il existe un contentieux très lourd. Quelque chose qui mérite qu'on tue...

– Mais si c'est un fou ?

– Même les fous criminels ne frappent pas au hasard. J'en suis persuadé, vous connaissez le nom de l'assassin... Ou le vrai nom de Mâchelard, ou le nom de celui qui s'est servi de Mâchelard, s'il n'a pas agi de sa propre initiative.

– J'y réfléchirai. Mais *a priori* je ne vois vraiment pas... Si une idée me vient...

– C'est ça, faites-moi signe. Vous savez où me trouver. Au revoir, monsieur Corbières.

– Au revoir, monsieur l'inspecteur. Ah ! Autre chose...

– Oui ?

Jérôme baissa la voix.

– Tout policier que vous soyez, si vous parlez encore de l'amant de ma femme, je vous mets mon poing dans la gueule !

Jérôme se tut. Le regard des deux hommes se croisait, sans animosité personnelle. Ils échangeaient des messages, simplement.

– Je m'en souviendrai, monsieur Corbières, dit enfin l'inspecteur. Mais vous savez, dans ce domaine, on ne sait jamais ce qu'on va découvrir...

Il tourna le dos à Jérôme et sortit.

L'inspecteur regagna à pied l'auberge Lebédin. Il s'efforçait de mettre en ordre les éléments les plus marquants de cette conversation. Tout tournait autour des Vertus. Mais justement, trop de pistes ramenaient à l'orphelinat ; elles s'emmêlaient et se brouillaient les unes les autres. Les Vertus, Jérôme y avait été pensionnaire, Mâchelard en avait été le directeur, mais jusqu'à plus ample informé les deux hommes ne se connaissaient pas. D'autre part, Sébastien et Honoré venaient des Vertus. Ils y avaient évidemment aperçu Mâchelard, mais Mâchelard ne s'était pas intéressé à eux... Il lui manquait une clé mais la serrure était là, à l'orphelinat de la Ligue des Maîtres Boulangers. Et toute cette affaire était strictement boulangère, il en aurait mis sa main au four ! C'est pourquoi il ne croyait guère à l'hypothèse Le Mentec. Car la police va vite, quand elle veut. Pauvre Corbières ! Pauvre boulanger quitté, trompé par sa femme ! L'éventualité d'un adultère était déjà vérifiée. Un enquêteur s'était présenté à Blois chez les parents de Jeanne. Avec la police, Basile s'était montré moins hautain et moins intraitable qu'avec Jérôme. Il avait donné l'adresse du Paradou. À Marseille, une enquête de voisinage avait établi que Jeanne Corbières fréquentait assidûment le propriétaire d'une Hispano que la police n'avait eu aucune peine à identifier. Albert Le Mentec n'était pas pour elle un inconnu.

Ancienne petite frappe du Vieux-Port, engagé volontaire dans l'infanterie à la suite d'une affaire de proxénétisme, il était passé par cette école du vice renommée : les Bataillons d'Afrique... Il n'avait rien trouvé de mieux que de faire tapiner la serveuse de l'estaminet le plus proche de la caserne de Carcassonne, où il avait été incorporé. Arrestation par les soins d'un gradé de la police militaire qui s'était arrogé le monopole du proxénétisme à l'usage des bidasses. Tribunal militaire. Bataillon disciplinaire. Dans le Rif, excellent soldat, mais indiscipliné, on avait renoncé à en faire un sous-officier. Son colonel lui-même avait admis que Le Mentec était beaucoup trop intelligent pour ça. Libéré de ses obligations militaires, au lieu de revenir barboter dans le marécage du milieu marseillais, ce brillant sujet avait choisi le grand large. Un tour du monde d'aventurier dont les escales avaient été l'Indochine et la Chine du Sud. Là-bas, il s'était livré à des trafics en tous genres, avec une prédilection pour l'opium et les pierres précieuses. Retour à Marseille en 1927, fortune faite. Albert Le Mentec installe ses bureaux et ses entrepôts sur le port, un bel appartement sur la Canebière, une magnifique Hispano, de beaux costumes... Il exerce de juteux trafics dans le monde entier. Intelligent, pragmatique, il ne commet jamais d'imprudence. En dépit de son passé, il fraye le moins possible avec la pègre. Assoiffé de respectabilité, cordial, sympathique, il a l'art de nouer des alliances. Très protégé. Il est là pour longtemps, estime la police locale qui le tient à l'œil.

Voilà l'homme qui a levé la petite Mme Corbières à son arrivée à Marseille, se dit Guillemineau. Ces deux-là n'avaient pourtant rien de commun ! Elle était vulnérable, et Le Mentec savait y faire.

Heureusement pour Jeanne, Le Mentec avait renoncé à ses premières ambitions de proxénète. Elle ne courait pas le danger de finir sur le trottoir. Il la trouvait tout simplement à son goût.

À la vue du pedigree de Le Mentec, les enquêteurs croyaient avoir mis la main sur le coupable. Un ancien *joyeux* et trafiquant... Pour Guillemineau, cette piste ne résistait pas à l'examen. On savait exactement quand Le Mentec et Jeanne avaient fait connaissance. Le procès-verbal établi au commissariat de la gare Saint-Charles à l'occasion de l'arrestation du petit voleur vietnamien l'attestait : c'était le jour même où La Fatigue avait tenté d'empoisonner la farine... Ou alors, il s'agissait d'une mise en scène préparée de longue date. Non, cela ne tenait pas debout. Pour l'instant, on devait s'en tenir à ceci : *l'épouse du boulanger Corbières avait une liaison avec un individu bien connu des services de police, point.* Coïncidence. Une de plus. Pas question de prévenir

Jérôme Corbières sans nécessité absolue. Ces honnêtes hommes de province, anciens combattants au sang chaud, ça vous sortait une pétoire du grenier et ça vous flinguait l'infidèle comme un rien! Sans compter que le cocu avait promis de mettre son poing dans la gueule de Guillemineau, à la moindre allusion de cocuage... Il devait avoir une gauche respectable, l'homme de droite!

L'inspecteur arriva à la Petite Poule rousse. Lebédin l'accueillit avec empressement.

– Qu'est-ce que vous diriez d'une bécasse farcie, ce soir?

– En cette saison?

Lebédin se mordit les lèvres.

– Il arrive qu'il y en ait une qui se perde dans mon champ, là derrière, et alors... Enfin, chez soi c'est permis de la ramasser, non?

– Bien sûr, c'est de les chasser qui est interdit, pas de les cueillir!

Depuis le départ de l'inspecteur, Jérôme tournait en rond. Jeanne pourrait avoir un amant!... Cette éventualité l'avait mis hors de lui. Il serra les poings. Et si c'était vrai? Si Guillemineau en savait plus qu'il n'en avait dit? Il songea au conseil que lui avait donné Forget. Engager un détective privé. Pourquoi pas, pour en avoir le cœur net. Mais si le détective confirmait ses craintes? Savoir, ne pas savoir?... Qu'est-ce qui était le mieux? Et puis, est-ce que les choses ont toujours le sens qu'on croit? Par exemple, si Jeanne avait appris en quelle compagnie il avait passé la nuit, à Blois, elle aurait pu en tirer des conclusions erronées. Il n'avait cherché qu'à s'étourdir. Pourquoi ne pourrait-elle pas ressentir le même besoin?... La vision de Jeanne dans les bras d'un autre homme lui était insupportable. Il ne fallait pas qu'il y pense. Il fallait... Il fallait travailler! S'abrutir de travail et de fatigue, et ensuite, dormir comme une bûche. Et espérer qu'un jour, à son réveil, Jeanne serait là.

Il consulta sa montre. Il avait des courses à faire en ville… Ce serait peut-être l'occasion de parler à Sylvana Mancuso. Avec les deux gosses dont il avait à présent la charge, le lavage du linge commençait à devenir un problème pour la vieille Astérie. L'eau froide, la position accroupie, quand on arrive à soixante-dix ans, ça n'est bon pour personne. Il fallait lui épargner ça et confier le linge à laver. Il avait pensé à la Mancuso. Réflexe d'homme ; de toutes les laveuses de Perpezac, elle était sans conteste la plus agréable à regarder, et bonne lavandière. Quand il l'avait proposé à Astérie, elle n'avait pas dit non.

Le vieux Mancuso et sa fille habitaient une petite maison au fond d'un jardin touffu, en lisière du village. Pas très loin de la boulangerie. Jérôme y fut en cinq minutes.

– Il y a quelqu'un ? demanda-t-il depuis la barrière de bois peinte en vert.

Une tête auréolée de cheveux blancs apparut à la fenêtre.

– Voilà ! Voilà ! Sylvana, va ouvrir…

La belle Italienne apparut dans l'allée. Malgré ses soucis, Jérôme fut une fois de plus sensible au charme qui se dégageait d'elle. C'était une brune pulpeuse, aux cheveux lisses divisés en lourds bandeaux de part et d'autre d'un visage de madone. Ses vêtements étaient très simples. Les Mancuso, émigrés politiques, étaient loin d'être riches, mais bien des femmes auraient souhaité les porter avec cette distinction mêlée de sensualité.

A la vue de Jérôme, elle sourit.

– Bonjour… Vous venez voir mon père ?

– J'aurai plaisir à bavarder avec lui… Mais c'est vous que je viens voir.

– Pour le linge ?

Elle n'avait mis aucune intonation particulière dans sa voix, en posant cette question. Pourtant il s'éclaircit la gorge.

– Oui, pour le linge…

– Je m'y attendais. Je veux dire, moi ou une autre… Pour Astérie, deux gamins en plus. C'est que ça salit, à cet âge-là… Entrez… vous prendrez bien une *grappa* avec mon père ?

– Je voudrais pas le déranger.

– Vous ne le dérangerez pas, au contraire ! Il vous aime bien. Et il aime aussi la grappa, et tout seul il préfère pas.

– Il a raison… Comment va-t-il ?

– Comme ça peut… Mais il va vous le dire. La prison, sa santé, il ne parle que de ça… C'est pas toujours drôle. Entrez… Nous nous mettrons d'accord sur le prix, pour les lessives.

Il répugnait à Jérôme de parler argent avec elle.

– Pour le prix, vous verrez avec Astérie. Elle va essayer de vous carotter… Alors annoncez-lui votre prix, et dites-lui que je suis d'accord. Simplement, ne demandez pas trop, sinon elle me lancera son battoir à la tête !

– Ne vous inquiétez pas… Alors, vous venez ? Mon père a déjà débouché la grappa.

Il lui emboîta le pas.

Giuseppe Mancuso avait disposé sur la table une bouteille d'eau-de-vie de son pays et trois verres. Il s'entendait bien avec Jérôme. Les Italiens connaissent le pain et respectent ceux qui savent le faire. Même s'ils n'étaient pas du même bord en politique, Jérôme prêtait une oreille attentive aux récits que l'exilé lui faisait de ses démêlés avec les fascistes italiens. Giuseppe Mancuso avait été professeur de philosophie. La teneur intellectuelle de sa conversation était supérieure à celle de la plupart des habitants de Perpezac. Il aurait sans doute pu enseigner en France, car il parlait parfaitement le français, mais les épreuves qu'il avait subies l'avaient brisé, et il ne cherchait que le silence et l'oubli, loin des grands affrontements idéologiques… À Perpezac, il était servi.

– Entrez, entrez ! Je suis content de vous voir. Vous prendrez un petit verre avec nous, n'est-ce pas ?

– Bien volontiers, *dottore.* J'étais venu demander à Sylvana si elle voulait bien s'occuper du linge de mes deux petits protégés... Mais comment allez-vous ?

Le vieil Italien leva les bras au ciel.

– Hélas ! ces brutes m'ont démoli. J'ai des ballonnements, des aigreurs, des brûlures... C'est très pénible, très ! Et puis ces nausées continuelles... Comme s'il m'en restait dans le corps, de leur maudite huile de ricin ! Dès que le temps est humide, mes os me font mal. Ça, ce sont les coups qu'ils m'ont donnés, enchaîné à un radiateur. Ah, Jérôme, ne les laissez jamais prendre le pouvoir chez vous ! Vous ne savez pas de quoi ils sont capables !

– Mais, Giuseppe, nous n'avons pas de chemises brunes, ici en France... Notre droite est légaliste, respectueuse du droit des gens ! Vous savez bien que j'en fais partie.

– Oui, oui, je sais... Nous sommes en France, c'est vrai, nous sommes en sécurité. Mais tout de même, faites attention...

– Papa, tu ennuies M. Corbières, voyons ! Sers-lui donc à boire...

– Tu as raison, ma fille. Nous allons boire à la France... Et aussi à mon pays, ma pauvre Italie. Fasse le ciel qu'elle se débarrasse un jour de ces assassins !

Il emplit les verres d'une main qui tremblait légèrement.

Jérôme et Sylvana échangèrent un regard et levèrent leur verre en même temps que Giuseppe :

– À la France, à l'Italie !

Chapitre XXXVII

Le professeur Belorgey était un petit homme tout maigre, tout sec, austère et volontiers sentencieux, dévoré par une passion calme : celle de son métier. Spécialiste du cerveau, il dirigeait le service de chirurgie céphalo-rachidienne de l'hôpital de Blois. Tous les grands chirurgiens de France le considéraient comme un des leurs. Il aurait pu, s'il l'avait voulu, exercer et enseigner son art à Paris. Les plus grands hôpitaux se seraient disputés pour l'accueillir. Mais il n'aimait pas la capitale, ses salons, ses mondanités et ses luttes d'influence, tout ce qu'il appelait « ce temps perdu qui appartient à nos patients, et que nous leur devons... ». Comme on peut l'imaginer, ce n'était pas vraiment un boute-en-train. Son entourage et ses subordonnés, derrière son dos, l'appelaient volontiers « Rabat-joie » ou « L'Humanité souffrante », mais son abnégation et son talent opératoire étaient unanimement reconnus.

Il fit entrer ses visiteurs et les pria cérémonieusement de prendre place sur les chaises disposées face à son bureau.

Puis, avec une paisible majesté, il s'assit à son tour.

– Madame, messieurs, commença-t-il, je vous ai demandé de venir pour vous annoncer une bonne nouvelle...

Jérôme était assis entre Forget et Astérie. A la gauche d'Astérie, l'inspecteur Guillemineau tapotait distraitement sur la couverture de son éternel calepin. Jérôme entendit Forget pousser un soupir de soulagement. L'assistant du professeur n'avait donné aucune précision au téléphone, et depuis deux longs jours, l'instituteur se rongeait les sangs. Jérôme lui toucha légèrement le bras. Le gros Forget, dont le front était embué de sueur, lui répondit d'un bref sourire sans quitter Belorgey des yeux.

– L'opération a porté ses fruits, poursuivit le chirurgien. Nous avons débridé la boîte crânienne de façon à la décongestionner et à rétablir le fonctionnement naturel de l'encéphale. Tout s'est passé comme je l'espérais. Le petit Bergavon est sortit du coma hier matin.

– Professeur,... Vous l'avez sauvé ! Croyez à toute ma gratitude ! s'écria Forget.

– Je n'ai fait que mon métier, trancha Belorgey... Vous êtes monsieur ?...

– Je suis Aristide Forget. Nous nous sommes croisés l'autre jour dans le couloir... Je suis son père !

– Son père ?

Le professeur Belorgey était un catholique fervent et sourcilleux sur l'éthique. Forget se troubla. Il n'avait pas pensé à cela ; Jean ne s'appellerait jamais comme lui. Peut-être parviendrait-on à obtenir qu'il devienne un jour Jean Bergavon-Forget ? En tout cas, c'était le moment ou jamais, sous le regard sévère du professeur, d'assumer sa décision.

– Oui, confirma-t-il d'une voix ferme, je suis son père !

Le professeur consulta le dossier de La Fatigue et marqua sa désapprobation par une petite moue fugitive.

– Bien-bien-bien, dit-il du même ton qu'il aurait déclamé : *O tempora, o mores* ! sur le forum romain... Je pense qu'il pourra quitter l'hôpital d'ici quelques jours. Il faudra songer à lui trouver un toit, car si j'en crois son dossier, sa mère est gravement malade, et vous, monsieur, vous n'êtes que son père naturel ?

– C'est exact. Je m'occuperai de lui.

– Le juge pour enfants en décidera... Ce pauvre gosse est sous le coup d'une plainte pour violences, je crois ?

– Oui, intervint Jérôme, mais la plainte sera retirée.

– Bien-bien-bien ! émit Belorgey d'une voix sinistre. Paternité naturelle, délinquance juvénile, violences sur enfants... Grâce à Dieu, tout cela ne me concerne qu'indirectement... Je n'avais en charge que la vie de cet enfant, son existence n'est pas de mon ressort !

Il se tourna vers l'inspecteur Guillemineau.

– Vous êtes de la police, je crois ?

Guillemineau inclina la tête en signe d'assentiment.

– Puis-je interroger le blessé ? Son témoignage peut être capital, dans une affaire extrêmement grave...

– Monsieur l'inspecteur, vous nous avez appelé tous les jours... Permettez-moi de vous dire qu'on a autre chose à faire ici que de répondre au téléphone. Vous ferez ce que vous voudrez quand l'enfant sera sorti de mon service, mais il est hors de question de l'interroger aussi longtemps qu'il y séjournera ? Est-ce clair ?

Guillemineau se raidit.

– Professeur, vous êtes sans doute un grand chirurgien. Vous avez sauvé Jean Bergavon. Mais il y a aussi des êtres humains hors de votre service... En m'empêchant de recueillir la déposition du petit, vous en mettez en danger un nombre indéterminé ! C'est une responsabilité que j'hésiterais à prendre, à votre place, conclut l'inspecteur d'une voix pleine de sous-entendus menaçants.

Le professeur Belorgey considéra Guillemineau avec un mépris non dissimulé, mais c'était seulement pour sauver la face, car les arguments du policier avaient porté.

– Bien-bien... Je ne mettrai pas d'obstacle au fonctionnement de la justice ! ricana-t-il.

Il appuya sur un bouton électrique situé sur son bureau. Une imposante infirmière-chef entra aussitôt.

– Auberson, conduisez nos visiteurs au chevet du petit Bergavon, s'il vous plaît. Ce... Ce policier est autorisé à interroger le patient... Veillez tout de même à ce qu'il ne le passe pas à tabac... Madame, messieurs...

D'un bref mouvement de tête, le professeur signifia à ses visiteurs que l'entretien était terminé.

Avec une attitude hautaine, calquée sur celle du mandarin, l'infirmière précéda le petit groupe dans le couloir.

– Pas commode, le grand patron, hein ? souffla Jérôme à Forget.

– Bah ! Il a sauvé Jean... Tu sais, pour moi, il pourrait porter son slip sur la tête, il resterait un grand homme...

Au bout du couloir, l'infirmière-chef s'arrêta devant une porte.

– C'est ici, dit-elle avec un très pur accent de garde-chiourme. Pas trop longtemps, hein, la visite !

La petite figure pâle de La Fatigue dépassait à peine du drap d'hôpital d'une blancheur immaculée. Afin de ne pas l'effrayer, on avait décidé de présenter dans un premier temps l'inspecteur Guillemineau comme un ami de Jérôme. Ainsi avait-on plus de chances que l'enfant réponde de façon détendue aux questions du policier, quand la glace serait rompue.

A la vue de Jérôme, La Fatigue essaya de se cacher sous les draps. Jérôme s'efforça de le rassurer par une attitude amicale.

– Alors, bonhomme, te voilà enfin réveillé ? Tu nous a fait peur, tu sais…

Le gosse demeura silencieux. Jérôme n'avait pas l'air en colère contre lui, alors qu'il avait d'excellentes raisons de l'être… Qu'est-ce que ça cachait ?

– Tu reconnais M. Forget ? C'est lui qui t'a sauvé. Tu l'as échappé belle !

– Et moi j'en ai sué ! s'exclama Forget. Il n'a l'air de rien, ce petit, mais il est lourd, quand il faut le porter pendant une demi-heure…

Forget avait décidé de remettre à plus tard la révélation de leur lien de sang. La Fatigue saurait bien assez tôt qu'il avait un père, et que ce père était son instituteur…

–… Et voilà Astérie, reprit Jérôme. Elle t'a apporté des confitures, et moi aussi je t'ai apporté quelque chose… Regarde…

Jérôme tendit au gosse un pochon de papier dont La Fatigue, à l'odeur appétissante qui s'en exhalait, devina aussitôt le contenu.

– Des croissants !

– De ce matin.

La Fatigue prit le paquet. Ce fut plus fort que lui, une larme coula sur sa joue. Les croissants, c'était ce qu'il y avait de meilleur au monde. Si Jérôme lui en apportait, ça voulait dire qu'on lui pardonnait… Mais l'inconnu, derrière Astérie, qu'est-ce qu'il faisait là ?

– Qui c'est, celui-là ? marmonna-t-il avec un signe de tête en direction de Guillemineau.

– C'est un ami à moi, dit Jérôme. Il est détective, ajouta-t-il sous le coup d'une impulsion subite. Nous lui avons demandé d'enquêter sur ce qui t'est arrivé. Tu voudras bien répondre à ses questions, n'est-ce pas ?

Le gosse ne répondit pas. Jérôme se mordit les lèvres. Avait-il commis une erreur ? Il vit que Forget lui lançait un regard furieux.

– Dis donc, reprit-il, tu sais que Sébastien Célérier va très bien ? Il sera bientôt guéri.

La Fatigue sortit de son silence.

– C'est vrai, il est pas mort ?

– Puisque je te dis que non. Il pourra aller à l'école la semaine prochaine.

La Fatigue poussa un soupir de soulagement. Il n'était donc pas un assassin. C'était toujours ça de gagné, parce que les assassins, on leur coupait la tête ! Au fait, qu'est-ce qu'on faisait aux empoisonneurs qui avaient raté leur coup ? À nouveau, le gosse lança un coup d'œil en direction de Guillemineau.

– Lui, c'est un policier ?

Guillemineau joua le jeu.

– Non, un détective. Comme Nick Carter, tu vois ? Je vais essayer de retrouver le type qui t'a fait ça, dit-il en montrant le pansement qui entourait le crâne de La Fatigue. Mais on a le temps... On en parlera tous les deux tout à l'heure, d'accord ?

– Et ma mère ? Pourquoi elle est pas là ?

Décontenancé, Guillemineau ne sut que répondre.

– Elle est malade, tu sais, elle se repose, dit Forget. Tu la verras bientôt.

– Vous me racontez des salades, elle est morte ! dit La Fatigue. Et lui, c'est un flic, et il va me flanquer en tôle !

– Mais qu'est-ce que tu vas chercher ?

– Laissez-moi tranquille ! Je veux plus vous voir ! Allez-vous-en !

Dans le camp des adultes, il y eut un instant de panique.

– Jean, voyons...

– Laissez-moi tranquille ! J'vous dirai rien !

Astérie, qui était restée silencieuse jusqu'alors, décida de prendre les choses en main.

– Sortez, tous les trois, laissez-moi seule avec lui.

– Mais...

– Maintenant que la finesse masculine a fait ses preuves, on pourrait essayer autre chose, non ? Allez, sortez, laissez-moi avec le petiot.

Dans le couloir, les trois hommes allumèrent des cigarettes, comme ils auraient pu le faire dans la salle d'attente d'une maternité. Ils étaient comme les trois pères du même enfant dont ils auraient attendu la naissance et qui se serait appelé « Vérité ».

– Je suis désolé, j'ai cru bien faire ! dit Jérôme à Forget. L'instituteur eut un geste d'apaisement.

– Ce n'est rien... Il faudra l'apprivoiser, ça prendra du temps.

– La faute à ce vieux con de chirurgien ! Il l'a fait exprès, de nous convoquer tous en même temps, prétendit l'inspecteur Guillemineau.

– Tout de même, il a sauvé Jean !

– Pas une raison pour se prendre pour Dieu le Père ! J'en ai déjà rencontré, des comme ça. Le pouvoir de vie ou de mort sur leurs patients leur monte à la tête...

L'inspecteur se tourna vers la fenêtre qui donnait sur un jardin. Il exhala une bouffée de fumée de cigarette et s'enferma dans un silence boudeur. Les deux autres, perdus dans leurs pensées, demeurèrent silencieux eux aussi. Sous les yeux de l'inspecteur, une bulle d'air prise dans le verre de la vitre introduisait une déformation dans le spectacle paisible qu'offrait le jardin de l'hôpital. Comme si la réalité avait eu un défaut de fabrication. Il se dit que Mâchelard, c'était pareil. C'était même pire.

Il introduisait un principe destructeur dans le cours de la vie. Et sa mission à lui, Guillemineau, consistait à identifier ce principe et à le retirer de la circulation. Et vite! Aussi vite que possible! Parce que aussi longtemps que Mâchelard resterait en liberté, on ne pourrait pas manger un bout de pain sans risquer la maladie de l'ergot de seigle, le terrible Mal des Ardents; la folie, la paralysie et la mort! Le pain, depuis toujours, représentait pour les hommes le long chemin parcouru depuis la sauvagerie des premiers âges jusqu'à une civilisation toujours menacée, toujours à reconquérir... Le pain était apparu dans l'histoire au moment où les tribus s'étaient sédentarisées. Le pain, c'est la nourriture des paysans, non celle des guerriers; de ceux qui se fixent en un lieu et qui travaillent la terre au lieu de piller et de tuer. Et voilà que, par la faute de Mâchelard, le pain, symbole de vie, devenait symbole de mort! Et une seule personne était en mesure d'aider Guillemineau à progresser dans son enquête : ce pauvre môme derrière la porte, paumé, terrifié, claquemuré en lui-même! Il jura à voix basse. Il n'avançait pas, il perdait du temps, pendant que Mâchelard, ou quel que soit son vrai nom, l'esprit du mal incarné dans le corps de ce dingue, courait le monde en toute quiétude, semant le poison derrière lui!

Guillemineau sursauta. La porte de la chambre de La Fatigue s'était ouverte. Astérie Adeline en sortit.

– C'est à vous, inspecteur; il veut bien vous parler... Il sait que vous êtes un vrai policier. Je lui ai dit aussi que l'affaire du fournil était pardonnée, qu'il ne risquait plus rien. Je ne lui ai pas menti, j'espère?

– Non. Je vous le promets.

– Alors, à vous de jouer.

Guillemineau la remercia d'un hochement de tête, et se glissa dans la chambre de La Fatigue.

Chapitre XXXVIII

À Marseille, les jours passaient sans que Jeanne parvienne à mettre fin à sa liaison avec Le Mentec. Chaque fois qu'ils se quittaient, elle se jurait qu'elle ne lui céderait plus jamais. Elle ne l'aimait pas. Il n'était qu'un bon compagnon, de lit, de table... Oh, la vie avec lui avait sans doute plus de charme qu'avec cet ours de Jérôme... Avec Jérôme, par exemple, la danse c'était deux fois l'an : au bal de la Saint-Jean et à celui du 14-Juillet, sur la grande place de Perpezac. Tandis qu'avec Albert, c'était un soir sur deux. L'autre soir, on allait au spectacle : cinéma, théâtre, cirque... Le Mentec avait sa table dans la plupart des cabarets et des grands restaurants, il appelait tous les garçons de café et toutes les dames du vestiaire par leur prénom, il semait les blagues et les pourboires comme d'autres le blé. Avec lui, Jeanne découvrait une vie dont on parlait dans les magazines, mais dont elle n'avait jamais rêvé. Le boulanger de Perpezac gagnait très honnêtement sa vie, mais à ce train-là ses revenus ne lui auraient même pas permis de dépasser le 10 du mois. Sans parler des toilettes, des parfums et des bijoux. Le Mentec couvrait Jeanne de cadeaux. Au début, elle avait voulu refuser. Ses plus belles robes d'*avant* lui faisaient l'effet de haillons de pauvresse, à côté de celles que son amant lui offrait. Quand elle avait tenté de les refuser, il avait froncé les sourcils. Elle l'offensait. Ces cadeaux étaient offerts sans arrière-pensées; il n'essayait pas de l'acheter, puisqu'il la possédait déjà. S'il la gâtait, c'était pour montrer au monde entier à quel point elle était belle...

– J'ai connu beaucoup de femmes. Des belles, des moins belles, et même des moches! Dans les villes de garnison, aux Bat'd'Af, crois-moi, on baisait tout ce qui se présentait... Mais de toutes les femmes que j'ai eues tu es la plus belle, haut la main! Et tu mérites ce qu'il y a de plus beau!

– Tu es gentil, mais je ne peux pas accepter… Tout ça coûte horriblement cher.

Il avait éclaté de rire.

– « Horriblement » cher. Quelle blague ! Délicieusement cher, oui. Tout ce qui est beau et bon coûte cher… Moi, j'aime dépenser. Je me sens vivre, quand je claque. J'ai horreur des gens économes. Oh, ces vies comptées et recomptées, ces livrets d'épargne, ces bons du Trésor, ces bas de laine, pouah ! Ce que je veux, moi, c'est la grande vie. Quand on a mangé du rat pourri… on ne supporte plus que les ortolans. Alors enfile tes dessous en soie, ta robe de chez Poiret, tes escarpins en chevreau, et viens, on va aller faire la fête !

– Mais on est déjà sortis hier soir…

– Eh bien, on va recommencer, et je te jure, ce soir, ça va cracher des flammes ! Allons, dépêche-toi, j'ai retenu au Jardin des Hespérides… Et après, hop, l'Alcazar ! Ils ont un nouveau fantaisiste, très rigolo…

Et elle suivait, emportée par la fantastique vitalité de cet homme pour lequel elle n'éprouvait, au fond, qu'une vague sympathie.

À la fin du printemps, Basile était venu la voir. Elle ne lui avait rien dit d'Albert, mais il n'était pas aveugle. Par hasard, il avait ouvert la modeste penderie du Paradou. Il était tombé en arrêt devant les robes de grands couturiers, les cartons à chaussures et à chapeaux marqués au sigle des modistes en renom. Il lui avait lancé un regard entendu.

– Je vois que tu te soucies de ta toilette… C'est bien, ma chérie. Un moment, cet hiver, tu te négligeais un peu ; ça me faisait de la peine. J'aime mieux te voir comme ça. Il faut vivre normalement, t'habiller, sortir, voir des gens… Tu n'as pas besoin d'argent, au moins ?

Elle lui assura que non. C'était un aveu. Le petit pécule qu'il lui avait donné n'aurait pas suffi à payer le quart du contenu de la penderie.

– Bon, bon… Il faudra penser à trouver un emploi. Rien ne presse. Mais si tu fais des connaissances, tu trouveras sûrement. C'est comme ça qu'on trouve les bonnes places. À Marseille, ça doit être plus facile qu'à Blois.

Elle s'était bien gardée de lui dire qu'elle n'avait pas l'intention de rester à Marseille, qu'elle ne pensait même pas revenir à Blois. Non, ce qu'elle avait en tête, c'était Perpezac. Perpezac et Jérôme. Mais en le lui disant, elle le mettrait hors de lui et lui gâcherait sa visite.

– Je regrette que maman n'ait pas pu t'accompagner…

– Elle aussi. Tu sais comme elle est, les voyages l'effraient, et les travaux ménagers la retiennent à la maison. Elle voulait venir, elle a hésité… Ce sera pour une autre fois…

– Bien sûr…

Il mentait. Jeanne ne s'en rendait pas compte. Elle était seulement déçue et peinée que sa mère n'ait pu se résoudre à quitter sa maison, sa serpillière et son repassage, pour venir voir sa fille. En réalité, Basile avait interdit à Marie de venir. Il lui avait fait une telle vie qu'elle avait fini par y renoncer.

– Pas de nouvelles de Perpezac ?

Basile lui avait tourné le dos et avait feint de s'absorber dans la contemplation d'un chien en céramique, sur le buffet.

– Non, rien, avait-il dit enfin sans se retourner. C'est aussi bien, va. Ne pense plus à tout ça… Tu es bien ici, vis ! Amuse-toi !

Elle n'avait pas insisté, mais elle s'était promis d'écrire à sa mère pour le lui demander à elle.

Elle avait emmené Basile dîner en ville, dans un bon petit restaurant du port. Pas un des restaurants de Le Mentec. Le vieil ouvrier se serait senti mal à l'aise au milieu de tout ce luxe… Il aurait était capable de tenir un discours politique aux serveurs. Mais de son côté, Jeanne aurait craint de tomber sur Le Mentec. De qui aurait-elle eu honte, en cas de rencontre inopinée ? De son père ou de son amant ? Elle se posa la question. Le seul fait de se la poser dénonçait le malaise dans lequel elle vivait. Elle se sentait comme quelqu'un qui erre dans une vie qui n'est pas la sienne. Elle n'avait plus confiance en son père. Elle devinait confusément que, dans cette rupture avec Jérôme, il n'avait pas recherché honnêtement, sincèrement, le bonheur de sa fille, mais avait joué sa partition égoïste : celle d'un père jaloux... D'autre part, avec Albert Le Mentec, elle partageait un train-train luxueux dont elle ne pouvait se dissimuler qu'il l'ennuyait de plus en plus. Elle n'était pas faite pour le strass et le champagne des boîtes de nuit, ni pour fréquenter le monde faussement brillant des premières et des vernissages. Au fond, elle méprisait tous ces gens. Allait-elle enfin agir, renouer avec ce qui constituait sa vraie vie ?

Quand Basile regagna Blois, elle fut soulagée. Elle était heureuse de l'avoir vu, elle n'était pas mécontente qu'il s'en aille. Il n'avait pas cherché à savoir qui elle fréquentait. L'important pour lui était qu'elle trompe Jérôme. Ainsi, espérait-il, le fossé qui existait entre eux se creuserait encore plus profondément, jusqu'à devenir infranchissable. S'il avait dû le rencontrer, il ne se serait pas mieux entendu avec Le Mentec qu'avec Jérôme... Sans doute même l'aurait-il encore plus détesté, car malgré tous ses défauts c'était un honnête homme. L'argent mal gagné, le genre « parvenu » de Le Mentec l'auraient exaspéré.

Basile n'avait pas parlé à sa fille de son entretien avec un inspecteur de police. On l'avait interrogé sur elle, sur Jérôme et sur l'état de leurs relations. Moins Jeanne entendrait parler de Jérôme, mieux cela vaudrait... Sans doute s'était-il passé quelque chose à Perpezac. Cependant, l'inspecteur ne s'était pas répandu en confidences. Il s'agissait d'une enquête de routine, et Basile n'avait pas cherché à en savoir plus long.

Un soir, au Paradou, Jeanne avait commencé à écrire une lettre à Jérôme. Elle y avait passé une partie de la nuit, et quand elle était allée se coucher, la lettre était encore inachevée. Elle allait le rester longtemps. Jeanne, dans cette lettre, essayait de tout dire à Jérôme, de tout lui avouer. Elle lui décrivait les sentiments contradictoires qui l'avaient habitée depuis son départ, la haine qu'elle lui avait d'abord vouée, parce qu'il l'avait humiliée, repoussée et battue, mais aussi l'amour qu'elle n'avait jamais cessé de ressentir pour lui. Dans cette lettre, elle lui racontait comment elle avait vécu, d'abord à Blois, puis à Marseille... Elle lui parlait de Le Mentec, et c'était l'occasion pour elle de mieux comprendre sa relation avec ce compagnon, simple amant de remplacement, qu'elle aimait bien, mais qui ne lui avait jamais fait battre le cœur. Si elle envoyait un jour cette lettre, elle en retrancherait tout ce qui concernait Le Mentec, mais elle faisait ainsi le point sur son existence, ses peurs, ses regrets et ses espoirs. Jeanne prit l'habitude de revenir à cette lettre, la corrigeant, la développant, la recopiant parfois en entier en intervertissant les parties qui la composaient. Sans s'en douter, elle travaillait à sa lettre comme la Pénélope d'Homère avait travaillé à la fameuse tapisserie qu'elle brodait en attendant le retour d'Ulysse... À cette différence près que Pénélope se refusait aux prétendants à la succession d'Ulysse, tandis que Jeanne ne se refusait pas à Le Mentec. Dans son désarroi, elle n'avait pas le courage de le quitter pour affronter une éventuelle rebuffade de Jérôme. Si Jérôme ne la reprenait pas, que deviendrait-elle, sans Le Mentec ? Bien sûr, elle pouvait trouver un emploi... Mais depuis son mariage à vingt ans avec Jérôme, elle servait les clients de la boulangerie, et elle ne savait rien faire d'autre. Elle serait vendeuse dans un magasin, ou alors ouvrière spécialisée. Elle mènerait une vie terne et pauvre, jusqu'à ce que, peut-être, un autre homme s'éprenne d'elle et lui propose de la sortir de la boutique ou de l'usine. Elle avait trente-huit ans. Sa beauté était intacte, mais pour combien de temps ? Tomberait-elle sur un aussi bon numéro que Le Mentec ? Il était fort, il était riche, il était généreux, il savait rire...

Ces qualités ne se trouvent pas souvent réunies chez un seul homme. Dans l'attente d'une confrontation avec Jérôme, qu'elle souhaitait sans oser la provoquer, le mieux était encore de rester la maîtresse de Le Mentec, puisqu'il ne semblait pas se lasser d'elle.

Après la visite de Basile, Jeanne sentit chez Le Mentec une tension nerveuse inhabituelle. Vis-à-vis d'elle, il n'avait pas changé. Rien n'était trop beau et il continuait à la sortir dans tous les endroits à la mode. Mais il lui arrivait de ne répondre que distraitement aux saluts du petit peuple de la nuit qui l'adorait, ou de ne pas rire aussi fort aux facéties des comiques de l'Alcazar.

– Que se passe-t-il, Albert ? finit-elle par lui demander. Tu as des ennuis ?

– Moi ? Penses-tu !

– Si, si ! Tu as des soucis...

– Le Mentec n'a pas de soucis, jamais !

– Bon, ne me dis rien, fais comme tu voudras.

Il l'avait prise par la taille.

– Mon ange, ne boude pas, je ne veux pas t'embêter avec mes affaires... Le genre « Écoute un peu chérie la dernière de mon chef de bureau », ce n'est pas le mien. Le Mentec n'a pas de chef de bureau. Le Mentec n'a pas de chef du tout. Le dernier qu'il a eu, il l'a laissé dans le désert marocain entre Igli et Taghijt, avec les couilles dans la bouche...

– Arrête, avec tes horreurs !

Le Mentec éclata de rire. Mais sa gaieté ne suffit pas à convaincre Jeanne qu'il plaisantait. Avec lui, on ne savait jamais.

– Écoute, reprit-il plus sérieusement, je suis sur une affaire importante. Et c'est vrai que ça me préoccupe... Mais on ne va pas se mettre la rate au court-bouillon pour ça, hein ? Allez, champagne !

Un peu plus tard, il lui avait demandé si ça lui plairait de vivre à l'étranger.

– Où ça ?

– Oh, un pays sympathique, les Baléares, ou le Brésil, quelque chose comme ça… Hôtels de luxe, soleil, piscines, palmeraies… Alors ?

– Peut-être… Les pays qu'on ne connaît pas, c'est tentant. Je ne sais pas, il faudrait que j'y réfléchisse.

– Eh bien, c'est ça, réfléchis…

Ils étaient restés plusieurs jours sans en parler. Mais un soir, chez lui, Jeanne avait trouvé sur la table du salon un dépliant de la Cunard, un autre de la Transat, ainsi que des prospectus vantant le confort et le chic de grands hôtels situés dans divers pays étrangers. Elle les lui avait montrés avec un sourire.

– Tu penses toujours à t'expatrier ?

– S'expatrier, c'est un grand mot, pour un apatride dans l'âme, comme moi. Mais, prendre l'air quelque temps, pourquoi pas ? Enfin, je ne sais pas encore.

– C'est en relation avec l'affaire dont tu parlais l'autre jour ?

Il hocha la tête. Il savait rester muet comme une tombe quand il s'agissait de ses affaires.

– Si je te demande de partir avec moi, un jour…

Il s'interrompit. Il la regardait pour la première fois avec une expression grave.

– Eh bien ?…

– Il faudra te décider très vite. Ce sera oui ou non, dans l'instant !

– Tu veux que j'accepte de fuir avec toi ?

– « S'expatrier »… « Fuir »… Des grands mots… Rassure-toi, tu auras le temps de faire ta valise.

– Je vois : pas une malle.

– Une valise… Une petite valise…

Il éclata de son rire de grand gosse farceur.

– Et si elle était prête d'avance, ça serait pas plus mal !

Chapitre XXXIX

Il avait plu. La route de Blois à Perpezac était glissante. L'inspecteur Guillemineau conduisait avec prudence. Jérôme avait pris place à côté de lui. Forget et Astérie étaient assis à l'arrière. Tous étaient silencieux. Au départ de l'hôpital, Guillemineau avait relaté à ses passagers le témoignage de La Fatigue. Cela confirmait ce qu'on soupçonnait, mais n'apportait guère d'élément déterminant pour la suite de l'enquête. Un homme (très certainement Mâchelard, car la description qu'en avait donnée La Fatigue correspondait au portrait du directeur en fuite, et il l'avait ensuite formellement reconnu sur la photo) avait donc soudoyé le sauvageon pour qu'il empoisonne la farine de Jérôme. Quand, après son échec, La Fatigue avait tenté d'obtenir une partie de la rétribution promise, Mâchelard avait essayé de le tuer – de le tuer et de le violer, ce qui cadrait avec ce qu'on savait de l'ancien directeur des Vertus. Malheureusement, La Fatigue n'avait rien de plus à dire. Il n'avait jamais rencontré l'homme auparavant, il ignorait son nom, celui de Mâchelard, et il n'avait aucune idée de l'endroit où il pouvait se cacher. Le seul indice nouveau consistait en un mot prononcé par Mâchelard devant La Fatigue lors de leur première rencontre, dans le cabanon du père Laburle. Ce mot donnait une idée du mobile de Mâchelard ; c'était le mot « vengeance ». La Fatigue ne se rappelait pas très bien dans quel contexte l'homme avait parlé de vengeance, mais il en avait parlé, c'était sûr.

– Alors, vraiment, vous ne voyez pas qui pourrait désirer se venger de vous ?

Guillemineau butait sur ce foutu mot, « vengeance ». Il ne pouvait s'empêcher de revenir à la charge et d'interroger Jérôme une fois de plus sur ce sujet.

– Hélas non, monsieur l'inspecteur, soupira Jérôme.

– Vous êtes un petit saint ?

– Pardon ?

– Eh bien oui, si personne ne vous en veut. Enfin quoi, on s'engueule toujours avec quelqu'un, dans la vie... Un voisin, un concurrent en affaires, un rival en amour...

– Je ne prétends pas être un petit saint. Ma vie a été toute simple, vous savez !

– Tout de même... Vous n'avez jamais « emprunté » la femme d'un autre ?

Jérôme demeura silencieux un instant.

– Pas depuis *très longtemps*, dit-il après avoir toussoté.

– Et à l'armée ?... Vous avez fait la guerre. Bon. Vous avez été décoré tandis qu'un type, à côté de vous, ne l'était pas, alors qu'il avait atteint la tranchée ennemie en même temps que vous, ou quelque chose comme ça ? Enfin, vous ne vous souvenez pas d'avoir été *préféré* à quelqu'un, une fois, de façon si décisive que ce quelqu'un pourrait vous en garder une haine inexpiable ?

– Je ne vois pas... Si quelque chose de semblable est arrivé à l'armée, cela fait quatorze ans. Plus personne ne s'en souvient, tout le monde s'en fout ! Si ce type est vraiment dingue, il accorde une importance capitale à des choses que tout le monde considère sans aucun intérêt, non ? Dans ces conditions, il est seul, *le seul au monde*, à savoir pourquoi il fait ça...

– Alors nous sommes frais !

– Pourriez-vous me montrer à nouveau la photo de Mâchelard ?

– Tu as une idée, Astérie ? demanda Jérôme en se retournant à demi.

– Non, non... C'est juste comme ça, dit Astérie.

Conduisant d'une main, Guillemineau sortit de la poche de sa veste la photo de Mâchelard qu'il avait apportée pour la montrer à La Fatigue. Il la tendit à Astérie par-dessus son épaule.

– Alors, ce gentil minois vous rappelle-t-il quelqu'un ?

« Gentil minois » était un euphémisme. Sur cette photo d'identité retrouvée dans le dossier bidon de Mâchelard au siège de la Guilde des Maîtres Boulangers, il avait un air à la fois sinistre et égaré. Les responsables de la Guilde n'avaient pas tiqué, parce que Mâchelard était un infirme de guerre, un héros. Cette qualité avait d'ailleurs facilité l'engagement de Mâchelard.

– Je ne peux pas dire... Pourrais-je la garder ?

L'inspecteur lança un regard aigu à Astérie, dans le rétroviseur.

– Pas trop longtemps. Je peux en avoir besoin. Je n'ai que celle-là.

– *Je vous la rendrai bientôt*, monsieur l'inspecteur.

– Demain matin sans faute. Parce que je pars demain midi.

– Mais l'enquête...

– L'enquête n'est pas terminée. Ce n'est pas en restant ici que j'avancerai... Je vais me brancher sur l'orphelinat des Vertus. Reprendre la piste de Mâchelard à partir de là ; c'est le plus logique. Alors adieu, Lebédin, Petite Poule rousse, bécasses farcies et bouquets d'écrevisses de la Crouelle !...

Astérie rangea soigneusement la photo dans son réticule. Elle s'était mise sur son trente et un pour aller voir La Fatigue à l'hôpital, et elle avait ressorti ce petit sac à main. Elle ne l'avait plus utilisé depuis l'enterrement de Maître Adeline.

– Vous l'aurez demain matin, c'est promis ! Si vous n'avez pas le temps de venir nous dire au revoir, j'enverrai Honoré vous l'apporter chez Lebédin.

– Comment va Sébastien ? Il sera bientôt debout ?...

– Oh, il remarche déjà. Ce sont de très bons garçons, tous les deux, monsieur l'inspecteur...

En entendant Astérie chanter ainsi les louanges de Sébastien et d'Honoré, Jérôme n'en crut pas ses oreilles. Elle n'avait sans doute pas dit autant de bien de lui en trente ans ! Il eut un sourire. Honoré et Sébastien étaient adoptés.

Guillemineau déposa Astérie et Jérôme chez eux avant de continuer sa route avec Forget. Dans la cour, devant la porte, Honoré les attendait en jouant avec le chien.

– Tout s'est bien passé, Honoré ?

– Au poil, patron !

Astérie n'aimait pas beaucoup que les enfants s'expriment ainsi, *au poil, prima...* Cet argot, c'était bon à l'orphelinat, mais pas ici. Elle ne se fit pas faute de le dire à Honoré. Il baissa la tête. Les deux gosses éprouvaient déjà pour Astérie une sorte de vénération doublée d'une crainte religieuse. Quant à Jérôme, il n'aimait pas, mais alors pas du tout, que les enfants l'appellent « patron ». Cependant, il n'osait pas encore leur demander de l'appeler « papa ». Il essaya de se rappeler à partir de quand il avait dit « papa Adeline » en s'adressant à Maître Adeline. Il ne parvint pas à s'en souvenir. Cela se perdait dans les brumes des origines.

– Sébastien n'a pas fait d'efforts trop violents ? demanda-t-il.

– Non, il n'a presque pas bougé. On a lu des illustrés, et puis il a dormi un peu...

– Bon, je vais monter le voir. Toi, reste avec Astérie, elle aura peut-être besoin de toi... Astérie ?...

– Oui ?

– Pourquoi tu as voulu voir cette photo ?

– L'inspecteur a dit qu'il fallait essayer de se souvenir, alors j'essaye...

– Mais c'est à moi qu'il a dit ça... C'est après moi qu'il en a ce fou...

– Oui, bon... Va donc voir Sébastien !

– Tu auras besoin de moi, Astérie ? demanda Honoré.

– Pas tout de suite... Je vais me reposer un peu avant de préparer le dîner. Tu peux continuer à jouer.

Astérie monta dans sa chambre. Elle prit le temps de se changer. Elle n'était pas à son aise dans cette robe. Quand elle eut passé ses vêtements de tous les jours, elle se sentit mieux dans sa peau. Elle referma la penderie et s'assit un moment sur le lit, ce lit trop grand pour elle depuis la mort de Maître Adeline, afin de reposer un peu ses jambes lasses, tout en jetant de temps en temps un coup d'œil à la photographie de Mâchelard. Enfin, elle se leva et marcha jusqu'à l'armoire en noyer qui faisait face au lit.

Elle ouvrit la porte de l'armoire, se haussa sur la pointe des pieds et tendit le bras, en vain, en direction de la plus haute planche. Vaï! Autrefois elle y arrivait! Vieillir, c'est comme retomber en enfance : on se tasse, on rapetisse... Elle alla chercher une chaise et monta dessus pour accéder à la planche. Elle en retira un petit coffre en bois tendu de tissu décoloré par le temps. Le tenant dans ses bras, elle descendit de la chaise et revint s'asseoir sur le lit pour l'ouvrir et en examiner le contenu à son aise.

– La semaine prochaine, mon petit vieux, on ne rigole plus, hein? C'est l'école! Et tu vas voir, avec m'sieur Forget, il faut marcher droit! Il est sévère, la vache, tu peux pas savoir!

C'était Honoré, qui avait rejoint Sébastien et Jérôme, et qui essayait de terroriser Sébastien en lui dépeignant Forget comme un tyran. Mais Sébastien n'avait pas l'air impressionné.

– Bah, ton Forget, il sera pas pire que Castelli avec son Mimile! Alors hein, moi je m'en tape!

Jérôme fit la grimace. Le vocabulaire de Sébastien et Honoré était encore un peu trop marqué à son goût par leur passé d'orphelins.

– Je ne te conseille pas de lui parler comme ça, en tout cas, parce que tu verras, c'est un dur! dit-il à Sébastien.

Forget était le plus doux des hommes, mais à l'intérieur de son école il se montrait implacable : discipline-discipline!

– Eh, c'est marrant, dit Honoré, si La Fatigue revient, on va se retrouver à l'école avec lui. Tu te rends compte? Le gars qui t'a suriné! C'est pas fort, ça? Il faudra jouer avec lui à la récré… Moi, je te préviens, je me méfierai. Si il me court après, je me retourne, et hop, un marron dans la gueule, à tout hasard, des fois qu'il ait son schlass à la main !

Jérôme estima de son devoir de contenir les débordements verbaux d'Honoré.

– Honoré, on ne dit pas « suriner », ni « gueule », ni « schlass » ! En tout cas pas chez moi !

Honoré se mordit les lèvres. Il adorait Jérôme, il brûlait du désir de bien faire, mais des années d'orphelinat ne s'oublient pas aisément.

– Excuse-moi, patron, je sais pas comment on dit autrement…

– On dit : « donner un coup de couteau », « donner un coup de poing », et « couteau ». Et ne m'appelle pas « patron », ça m'agace ; appelle-moi tout simplement Jérôme… Ou tiens, « papa Jérôme ». C'est gentil, ça, « papa Jérôme », non ? Qu'est-ce que vous en pensez ?

Les deux gosses essayèrent « papa Jérôme » timidement, du bout des lèvres, comme on goûte un plat inconnu.

– Alors ?

– Alors ça fait drôle, dit enfin Sébastien.

– Oui, renchérit Honoré, ça fait drôle… C'est pas « Jérôme », qui fait drôle, c'est « papa ».

– On n'a pas l'habitude, quoi ! reprit Sébastien.

– Mais vous croyez que vous pourrez vous y faire ? demanda Jérôme en dissimulant son émotion sous un faux air goguenard.

– Peut-être, oui…

– Oui, hein, peut-être, après tout…

Jérôme comprit que leurs mines évasives ou dubitatives n'avaient d'autre cause que la pudeur qui les retenait, eux aussi, de montrer leur émotion.

– Alors ça ira comme ça, dit-il. Eh, à propos de La Fatigue, on oublie tout, hein ? C'est un pauvre gosse, La Fatigue… Encore plus à plaindre que vous quand vous étiez à l'orphelinat. Alors il faut être gentil avec lui, d'accord ? Désormais c'est un copain de classe comme les autres...

– Comme les autres, hum, dit Sébastien en tapotant son pansement.

– Je sais, je sais, mais on oublie tout, d'accord ?

– Allez, bon, d'accord !

– C'est vrai que sa maman va mourir ?

– Elle est très malade... Mais elle guérira peut-être.

– Alors, en attendant qu'elle guérisse, il va habiter tout seul ?

– M. Forget va s'occuper de lui.

– Dis donc, habiter chez son instit !... Il va pas rigoler tous les jours, La Fatigue !

– Non, mais je me demande si m'sieur Forget va beaucoup rigoler, lui aussi ! lança Honoré.

À cet instant, Astérie fit irruption dans la chambre. Bouleversée, elle tenait d'une main la petite photo que lui avait confiée l'inspecteur, et de l'autre une grande photo de groupe.

– Jérôme...

– Eh bien, qu'est-ce qui t'arrive ?

– Jérôme, regarde ! Je crois...

Elle tendit la grande photo à Jérôme. Il y jeta un coup d'œil.

– C'est la photo de classe des Vertus, la dernière année que j'ai passée... Et alors ?

–... Je crois que c'est lui !

– Qui lui ?

– Jérémie Malvoisin !

Jérôme eut un haut-le-corps.

– Tu es folle ! Jérémie est mort en 1916, à Verdun !

Chapitre XL

Abasourdi, Jérôme regardait tour à tour Astérie et les photos qu'elle lui montrait.

– Mais comment veux-tu... Il est mort, tu sais bien. Volatilisé par un obus...

Têtue, Astérie n'en démordait pas.

– Justement ! Volatilisé ! Qu'est-ce que ça veut dire volatilisé ? Ça veut dire qu'on ne l'a pas retrouvé. On aurait retrouvé son corps, on l'aurait enterré, je te dirais bon, il est sous terre, on sait où, il n'y a pas de problème !...

Jérôme fit la moue.

– Écoute, la guerre, je l'ai faite. Et je peux te dire que ça n'était pas si facile que ça de disparaître sans laisser de trace et de faire croire qu'on était mort...

– Mais des amnésiques, des soldats choqués, devenus fous, qu'on trouvait sans papiers, sans rien, quinze ans après il y en a encore dans les asiles ! On ne sait même pas comment ils s'appellent...

– C'est pas impossible, mais...

– Regarde, nom d'un chien, je te dis que c'est lui ! Je te signale que Mâchelard est une gueule cassée... Et qu'il n'existe pas, d'après l'inspecteur ! Aucune trace de Mâchelard nulle part. C'est pour ça ; c'est parce qu'il n'y a jamais eu de Mâchelard ; il n'y a qu'un Malvoisin, blessé au visage à Verdun, impossible à identifier, et qui s'est débrouillé pour devenir Mâchelard, grâce à des faux papiers...

– Mais l'autorité militaire ne lâchait pas les gens comme ça ! Ce n'est pas parce qu'on te retrouvait tout nu et défiguré qu'on te laissait sans état civil...

– Vas-tu regarder ces photos, tête de mule ?

– Oui, oui, je les regarde...

Jérôme se tut. Sur la photo de groupe, grisâtre, trente gosses en sarrau posant devant un perron d'école, trente petits visages reflétant toutes les expressions possibles, indifférence, malice, hébétude, mauvaise humeur. À côté du mioche qu'il avait lui-même été, il venait de reconnaître Jérémie Malvoisin. Le passé remonta en lui et le prit à la gorge.

– Nom de Dieu ! murmura-t-il, Jérémie !

– Oui, c'est bien lui, y a pas de doute, y a son nom marqué derrière ! Il avait encore cette tête-là quand il a tout ravagé ici, l'année suivante ; on ne risque pas de l'avoir oublié ! Regarde l'autre photo !

Mais Jérôme ne parvenait pas à détacher son regard du visage aux joues creuses de Malvoisin, de son regard perçant, luisant d'intelligence et de méchanceté...

– Tu sais, on l'appelait le loup...

– Oui-oui... Regarde l'autre photo !

Jérôme obéit. L'autre photo, c'était le cliché prêté par Guillemineau, la photo de Mâchelard. Jérôme s'appliqua à la scruter en cherchant d'éventuelles ressemblances avec le visage du gosse qu'il avait connu aux Vertus. Tout d'abord, il ne décela rien. Comment superposer l'une à l'autre ces deux images si éloignées dans le temps ? Un gosse d'une dizaine d'années, et un homme de trente-cinq ans, dont le visage, qui plus est, avait été tant bien que mal replâtré par un chirurgien après avoir été mutilé... Pourtant, au-delà de toutes leurs différences, quelques traits communs apparurent : la forme générale, l'implantation des oreilles, l'angle du nez, l'ovale du menton... Mais était-ce suffisant pour conclure, comme Astérie n'hésitait pas à le faire, qu'il s'agissait de la même personne ?

– Alors ? le pressait-elle.

– Alors... Je ne sais pas. Peut-être là, oui, et là...

– Tu vois bien !

– Oui, mais c'est tellement subjectif. Je regarde ces photos, un instant j'ai l'impression que oui, c'est le même, et puis une seconde plus tard toutes les ressemblances se sont envolées et je me dis que c'est impossible !

– Mais j'ai vu Jérémie Malvoisin bien après toi ! s'obstina Astérie. Toi, tu ne l'as plus revu depuis... Depuis tes dix ans, et tu en auras bientôt quarante ! Tu ne l'as jamais vu qu'enfant. Moi, je l'ai vu quand il est passé ici en permission pendant la guerre, et qu'il nous a volés... C'était un homme alors, son visage avait pris sa forme, et je te dis que c'est lui, c'est Mâchelard !

– Mais pourquoi aurait-il fait ça ? Pourquoi aurait-il changé d'identité ? Il n'avait rien à gagner à s'appeler Mâchelard...

– Qu'est-ce que t'en sais ? Va savoir ce qu'il a fait sous son vrai nom ! Déjà, il était recherché pour vol, puisque papa Adeline et moi on avait porté plainte... La justice militaire ne plaisantait pas, en ce temps-là ! Rien que ça, ça pouvait suffire... Échapper aux poursuites...

– Tu as peut-être raison... Mais je n'arrive pas à...

– Malvoisin, c'est le mal incarné. Tu te rappelles ? Il clouait les bêtes aux portes des granges... Et même une fois, il avait emporté la Benoîte Oflaquet, la petite sœur de Suzanne, qu'était tout bébé... Si le père Oflaquet ne lui était pas tombé dessus à coups de bâton, je me demande si on l'aurait pas retrouvée clouée à une porte elle aussi, la petiote !

– Tu ne crois pas que tu exagères ?

– Non-non-non ! Je sais ce que je dis. C'est le Diable ! Et ce qu'il vient de faire est une preuve ! C'est un poison terrible, l'ergot, hein ?

– Effroyable ! Mais...

– Mais quoi ?

– Mais il n'a sans doute rien à voir avec tout ça, puisqu'il est sûrement mort à Verdun...

– C'était ton frère maudit, ton mauvais génie ! Il était aussi méchant, aussi pervers, que toi tu es bon et honnête ! Que tu aies été choisi par papa Adeline, voilà ce qu'il ne t'a jamais pardonné... Et s'il est vivant, nous avons tout à craindre...

– Allons, Astérie, calme-toi, tu déraisonnes ! On va en parler à l'inspecteur...

– On peut voir la photo, nous aussi ? demandèrent les gosses. Ça devait être un sacré voyou, ce Malvoisin !

– C'était le Diable ! grogna Astérie.

– Et il était aux Vertus avec papa Jérôme ?... C'est marrant, qu'il soit devenu directeur des Vertus après y avoir été pensionnaire ! Peut-être que je le deviendrai un jour, moi aussi ! dit Sébastien.

– Ou moi ! dit Honoré. Je te ferais un règlement aux petits oignons, tu verrais ça !

– Ouais ! Plus de Mimile, pour commencer ! Castelli servirait les pensionnaires en tutu de danseuse... Chocolat chaud, croissants, brioches...

– Castelli a été renvoyé, dit Jérôme. Et on n'utilisera plus jamais de nerf de bœuf pour punir les élèves. Allez, on se calme !

Il sortit un sous-main de cuir d'un tiroir pour y abriter les photos, et se dirigea vers la porte.

– Où tu vas ? lui demanda Astérie.

– Voir Guillemineau, chez Lebédin. Je vais lui parler de ton idée.

– Tu vois, tu y viens ! Tu crois que c'est lui, comme moi...

– Je ne sais pas ce que je dois croire ! Mais on ne sait jamais. Ce qu'a fait Mâchelard est trop grave pour qu'on laisse échapper la moindre chance d'en finir avec lui... Je vais en parler à Guillemineau, lui montrer la photo de classe avec Malvoisin. Il verra ; c'est son métier... Et puis j'avais une chose à lui demander, en dehors de ça...

– Quoi donc ?

– Un truc. À tout à l'heure. Sages, hein, les enfants ?

– Promis ! s'écria Honoré. On va juste jouer à Malvoisin... On va flanquer de la mort-aux-rats dans ton pétrin, cette fois !

– Que je t'y prenne, petit coquin !

Guillemineau était assis devant un mêlécasse, au comptoir de la Petite Poule rousse.

– Je ne pensais pas vous revoir aussi vite. Que se passe-t-il ?

– Une idée d'Astérie...

– Ah ! une piste, enfin !
– Bonsoir, Jérôme ! Qu'est-ce que je te sers ?
C'était Lebédin. Un autre ami d'enfance de Jérôme. Peu de temps auparavant, lors de son dîner avec Gaffarel, Lebédin lui avait laissé entendre qu'il le préférait à Fréret du Castel, pour mener la droite à la victoire. Mais bien sûr, commerce oblige : discrètement, au dernier moment...
– Salut, Max ! Sers-moi donc aussi un mêlécasse. Charge-le en cassis, s'il te plaît !
– Comme pour une dame, d'accord, blagua Lebédin. C'est parti !
– Alors, l'idée ?...
Guillemineau ne tenait plus en place. Jérôme posa le sous-main sur le comptoir, l'ouvrit et en sortit les photos.
– Tenez... Regardez !
Guillemineau se pencha sur les clichés.
– Celle-là, je la connais... Bon Dieu, je l'ai scrutée plus souvent qu'à mon tour ! Et celle-là, c'est quoi ? Photo de classe ?
Jérôme opina.
– Ah tiens, c'est vous, là ! On vous reconnaît bien. Et alors ?
– Cherchez.
– Que je cherche ? Quoi ? Pas Mâchelard, tout de même ! Ce serait trop beau !... Et puis il s'est rasé au lance-flammes ; comment voulez-vous que...
– Cherchez quand même !
– Bon, bon...
L'inspecteur s'absorba dans la contemplation de la photo, excité comme une puce. Après un long regard d'ensemble, il s'appliqua à dévisager soigneusement chacun des mioches, en posant le doigt sur la poitrine et en le déplaçant de l'un à l'autre, comme s'il craignait d'en oublier un.
Pendant ce temps, Max Lebédin servait son mêlécasse à Jérôme.

– Alors, ça ira comme ça, princesse ?
– Tu vas voir, toi ! lança Jérôme en le menaçant d'une taloche. Il goûta le breuvage foncé, assombri par une forte proportion de cassis, et fit claquer ses lèvres.
– Au poil ! À partir d'aujourd'hui tu me le serviras comme ça.
– Ah, c'est plus sucré, comme ça.
– Il faut qu'on sente le cassis, non ? Si c'est une gnôle que je veux, je te dis : « Max, une gnôle. » Un mêlécasse, c'est autre chose...
Guillemineau releva la tête.
– Moi, je l'aime à peine teinté.
– Chacun fait comme il veut... Alors qu'est-ce que ça donne ? lui demanda Jérôme en montrant la photo.
– Y en a un.
– Y en a un ? Qui lui ressemble, à votre avis ?
L'inspecteur eut une grimace dubitative.
– Y en a un qui pourrait lui ressembler. Il faut qu'un physionomiste-anthropologiste étudie ces deux photos... Je garde la photo de classe ?
– Prenez-en soin, c'est un souvenir.
– J'imagine.
– Mais lequel pourrait être Mâchelard, selon vous ?
Guillemineau regarda à nouveau la photo pendant un long instant. Enfin, son doigt se posa sur un des visages.
– Comment il s'appelle, celui-là ?
Jérôme sentit sa gorge se nouer.
– Il s'appelait Jérémie Malvoisin. Il est mort en 1916 au champ d'honneur...
L'inspecteur étouffa un juron.
– Tant pis ! Je pariais pour lui ! Mais puisqu'il est mort depuis quinze ans...
– Disparu. Porté disparu.
Guillemineau gonfla les joues à la manière d'un babouin.
– Disparu, hein ? Et quel caractère il avait, ce rombier-là ?

– Demandez ça à n'importe qui d'assez vieux pour l'avoir connu et on vous répondra que c'était le Diable. Pas « un bon petit diable »... Le Diable. Satan.
– Vous blaguez !
– Non, hélas... Je l'ai très bien connu. C'était mon meilleur ami, à l'orphelinat des Vertus.

Chapitre XLI

– Qu'en pensez-vous ?
Ils en étaient à leur troisième mêlécasse. Jérôme avait raconté à Guillemineau la sombre histoire de Jérémie Malvoisin. Tout ce qu'il en savait, au moins.
– C'est gros... Mais on a déjà vu des choses comme ça. D'abord, c'est notre seule piste, et puis, elle n'est pas si faiblarde que ça. Le lien avec les Vertus existe. Avec vous... Avec tout le village aussi... Il y a un motif : jalousie, haine, désir de vengeance. L'homme était un violent, ne reculant devant rien, ça concorde. Faut voir. Je vais enquêter de ce côté-là. Remerciez Astérie de ma part ; je ne savais plus quoi faire !
– Monsieur l'inspecteur, il y a autre chose...
Jérôme s'interrompit. C'était tellement difficile, tellement humiliant ! Quelle idée idiote il avait eue, de vouloir en parler à l'inspecteur, surtout après une certaine conversation... Non, pas question ! Il ne pouvait pas avoir recours à lui.
– Oui ?
– Non, rien...
Guillemineau avait de la suite dans les idées. Obligatoire, dans la police, on ne demande pas d'être malin, ni d'être très instruit : seulement d'avoir de la suite dans les idées !

– Ben si, vous alliez me dire quelque chose.

– Non.

– Si.

Jérôme faillit se braquer. L'inspecteur s'en rendit compte.

– Allons, monsieur Corbières ! Tout peut m'être utile.

– Non, ça n'a rien à voir…

– Mais ça vous tient à cœur ?

– Oui…

– Alors ça peut *vous* être utile. Allons… Nous sommes en confiance. C'est au sujet de votre femme ?

Jérôme lui jeta un coup d'œil aigu.

– Vous le savez, qu'elle est partie, alors… Je me demandais si vous connaîtriez quelqu'un, un privé, que je pourrais charger de la retrouver. Un type sérieux…

Guillemineau rentra la tête dans les épaules. Il était méfiant, mais il commençait à avoir Jérôme à la bonne. Ce qu'un privé découvrirait, Guillemineau le savait déjà. Il faudrait bien que Jérôme l'apprenne un jour, mais le malheur, ça peut attendre.

– Un privé ?… demanda Guillemineau pour gagner du temps et se donner celui de réfléchir.

– Eh bien oui, un détective…

– Et pourquoi un détective privé ? La police est là pour ça : « Recherches dans l'intérêt des familles… » La maison poulaga tient l'article !

– Oui, mais…

– Mais c'est trop officiel, hein ? En faisant appel à la police, vous auriez l'impression d'engager l'avenir, c'est ça ?

Jérôme baissa la tête.

– Quelque chose comme ça, oui…

– Vous avez raison. Les gens s'en vont, des fois ils reviennent, des fois ils reviennent pas… C'est la vie ! Il ne faut pas se hâter, ni de chercher à savoir où ils sont passés, ni de les obliger à revenir. Notre intervention n'entraîne pas forcément de bons résultats. On officialise les choses, ça peut les rendre irréversibles... Remarquez, un privé, ce serait le même tabac, en plus cher. Nous, au moins, on est gratuits, au service du contribuable, même si on lui annonce des catastrophes.

– L'argent, je m'en fiche. Je ne peux plus vivre comme ça, c'est tout.

La corvée se précisait. Un homme comme ce foutu boulanger ne parlait pas pour ne rien dire. Il n'avait rien d'un velléitaire. S'il disait qu'il voulait savoir où était sa femme, c'était la vérité. Il allait donc falloir la lui dire, et ça n'allait pas être très rigolo. Guillemineau haussa les épaules. Dans son métier, il fallait savoir cogner. Cogner physiquement, cogner moralement. Il avait annoncé des dizaines de décès. À des maris, à des épouses, à des mères et des pères... Annoncer un adultère, c'était tout de même plus facile. Mais avec un costaud comme ça, il valait mieux prendre ses précautions.

– Tout n'est pas toujours bon à entendre...

– Il faut que je sache... soupira Jérôme. Tout est préférable à l'incertitude.

Les deux hommes restèrent muets quelques instants. Ce fut Guillemineau qui rompit le silence.

– Elle est à Marseille.

Jérôme blêmit. Ainsi, Guillemineau savait...

– Elle vit seule ? demanda-t-il d'une voix tremblante.

Guillemineau hésita une fraction de seconde. Mais Jérôme méritait la vérité.

– Elle sort souvent. Toujours avec le même homme. Ils dorment tantôt chez elle, tantôt chez lui.

Le policier se tut. Il dévisagea son interlocuteur. Jérôme aurait reçu une balle dans le ventre, qu'il n'aurait pas été plus pâle. Pâle, mais calme. Il n'y aurait pas de larmes, pas de cris ni de menaces.

– C'est un homme riche, poursuivit-il.

Jérôme s'indigna.

– Jeanne n'est pas...

Guillemineau le coupa.

– Bien sûr que non ! Mais dans un moment de désarroi, le luxe, le confort, les attentions, ça peut jouer...

– Qu'est-ce qu'il fait ?

– Mes collègues de Marseille aimeraient bien le savoir... Officiellement, c'est un homme d'affaires. En réalité, ses « affaires » sont à la limite de la loi. Mais il est très adroit, et il bénéficie de hautes protections.

Jérôme passa sa main sur son visage.

– Jeanne... Avec un type comme ça !

– Il y en a de pires que lui. Il semble amoureux d'elle. Il l'emmène partout... On les voit ensemble dans les endroits à la mode.

– Et... Et elle ? Elle est amoureuse ?

– Là, vous m'en demandez trop ! Tout ce que je sais, c'est qu'il lui fait mener une vie dont la plupart des femmes s'accommodent facilement : toilettes, bijoux, restaurants, spectacles... Or, il ne donne plus dans le proxénétisme depuis une erreur de jeunesse ; il est avide de respectabilité. Bref, il paraît sincère... Voilà ce qui ressort de l'enquête menée sur place.

– Comment s'appelle-t-il ?

– Attention, hein, pas de blague !

– Vous pouvez être tranquille ; je ne suis pas un assassin... Je n'ai tué qu'à la guerre, avec la bénédiction des autorités.

– Il s'appelle Le Mentec. Albert Le Mentec. Quoi qu'il arrive, je ne vous ai jamais parlé de lui, hein ?

– Il n'arrivera rien. Je suis... assommé, voilà tout.

– Qu'allez-vous faire ?

Jérôme vida son verre.

– Rien... Enfin si, le pain. Je suis boulanger. Je vais aller préparer ma fournée. Vous partez demain ?

– Oui, demain matin. Je vous tiendrai au courant, pour la photo... Jérémie Malvoisin, hein ?

– Oui, comme ça se prononce. Bonsoir, monsieur l'inspecteur.

– Bonsoir.

Jérôme sortit de sa poche quelques pièces de monnaie qu'il posa sur le comptoir, puis, sans ajouter un mot, il sortit. Guillemineau le regarda traverser la salle de la Petite Poule rousse. Sacré type. Des nerfs d'acier. Guillemineau avait consulté son dossier. Un honnête homme. Un honnête homme en acier. N'empêche, acier ou pas, la nuit n'allait pas être drôle pour lui. Guillemineau poussa un soupir et appela Lebédin d'un signe de tête.

– Un autre mêlécasse, monsieur l'inspecteur ?

– Non, merci, ça ira comme ça... Qu'est-ce que vous avez de bon, ce soir ?

– Boudin grillé, monsieur l'inspecteur. Du vrai bon, hein ? C'est mon cousin des Favioles qui le prépare.

– Va pour le boudin des Favioles !

Pendant plusieurs semaines, Jérôme vécut comme un zombie. Ses mains accomplissaient les gestes habituels, son corps se levait, s'asseyait, se nourrissait, se couchait quand c'était l'heure, mais c'était une coquille vide. Il n'avait rien dit à Astérie. Elle le connaissait assez pour deviner qu'il avait appris quelque chose à propos de Jeanne. Si elle avait été morte, il se serait effondré, il n'aurait même plus mangé. L'alternative n'était pas difficile à imaginer. Si elle n'était pas morte, elle vivait avec un autre, et c'était en Jérôme que quelque chose était en train de mourir. Il aurait pu aussi bien se laisser mourir pour de bon, car le désespoir avait envahi son âme. La présence des deux gosses le sauva. Sébastien et Honoré s'étaient acclimatés à merveille. Remis de sa blessure, Sébastien allait à l'école, lui aussi. Transfiguré par la guérison de La Fatigue et par son grand projet de le reconnaître comme son fils, Aristide Forget menait sa classe à grandes guides. Sous les yeux admiratifs de ses élèves, chacun de ses cours prenait l'apparence d'une représentation à l'opéra. Il avait trouvé en Sébastien et Honoré deux élèves de valeur. Sébastien, surtout, promettait. Ce gibier d'orphelinat révélait au fil des jours une intelligence aiguë et une soif d'apprendre inextinguible, ce qui ne l'empêchait pas de mener le sabbat pendant les récréations. Moins brillant dans les disciplines scientifiques, plus rêveur, doté d'une grande sensibilité et d'un humour ravageur, Honoré excellait plutôt en français. Les deux enfants s'étaient vite intégrés à la classe par les moyens les plus divers, qui allaient de la castagne aux numéros de charme irrésistibles d'Honoré.

Ce n'était pas seulement dans la classe d'Aristide Forget, qu'ils apprenaient. La grasse campagne perpezacienne, ses champs opulents, ses chemins creux, les rives sauvages de la Crouelle composaient autour d'eux une sorte de paradis terrestre qu'ils exploraient avec fièvre. Ils venaient tous deux de la grisaille enfumée de Paris. Ici, le ciel était immense, la forêt toute proche exhalait des torrents d'air pur, chargé tantôt de parfums délicats, tantôt d'odeurs puissantes, qui gonflait leurs poumons jusqu'alors martyrisés par l'atmosphère confinée des cours d'orphelinat...

Guidés par le fils Lebédin, le petit Sédouzac, l'Oflaquet et le Bastavieux, qui, sans égaler le sauvageon La Fatigue, encore hospitalisé, étaient tout de même de fiers garnements, Honoré et Sébastien découvrirent la vraie vie. Aux enseignements de leurs nouveaux copains, ils ajoutèrent leur apport personnel : la ruse et l'audace des gosses des faubourgs. En peu de temps, ils n'eurent pas leur pareil pour dénicher les œufs dans les plus hauts arbres, pour chasser au lance-pierres, pour pêcher à la main ou au bâton dans les basses eaux des affluents de la Crouelle. En moins de temps encore, ils avaient pris des joues de petits paysans. Sébastien prenait du muscle à vue d'œil, et même le frêle Honoré grandissait et forcissait.

Un soir, dans le fournil, les deux gamins, qui étaient à présent familiers des choses de la boulange, assistèrent à un grand événement. En sa qualité de maître boulanger,

Jérôme recevait souvent des apprentis ou des compagnons de passage. Et chaque année, la réunion des compagnons du canton avait lieu chez lui. Cette année-là, elle donna lieu à un défi, lancé par Vaillant « Premier en ville », un ami de longue date, maître boulanger de grande réputation lui aussi. Depuis longtemps, il encourageait Jérôme à se doter d'un pétrin électrique. Celui-ci refusait obstinément, arguant que le bon pain devait avoir le goût de la sueur du boulanger. D'ailleurs Maître Adeline, le meilleur boulanger que la terre eût jamais porté, ne s'était jamais servi de cet accessoire pour femmelettes. Piqué, Vaillant avait profité d'un moment d'absence de Jérôme pour installer dans le fournil un pétrin électrique qu'il avait apporté de Blois dans sa camionnette. En découvrant l'appareil à son retour, Jérôme faillit se mettre en colère.

– Qu'est-ce que c'est que cette saloperie ? s'exclama-t-il. Tu ne crois pas que je vais tolérer ça chez moi ?

Vaillant « Premier en ville » sut l'apaiser.

– Ne t'imagine pas que je vais te faire cadeau de cette merveille ! Je l'ai branché juste pour te mettre au défi de faire mieux que lui... Comme tu vois, il suffit d'une prise électrique, et par miracle il y en a une dans ton cul-de-basse-fosse !

– Cul-de-basse-fosse, le fournil de Maître Adeline ? Mais, môssieur Vaillant, ce fournil est ultra-moderne !

– Il était ultra-moderne sous Vercingétorix, oui ! Voilà ce que je te propose : toi tu pétris à la main, et moi j'utilise le pétrin électrique... Après, on cuit, on goûte, et on juge. Alors ?

Jérôme, sûr de gagner, accepta sans hésitation.

En un clin d'œil on prépara la pâte. Tandis que Jérôme commençait à pétrir de ses mains puissantes, la machine se mit en marche avec un doux sifflement. Un quart d'heure plus tard, quand le pétrin électrique s'arrêta, Jérôme, en sueur, peinait encore comme un beau diable. Vaillant s'étonna.

– Et le geindre, alors ? Un boulanger qui pétrit, ça

geint, sans ça, ça ne compte pas ! Tu ne geins pas, Jérôme ?
– Vaï, il est trop fier ! lança Honoré.
– Allez vous faire voir ! lança Jérôme. Votre machine non plus, elle ne geint pas, elle ronronne comme un chat !
Quand la pâte eut reposé, Vaillant, avec l'accord de Jérôme, alluma le four tandis que les apprentis, Sébastien et Honoré, découpaient chacun un pâton, le premier dans la pâte manuelle de Jérôme, et le second dans la pâte mécaniquement pétrie de Vaillant.
Un peu plus tard, les deux miches sorties du four et refroidies, on procéda à la dégustation à l'aveugle. Jérôme, les yeux bandés, goûta de fines lamelles de chacun des deux pains. Un petit vin de pays, léger, presque pétillant, et une saucisse sèche venue tout droit du cellier du cousin de Lebédin l'aidèrent à peser au plus juste les mérites comparés des deux pains. Très vite, Jérôme s'aperçut qu'il lui était impossible de dire à coup sûr lequel était le sien. Sous la langue, les deux mies avaient exactement le même goût, la même texture… S'il se prononçait pour l'un d'eux et le revendiquait, il avait exactement une chance sur deux de se tromper et de perdre la face… Et cette éventualité ne lui plaisait guère. Il préféra faire contre mauvaise fortune bon cœur et reconnaître qu'aucune différence flagrante ne se dégageait de l'expérience.
– Oui, bon, je veux bien admettre que votre quincaille peut rendre service quand on est pressé… Ou pour un boulanger un peu flemmard, laissa-t-il tomber avec une parfaite mauvaise foi.
Une tempête de rires salua cette capitulation déguisée.
– Alors, quand est-ce que tu en fais installer un ?
– Oh, ça n'est pas demain la veille ! protesta-t-il en ôtant son bandeau. J'ai encore mes deux bras, moi, je suis encore capable de pétrir ! Et puis, d'apprendre à travailler comme les anciens, ça leur fera des muscles, aux deux loupiots ! conclut-il en désignant Sébastien et Honoré.

Les deux gamins prospéraient. À chacune de leurs

découvertes et de leurs progrès, Jérôme se remémorait sa propre initiation campagnarde. Il se rappelait ses premiers pièges à glu, ses premiers collets, ses premiers lapins et son premier renard... Il revoyait les départs pour la chasse avec Maître Adeline, de grand matin, en bottes de caoutchouc, le fusil cassé sur l'épaule, le grand chapeau avachi tombant sur la moustache teintée par la nicotine, le chien excité qui leur courait dans les jambes. Il en oubliait pour un instant l'absence de Jeanne, et sans le dire, bien sûr, il remerciait les deux gosses d'exister. Il y avait au moins ça sur la terre pour l'y retenir.

Chapitre XLII

Quinze jours après son départ, Guillemineau expédia une lettre à Jérôme. Les experts qui avaient scruté les traits de Jérémie Malvoisin sur la photo de classe des Vertus, en les comparant à ceux de Mâchelard, demeuraient partagés. Deux d'entre eux concluaient à une forte ressemblance morphologique. Le troisième soutenait que Malvoisin et Mâchelard n'avaient rien à voir. C'est le propre des experts de se contredire, observait Guillemineau dans sa lettre. Il y avait tout de même soixante-dix chances sur cent pour que Malvoisin et Mâchelard soient la même personne. Le dossier militaire de Malvoisin avait été examiné à la loupe, sans rien apporter de nouveau. Le soldat de 1re classe Jérémie Malvoisin, médaillé militaire pour sa conduite au feu, mais très mauvais sujet, coupable de plusieurs vols, avait effectivement été porté disparu à l'issue d'un violent tir d'artillerie subi par son unité devant Verdun. Il y avait de fortes présomptions pour qu'il ait péri lors de cette canonnade, car la position qu'il occupait avec ses camarades avait été littéralement labourée par une gigantesque explosion. L'attaque allemande qui avait suivi avait tellement bouleversé les lignes françaises qu'on s'était tout d'abord peu soucié des pertes. Il n'était pas totalement exclu que Malvoisin, blessé, brûlé, peut-être choqué par le pilonnage, ait erré dans le no man's land et ait été recueilli à quelques kilomètres de là par les services sanitaires d'une autre unité. Il aurait fallu tout de même qu'il ait perdu tout signe permettant de l'identifier, ou qu'il se soit approprié délibérément les papiers d'un autre soldat. Mais l'autorité militaire, en dépit de recherches systématiques, n'avait trouvé trace d'aucun Mâchelard qui aurait servi sur le front de Verdun à la même époque. La substitution d'identités, si elle avait eu lieu, avait dû s'effectuer ailleurs, après la guerre. L'enquête se poursuivait dans les hôpitaux psychiatriques et les divers asiles susceptibles d'avoir abrité un anonyme brûlé au visage et devenu méconnaissable après la date de la disparition de Malvoisin. Guillemineau était enclin à penser que l'homme qui avait tenté d'empoisonner le pain de Jérôme, par l'intermédiaire de La Fatigue, allait se faire oublier au moins pour un temps. Mais Jérôme devait demeurer vigilant : un inconnu qui le haïssait circulait impunément, pouvait réapparaître et frapper à tout moment.

Avec deux gamins turbulents comme l'étaient Sébastien et Honoré, Astérie ne suffisait plus aux travaux ménagers. Chargée des lessives, du raccommodage, de tâches nombreuses et diverses dans la maison, Sylvana Mancuso y passait de plus en plus de temps. Sans trop prendre garde à elle au début, Jérôme appréciait cette présence efficace et discrète. Elle, fine mouche, se gardait bien de se jeter à sa tête. Puisqu'il était un homme, il viendrait à elle inéluctablement. Comment aurait-il résisté à sa présence animale, à l'odeur saine de sa peau, à sa carnation mate de brune ? À force de la voir évoluer autour de lui, familière et désirable, il la prendrait tout naturellement dans ses bras. Elle en avait la conviction, et ce fut bien ainsi que les choses se passèrent, au cœur de l'été, alors que l'ardeur du soleil contraignait les gens à s'abriter dans l'ombre fraîche des maisons. Ombre propice aux frôlements, aux chuchotements, aux étreintes secrètes, tandis que les gosses couraient la campagne ou taquinaient le goujon et l'écrevisse.

Un de ces après-midi-là, dans un moment de désœuvrement entre deux fournées, Jérôme entra dans la lingerie. La santé d'Astérie commençait à décliner. Elle dormait fréquemment dans la journée. Sylvana était seule dans la pièce, maniant le fer et la patte-mouille, et s'escrimant sur les habits des gosses. À l'entrée de Jérôme, elle ne dit rien. Pourtant son cœur s'était mis à battre plus fort. L'occasion qui s'offrait à elle, elle l'attendait depuis longtemps.

– Tiens, vous travaillez dans la pénombre ? s'étonna Jérôme.

Elle avait fermé à demi les volets, pour préserver la fraîcheur de la maison, et un rai de soleil, qui tombait sur sa planche à repasser, éclairait suffisamment son ouvrage.

– Quand on sait ce qu'on fait, on y voit bien assez clair…

– C'est vrai, reconnut-il. Eh bien…

Elle se mordit les lèvres. Il n'allait pas la planter là maintenant, ce grand crétin ! À quoi pensait-il, à la fin ? N'avait-il pas envie d'elle comme elle avait envie de lui ? Bien entendu, il pensait à autre chose, et même à quelqu'un d'autre… Elle n'espérait pas lui faire oublier Jeanne pour de bon, du moins pas avant longtemps. Mais le corps peut oublier avant le cœur. Elle avait confiance en ses charmes. Drue et charnue, un peu lourde, plus attirante qu'un alcool ou qu'une drogue une fois qu'un homme avait goûté à elle. Le tout était que Jérôme y goûte ! Il fallait le retenir, ne pas le laisser filer comme ça…

– Il fait beau, hein ?

C'était bête, mais tout valait mieux que le silence. Et d'ailleurs, dans l'ombre qui les séparait, peut-être son désir s'était-il communiqué à lui, car il ne s'éloignait pas. Il restait là, les bras ballants, dansant imperceptiblement d'un pied sur l'autre, cherchant ses mots.

– Oui, dit-il enfin... C'est le meilleur de l'année.

Il avait dû faire l'amour à Jeanne en de semblables moments, en profitant de cette paix générale qui s'abattait sur le monde, dans l'ombre et le silence des plus beaux jours d'été.

– Oui, c'est le meilleur de la vie, dit-elle à son tour d'une voix sourde. Il ne faudrait pas le laisser échapper... C'est maintenant qu'il faut s'aimer.

Elle posa son fer à repasser et se tourna vers lui. Il tressaillit. Il se demandait s'il avait bien compris, si elle avait bien dit cela.

– C'est maintenant... répéta-t-elle d'une voix basse, implorante, cette fois.

Elle ouvrit les bras. Il s'y jeta.

Dans la belle Hispano-Suiza bleu lavande, ils avaient peu parlé depuis Marseille. Le Mentec était un pilote de première force. Un peu esbroufeur mais étonnant de précision et de sang-froid. Il aurait pu disputer des courses, et pour que personne n'en doute il le proclamait avec cette forfanterie qui aurait été insupportable chez tout autre : « Si je veux, je les prends tous, les petits gars de chez Bugatti ! Ah-ah ! Qu'est-ce qu'ils s'imaginent ? »

Mais ce jour-là, il conduisait en silence, concentré en apparence sur la route et sur son volant, en réalité absorbé dans des pensées que Jeanne, silencieuse elle aussi, devinait aisément. Tout tenait en quelques phrases. Une des innombrables combines de Le Mentec venait de tourner mal, le pavé de Marseille était subitement devenu brûlant sous ses pieds chaussés de luxueux escarpins, il fallait qu'il quitte la France pour quelque temps. Il lui avait demandé de partir avec elle. Elle avait refusé. Elle avait enfin trouvé le courage qui lui faisait défaut depuis des mois, celui de dire à Albert qu'elle n'avait jamais cessé d'aimer Jérôme, et qu'elle allait retourner à Perpezac, et lui demander son pardon... Elle avait confiance. Alors qu'elle avait tant tardé à entreprendre cette démarche, il lui était à présent impossible d'envisager un refus de la part de Jérôme. Le souvenir des jours anciens et de leur bonheur interdisait qu'il la repousse. Il la reprendrait tout de suite, sans une question, sans une hésitation, ils oublieraient tout et ils seraient de nouveau heureux ensemble !

Albert Le Mentec avait réagi avec une générosité, une grandeur d'âme dont peu d'hommes auraient été capables. Pour une fois, il avait renoncé à son personnage de grande gueule. Il s'était assis sur le bord du lit, chez elle, puisque c'était au Paradou qu'ils avaient eu cette conversation, et il lui avait dit qu'il comprenait, qu'il s'y attendait, et qu'il ne lui en voulait pas.

– Si c'est avec lui que tu peux être heureuse... Alors va, retourne là-bas !

Dans une élan de reconnaissance, elle lui avait caressé les cheveux, très doucement.

– Je t'aime bien, Albert. Même si tu es une fripouille, moi je sais que...

– Comment ça, une fripouille ? Je suis une authentique crapule, oui ! Il faudrait voir à ne pas confondre !

– En tout cas, tu es un type bien...

– Bon, eh bien... Ne nous attendrissons pas. Encore un peu, et on allait faire l'amour pour fêter notre séparation ! Ecoute, tu te souviens de ce que je t'avais dit ? Je dois filer très vite : aujourd'hui, tout de suite ! Les rombiers avec lesquels j'ai un différend ne sont pas du genre patient. Et la police va s'en mêler, puisque mes protecteurs m'abandonnent. La gare doit déjà être surveillée. Je ne repasserai pas chez moi. Je vais traverser la Belgique et la Hollande.

– Même si la police...

– J'ai pris mes précautions... On a toujours besoin de quelques faux passeports d'avance, dit-il en riant. Les flics d'ici me connaissent, mais les douaniers du Nord n'y verront que du feu. Je vais traverser la France en voiture ; veux-tu que je te dépose à Perpezac en passant ?

Cela vaudrait mieux, pensa-t-elle. C'était surtout le car de Blois à Perpezac qu'elle souhaitait éviter. Sans savoir encore comment Jérôme allait l'accueillir, se trouver exposée aux regards de gens qui la connaissaient...

– Mais ta voiture... Une Hispano rouge, ça ne passe pas inaperçu...

Il eut son sourire faraud.

– Pas fou, Le Mentec ! Le Mentec possède une autre Hispano, au cas où ça sentirait le brûlé. Et celle-là, elle est bleu lavande. Malin, non ? Un flic ou un douanier, ça n'obéit qu'aux ordres... On lui dit de chercher une voiture rouge, il cherche une voiture rouge ! Et pendant ce temps-là, hop, adieu, Le Mentec s'esbigne dans sa bagnole bleu lavande !

Et le fait est qu'ils avaient voyagé de Marseille à Blois sans encombre. Ils avaient même été salués bien bas, à Avignon, par un pandore amateur de belles voitures. À présent ils approchaient de Perpezac. Elle avait les mains moites. Encore quelques kilomètres, et elle saurait ce que valaient ses rêves. Elle allait revoir Jérôme. Mon Dieu ! Et s'il refusait de la recevoir ? S'il lui fermait sa porte, s'il lui tournait le dos comme à une lépreuse ?

Elle rompit le silence. Sa voix était tendue.

– Tu me déposes sur la route, à un endroit que je t'indiquerai. Je terminerai à pied.

– Tes bagages...

Avant de partir du Paradou, il avait entassé lui-même les belles toilettes, la lingerie, les chaussures et les foulards de grands couturiers qu'il lui avait offerts, dans de grandes valises qui remplissaient presque à elles seules l'arrière de l'Hispano. Lui, il emportait le minimum : un pyjama en soie sauvage, une paire de mules en cuir de Cordoue, et un rasoir au manche d'or et d'ébène...

Elle haussa les épaules.

– Garde tout...

– Qu'est-ce que tu veux que j'en fasse ? Tu me vois avec tes dessous ? J'aurais l'air fin !

– Tu trouveras bien à les donner... Pardonne-moi, mais... Tu comprends ?

Il hocha la tête.

– Je comprends.

Ils se turent à nouveau. La longue automobile bleue avalait les tournants à toute allure. Jeanne pensa à lui, à eux. Il était le seul *autre* homme de sa vie. Dans ses bras, elle avait frémi, elle avait joui. Mais seul Jérôme comptait. Sur la peau de Jeanne, les caresses d'Albert avaient coulé comme de l'eau. Il n'en resterait sans doute rien, qu'un peu de tendresse. Il trouverait une autre jolie femme, vingt autres jolies femmes à sortir, à gâter... Son cœur se mit à battre plus fort. Elle reconnaissait la ligne des coteaux surplombant la Crouelle. Elle était arrivée, elle était chez elle. Elle cria :

– Là !

Elle se força à parler calmement.

– Là-bas... Tu m'arrêteras là-bas, à l'angle de cette petite route.

– Tu es sûre que tu es assez près ?

– Oui, ça n'est plus qu'à un kilomètre, même pas... Mais je préfère le faire à pied.

– Je comprends...

– Oui. Tu comprends tout.

– Tout.

Il ralentit et s'arrêta. Elle ouvrit la portière.

– Tu ne veux même pas prendre le foulard, en souvenir ?

Elle sourit.

– Les souvenirs, je les ai dans la tête.

– Comme tu veux... Alors, adieu ?

– Adieu.

Il fallait trancher. Elle claqua la portière, se détourna, s'engagea d'un bon pas sur la petite route. Il la rappela.

Elle hésita. Elle s'immobilisa, mais sans se retourner.

– Oui ?

– Je vais griller un cigare, et roupiller une petite heure, là au frais, sous les arbres.

– Comme tu voudras.

– Oui. Je vais me faire une petite sieste… C'est plus prudent, quand on conduit. Disons que je serai là pendant une heure. Il est trois heures et quart. À quatre heures et quart, je reprendrai ma route… Mais d'ici là, en cas de besoin, tu pourras me trouver ici. Tu m'entends ?

– Oui, je t'entends. Merci, Albert. Mais je ne reviendrai pas.

– D'accord, d'accord, mais moi je fais la sieste ici jusqu'à quatre heures et quart, dans tous les cas. Allez, va maintenant !

Elle se remit en marche docilement, comme une machine. Mais au bout de quelques dizaines de mètres elle commença à courir. Elle se sentait incroyablement légère, et l'asphalte crevassé de cette vieille petite route qu'elle connaissait par cœur filait sous ses pieds sans qu'elle ait conscience de produire un effort quelconque. Elle courait vers l'homme qu'elle aimait, dans la chaleur de l'été. Dans un instant, les mois qu'ils venaient de passer éloignés l'un de l'autre ne seraient plus qu'un mauvais souvenir. Le souvenir confus d'un mauvais rêve. Alors qu'elle était encore à cent mètres de la maison, elle crut sentir l'odeur de la peau de Jérôme. Elle rit toute seule. Elle était folle, ma parole ! Elle avait des hallucinations… Prise d'impatience, elle s'élança encore plus vite. Elle allait le surprendre, se jeter dans ses bras, et toutes les questions désormais inutiles s'envoleraient comme des feuilles mortes emportées par une bourrasque d'amour. Elle courut. La maison n'avait pas changé. Elle nota du coin de l'œil que Copernic était bien là, dans son écurie, d'où il considérait le monde d'un œil plein de philosophie. Sur le sol de la cour, elle remarqua des jouets. Des jouets ?… Un petit voisin qu'une commère aurait confié à Astérie le temps d'une course, sans doute… La porte de la maison était ouverte. Jeanne s'y engouffra. Devant elle, l'escalier. Elle n'avait encore rencontré personne. Elle s'immobilisa. Tout était silencieux. Où pouvait-il être, à cette heure-là ? L'après-midi, entre les travaux de nettoyage et de rangement de la matinée, et la préparation de la prochaine fournée, il faisait volontiers la sieste. Son cœur battit. Elle l'imagina, endormi dans leur chambre. Comme ce serait bon de… Elle s'engagea sans bruit dans l'escalier. En haut, la porte de leur chambre était entrebâillée. Elle tendit l'oreille. Un souffle irrégulier, haletant… Un souffle, non… Elle resta un instant sans comprendre, sans parvenir à formuler l'inconcevable vérité. Ce n'était pas un souffle, mais deux, mêlés, se répondant, entrecoupés de mots balbutiés. Elle poussa très légèrement la porte, et, sans entrer, se pencha pour jeter un coup d'œil dans la pièce baignant dans une demi-pénombre. Aucun doute n'était possible ; sur le grand lit, sur ce même lit où elle avait perdu l'enfant quelques mois plus tôt, il y avait bien un couple en train de faire l'amour. Et ce couple, c'était Jérôme et Sylvana. Elle la reconnut à la noirceur de sa chevelure, aux éclairs cuivrés de sa peau, à son accent italien, tandis qu'elle criait des mots fous à Jérôme.

Jeanne recula. Les dents serrées, elle descendit l'escalier. Elle traversa le vestibule, se retrouva dehors par ce grand jour de soleil. Il faisait toujours aussi chaud, mais elle avait l'impression d'être morte tant elle avait froid.

Elle continua à marcher comme un automate. Elle croisa deux garçonnets qui la dévisagèrent avec curiosité. À l'intersection de la route communale et de la départementale, l'Hispano bleue était toujours là. Albert lui ouvrit la portière. Elle monta. Il démarra sans poser de question. Au bout de deux cents mètres, sans ralentir et sans prononcer un mot, il lui tendit un mouchoir de soie. Elle essuya les larmes qui roulaient sur ses joues.

FIN DE LA PREMIÈRE ÉPOQUE

DU MÊME AUTEUR

La Gagne, Olivier Orban, 1980.
La Nuit des enfants rois, Olivier Orban/Édition°1, 1981.
Voyante, Olivier Orban, 1982.
La Guerre des cerveaux, Olivier Orban/Édition°1, 1985.
Substance B, Olivier Orban, 1986.
Les Enfants de Salonique, Olivier Orban, 1988.
La Femme secrète, Olivier Orban, 1989.
Diane, Olivier Orban, 1990.
Vol avec effraction douce, Édition°1, 1991.
Ennemi, Édition°1/J. -C. Lattès, 1992.

Merci, cher Lionel Poilâne, des précieux conseils que vous m'avez prodigués sans compter.

Composition réalisée par
INFOPRINT à l'île Maurice.

IMPRIMÉ EN FRANCE PAR BRODARD ET TAUPIN
Usine de La Flèche (Sarthe).
LIBRAIRIE GÉNÉRALE FRANÇAISE - 43, quai de Grenelle - 75015 Paris.

ISBN : 2 - 253 - 13704 - 9 31/3704/9